半魔の竜騎士は、辺境伯に執着される

ハインツ
飛龍騎士団時代のカイルの
元同僚で、現ネル伯爵。
カイルを襲おうとした
過去がある。
カイル
魔族の血を半分引き、竜の言葉を
理解できるという異能を持つ青年。
母に疎まれ、孤児院で育った。
かつては王宮の飛龍騎士団に所属していたが、
今は田舎街でひっそりと暮らしている。
アルフレート
カイルが飛龍騎士団に所属していた頃の
上司であり、三年前に別れた元恋人。
不幸な事故で父兄を亡くし、
イルヴァ辺境伯を継いだ。

キース
同じ孤児院で育った、
カイルの兄弟のような存在。
綺麗な顔に反して口と性格が悪い神官。
キトラ
美しい容貌を持つ魔族の長。
様々な異能を使うことができる。
ユアン
穏やかな性格の男爵で、
テオドールと同じく
アルフレートの腹心。
テオドール
飛龍騎士団時代の
カイルの直属の上司で、
アルフレートの腹心の一人。
character

プロローグ

――青年は、長い夢を見ていた。

それはまだ、青年が王都で、栄《は》えある飛龍騎士団の一員として働いていた頃の夢だった。

夜の帳《とばり》が下りたあと、臥所《ふしど》に身を深く沈め、心地よい眠りに落ちて。

簡素なカーテンから優しくこぼれる陽光に誘われて目覚めると、緋色《ひいろ》の柔らかな髪が傍にあった。

それをそっと指で梳《す》くのが好きで。たまらなく、好きで。

――何物にも代えがたいと思っていた。

だが、青年はそれを自分から手放した。

二度と彼の前に姿を現さないと誓えるのなら、お前の望むものをくれてやると言われて。

喜んで、その選択をした。

青年の裏切りを知った彼は怒り、その理由を問《と》い質《ただ》したが、青年は肩を竦《すく》めて吐き捨てた。

「あんたの領地になんか、何故俺が行かなきゃならない？　――貴族の愛人なんて冗談じゃない。肩身の狭い思いをして、北部の田舎《いなか》に行くぐらいなら、故郷で悠々自適《ゆうゆうじてき》に暮らすさ。手切金を弾《はず》んでくれてありがとうございました、閣下《かっか》」

彼は青年の胸倉を掴み、壁に押しつける。しかし、振り上げられた拳《こぶし》は力なく下ろされて……彼は笑い出した。

「そうか、お前は私を金で売ったわけか！」

「ああそうだよ。……それが悪いだなんて、思わない。生きていくには金がいる。俺はあんたとは違う」

深いため息と共に手が離される。殴《なぐ》られるかと思ったが、彼はそうしなかった。

ただ、汚いものに触《ふ》れたかのように、自分の手を払う。

「わかった。さっさと行け」

「言われなくても、そうする」

彼との別離と引《ひ》き換《か》えにもらった金はどぶに捨てるような使い方をして、手元には一銭も残っていない。

だが、青年はそれでいいと思った。

なんであれ、どういう理由があれ、自分のような者が彼と一緒にいることは許されない。

……許されない。

『そう、許さないわ。お前があの方の隣で幸せになるつもりなら、何度でも邪魔してやる』

青年の脳裏《のうり》で、女が愛を囁《ささや》くように甘い声で呪詛《じゅそ》をかける。

青年は深淵《しんえん》の闇の中で振り返ったが、女はいない。

――夢なのだ。誰もいるわけがない。

女も、彼も。どこにもいない。ただ一人で立《た》ち竦《すく》むだけ。

仕方がない。仕方がないこと、だった。

何度三年前に戻っても、多分己《おのれ》は同じ選択をするだろう。

青年は夢を見る。繰り返し、悪夢を見る。

――今日もまた、長い夢を見て。

夢から醒《さ》めれば、そこにはただ、淡々と過ぎていく日々があった。

第一章　望まぬ再会

深紅《しんく》の瞳をした騎士は、第三騎士団での勤務を終え、団長室へと向かっていた。団長直々《じきじき》に仰《おお》せつかった任務の報告をするためだ。ただの片田舎《かたいなか》の平和な雑務だが。

「カイル、報告が終わったら酒場に来いよ。可愛い新人が入ったって！　川向こうに行こうぜ」

その騎士と同年代の同僚が笑みを浮かべて誘う。呼ばれた彼――カイルは「行かない」と肩を竦《すく》めた。

「はーっ！　また真面目くさって！　若さがもったいねえぞ。っつうか、金がないんだろ」

「ばぁか、剣の女神様に操《みさお》を立てて禁欲を誓っているんだよ」

カイルが嘯《うそぶ》くと、同僚も「なら仕方ねえな」と笑って応じる。

品はないが、深紅《しんく》の瞳を持つ明らかに異質なカイルにも、分《わ》け隔《へだ》てなく接してくれるいい奴らだ。

彼らが暮らす国――ニルスは恋愛にはおおらかな国だ。カイルも若い女に興味がないわけではない。

しかし娼婦《しょうふ》を買うのは苦手だし――そもそも買うとしても現在、カイルには支障がある。

カイルは同僚たちと挨拶《あいさつ》を交《か》わしながら団長室へと急ぎ、古びた重厚な扉をノックした。

「団長、カイル・トゥーリです」

来客中だったのか、部屋の中の話し声が、一瞬止《や》む。

「――ああ、カイル。そうだったな。入りなさい」

数拍遅れて、戸惑《とまど》ったような団長の声がカイルを促《うなが》した。

カイルは一礼すると、赤い絨毯《じゅうたん》が敷かれた騎士団長の執務室へ入る。

そして思わぬ来客の姿を認めて、その場で凍《こお》りついた。

団長の執務室だというのに彼自身は姿勢よく起立しており、代わりに団長の椅子には燃えるような赤い髪をした若い男性が、悠然《ゆうぜん》と座っている。その男性は一瞬動きを止め、ややあって口を開いた。

「これは……ずいぶんと久しぶりだな」

カイルは跳ね上がった心臓を押さえるように胸に手を当てた。

その様子を、椅子に座したままの美貌《びぼう》の貴人はじっと観察する。

「……ご無沙汰《ぶさた》、しております、閣下」

上擦《うわず》った声を絞《しぼ》り出《だ》し、そのまま固まったカイルとは対照的に、貴人は落ち着いた様子でにこやかだった。表面的には。とても。

「覚えていてくれたとは嬉しいよ、カイル」

カイルは男性に見覚えがあった。――いいや、忘れるわけがない。

この三年、思い出さない日はなかった。深い後悔と惨《みじ》めな未練と共に、だ。

「私のことなど、お前はすっかり忘れただろうと思っていた」

あくまで楽しげに、しかし氷のように冷たい声で言われて、カイルは内心で苦虫を噛《か》み潰《つぶ》した。

どうして彼がここにいるのか。

王族の傍系である、イルヴァ辺境伯。王都を離れた北の国境を守っているはずの男が、何故王都の外れのこんな田舎街《いなかまち》にいるのか。

団長は聞きづらそうにカイルを見た。

「カイル。ちょうど今、閣下から君のことを聞かれて、返答に苦慮《くりょ》していたところだった」

カイルは一瞬口籠《くちごも》り、イルヴァ辺境伯を見た。

王都で同じ騎士団に勤めていた頃から際立《きわだ》っていた美貌《びぼう》は変わらない。だが、目の前にいる彼のように、ゆったりと貴族然とした笑みを浮かべる人ではなかった。

その時の彼は気楽な三男坊で、家を継ぐ予定もなかったけれど。

カイルは、あるかなしかの微笑みを浮かべている辺境伯の視線から逃《のが》れながら言う。

「閣下が……爵位をお持ちでなかった頃、同時期に騎士団に在籍しておりました」

「そうか。君も飛龍騎士団にいたのだな――」

人のよい騎士団長が納得したのを聞いて、カイルは任務を報告した。団長が満足げに頷く。

「カイル、君は明日は非番だろう？　ゆっくり休むといい」

「……ありがとう、ございます」

そして騎士団長は、それでは、とイルヴァ辺境伯を促《うなが》す。

「何もない田舎街《いなかまち》ですが、ささやかな酒宴《しゅえん》をもうけております。ぜひ」

「それはありがたい」

団長はイルヴァ辺境伯に頭《こうべ》を垂れ、カイルもそれにならった。

――知らずに唇を噛んでしまいそうになり、耐える。今更未練がましく、彼になんらかの感情が残っているのを、思い知るのが嫌だったからだ。

先に団長が部屋を出たあと、イルヴァ辺境伯が静かにカイルの前で足を止める。

「閣下、か。アルフと呼べばどうだ？　昔のように」

カイルも長身だが、貴人はカイルよりも目線が少しだけ高い。彼を見上げると、燃えるような赤い髪とは対照的な、アイスブルーの瞳に射貫《いぬ》かれた。

「……おそれおおい、ことです。閣下」

たまらずに視線を逸《そ》らしたのは己《おのれ》の方だった。

イルヴァ辺境伯は冷たくカイルを一瞥《いちべつ》すると、そのまま振り返りもせずに退室する。

彼の背中を見送ってから、カイルは数分、そこから動けなかった。

小さく息を吐き、壁にもたれて、ずるずると崩れ落ちるようにしゃがみ込む。

「呼べるわけが、ねえだろ」

三年ぶりに見る背中を脳裏《のうり》に思い浮かべて、首を横に振る。

硬質な美貌《びぼう》も、美しい緋色《ひいろ》の髪も、低い声も。何もかもが記憶のままだった。

だが、眼差《まなざ》しだけはきつく、冷たい。

無理もない……無理もないが、軽蔑《けいべつ》の視線をぶつけられるのは、思った以上に応《こた》えた。

イルヴァ辺境伯——アルフレート・ド・ディシスは、カイルにとってかつての上司で同僚で。最後の恋人、だった。

——長い指が、髪に触《ふ》れる。


『どうした？　そんな悲しげな表情をして。悲しい夢を見たのか？』

『なんでも、ないよ。アルフ……あんたがいるから、悲しい夢は見ない』

いつか交《か》わした睦言《むつごと》が思い起こされる。

カイルはこの街のどぶに捨てられた孤児だった。カイルの半魔族の血を、母親が嫌ったのだ。

カイルの深紅《しんく》の目は、魔族の血を引く証《あかし》。魔族はこの国の北に住む種族で、異能を持つことから、人々に恐れられている。

それはカイルの母親も例外でなかった。カイルは彼女の望まない子だったわけだ。

孤児院で育ったカイルは十四の時、思わぬ幸運に恵まれた。

たまたまこの街を視察した飛龍騎士団の団長に目をかけてもらい、騎士団に所属できたのだ。魔族の異能の一つである、ドラゴンの言葉を聞ける力が、重宝されたからだ。

すでに飛龍騎士団に所属し、勧誘の場に居合わせたアルフレートは、入団したカイルの世話を買って出た。そしてもの知らずな四つ下のカイルを、弟のように慈《いつく》しんでくれた。

騎士の立ち居振る舞いや剣術を教えてくれ、甘い菓子をくれて——やがて親しみは恋情に変わった。二人の関係が恋人に変わってからの数年間が、人生で一番、幸せだったように思う。

アルフレートは大貴族の子息といえど三男なので、ずっと騎士団にいる予定だった。

だが、不幸な事故で彼の兄二人が一度に亡くなり、状況は一変する。

一緒に領地へ行こうと誘われたカイルは、迷った末に彼についていくと決めて——だが、結果的には……彼を裏切った。

おそらく、彼にとっては一番最悪な形で。

夢の中のアルフレートが、心配そうにカイルの顔を覗《のぞ》き込《こ》んだ。

いつもは鋭《するど》い、しかしながら誰よりも美しく蒼《あお》い瞳がカイルを見て、優しげに細められる。

カイルは彼の髪に触《ふ》れた。緋色《ひいろ》の髪は燃える焔《ほむら》の色。けれど、胸に抱いて寝れば温かい。

その腕《かいな》の温かさに陶酔《とうすい》したが、どんなに感触が鮮《あざ》やかでも、これが幻《まぼろし》だと確信していた。この腕が己《おのれ》を抱きしめることなど、二度とない。

『何故黙っている？　どうして——』

カイルは答えを紡ぐことができずに、男の瞳をただ、見つめた。

アルフレートはカイルの頬を両手で挟むと、優しい声で囁《ささや》く。

いいや、彼の喉《のど》から迸《ほとばし》るのは睦言《むつごと》ではなく、呪詛《じゅそ》だった。

カイルの心臓を刺し貫くような冷たい——真実。

『どうしてお前は——私を裏切った？』

カイルは己《おのれ》の部屋の粗末《そまつ》なベッドの上で飛び起きた。

「……は……っ、あ……。ああ……夢、か。そうだよな」

ベッドサイドに置いていた水差しから直接水を飲んで、乱暴に口元を拭《ぬぐ》う。

団長の執務室から出て、どうやって古びた家に戻ってきたのか思い出せないが、眠っていたようだ。

季節は初秋、時候は深夜。まだ少しも寒くはない。

カイルは窓枠に浅く腰掛け、月灯り《つきあか》に鈍《にぶ》く光る深紅《しんく》の目を瞬《また》かせて、満月を見上げた。

久々に悪夢を見た。幸せだった頃の、悪夢。

二度と会うことのなかったはずの人の笑顔と、カイルを裏切り者と詰《なじ》る傷つき怒《いか》りに満ちた表情……それは、夢というよりも、記憶の再現だった。

「三年も経つのに……俺は、未練がましいな」

ため息を落として、窓の桟《さん》に頭を寄りかからせる。孤独には慣れたはずなのに、失った幸せは深夜に忍び寄ってきては、カイルを苛《さいな》む。

「傷つく権利なんて、裏切り者の俺にはないのにな」

眠気が再び訪れるまで風に当たっていようと、カイルは眠りに落ちた街を見下ろしながら、独りごちる。

しかし、とうとう朝まで眠りは訪れなかった。


イルヴァ辺境伯、アルフレート・ド・ディシスと再会した翌日。

カイルは寝不足のまま、昼過ぎから出かけることにした。

王都の飛龍騎士団から第三騎士団に転籍してから三年。

毎日職務をこなすだけで、瞬《また》く間に時間は過ぎる。第三騎士団で街の平和に寄与するのは楽しい。

給料は高くはないが、一人で質素に暮らすには十分だった。

……しかし、こんな田舎街《いなかまち》に、辺境伯という王族や公爵と並ぶ高位貴族が訪問するとは、どういった理由なのだろう？

あのあと、騎士団の幹部にそれとなく辺境伯が来た理由を尋ねたが「私的な訪問だから気にするな」とだけ言われ、頷くしかなかった。

滞在は十日ほどで、副団長が主《おも》に彼に随行《ずいこう》するらしい。

幹部がもてなすならもう会わないだろうと考えて、カイルは首を横に振った。

会いたいなんて思わない、決して。会えないほうがいい。会ってもまた冷たい視線を浴《あ》びるだけだ。十日の間、できる限り内勤は避けようと決めて、市場へ行く。

カイルは食料を買い込むと、家のすぐ傍にある古びた教会に足を向けた。

「おい！　生臭《なまぐさ》神官！　いないのか」

扉を乱暴に開けると、返ってきたのは子供たちの賑《にぎ》やかな声だった。

「あー！　カイルお土産《みやげ》!?　お土産《みやげ》ある!?」

カイルは笑って「あるよ」と答え、年長の少年に買った食材を渡す。

「ありがとう！　大事に食べるね」

賢《かしこ》そうな顔をした少年がはにかむ。微笑み返したカイルは、古びた教会を見回した。

孤児院が併設されたこの教会は、そろそろ築百年は経とうかという年代物。

あちこち壊れており、その場しのぎで修復しても、なかなか追いつきそうにない。

どうしたもんかね、と思っていると、背後からのんびりとした声が聞こえてきた。

「おい、馬鹿騎士。俺の酒がねーじゃねえか」

振り返ると、小麦色の髪と瞳をした田舎《いなか》には珍しいほど綺麗な顔の優男《やさおとこ》が、眉間《みけん》に皺《しわ》を寄せている。

「酒なんざあるかよ。神官のくせに何言ってやがる」

ばーか、と言って腹立ち紛《まぎ》れに足を蹴《け》ろうとすると、ヒョイと躱《かわ》された。

無駄に動きのいい野郎だと舌打ちをすると、優男《やさおとこ》はフンと鼻を鳴らす。

「キース、カイルと仲良くしなよー。兄弟なんだからさあ」

「そうだそうだ」

二人のじゃれあいに、子供たちはきゃっきゃと笑った。

カイルは「兄弟じゃねーよ」と毒づいて、子供たちに食事を促《うなが》す。先を争って食べている彼らを眺めていると、キースが表情を綻《ほころ》ばせた。「食えよガキども」と笑って腕を組みながら囁《ささや》く。

「カイル。ありがとな、飯。最近は寄付が少なくて。なかなか苦労するからなあ」

「お前も食えよ……ちゃんと」

カイルの言葉に、優男は生返事をした。絶対食わないな、とカイルはため息をついて、あとで飯に連れ出そうと決める。

キースもカイルも苗字は「トゥーリ」だが、二人は兄弟ではない。

キースは白い肌に小麦色の髪と瞳。カイルは黒髪に魔族の血筋を示す深紅《しんく》の瞳で、肌はどちらかといえば浅黒い。背は二人とも高いが、カイルはまがりなりにも騎士だから鍛《きた》えられた体躯《たいく》を持ち、キースは痩躯《そうく》でひょろりとしている。

兄弟ではないが、どちらもこの教会に赤ん坊の頃に預けられた孤児で、幼馴染だ。

孤児には家名がないから、皆適当な名字をつけられる。この地方の孤児にはトゥーリとつけられるのが常だった。

十四歳になったら孤児院を出るのが慣例だ。そのタイミングでカイルは王都の飛龍騎士団に運よく紛《まぎ》れ込《こ》み、そこで数年勤め——事情があって、逃げるように三年前にこの街に舞い戻ってきた。

学業が優秀だったキースは、カイルと同じ年に王都の神殿に所属し、将来を嘱望《しょくぼう》されていたらしい。だが、彼も結局紆余曲折《うよきょくせつ》を経て今はこの教会に戻り、ひっそりと孤児院の管理と神官をやっている。

カイルとキースは子供たちに飯を食わせて教会の通いの下男《げなん》に施錠《せじょう》を任せると、街へ出た。

馴染みの食堂で適当な食い物と酒を頼む。

食いたいだけ食えよと言うと、キースは子供の頃から変わらぬ笑みで「遠慮なく」と告げた。

腹が膨《ふく》れたところで、キースがそういえば、と話を切り出す。

「昼間、懐かしい奴を見かけたぜ」

「懐かしい奴？」

「うん。お前の元彼氏」

カイルは思わず酒を噴《ふ》き出《だ》してしまった。

ゲホゲホと咳《せ》き込《こ》むカイルを見て、人の悪い顔をした幼馴染は「きったねえな」と口の端を吊り上げた。

「アルフだっけ。今はなんて言うんだったかな、あの人の役職——」

「――外でその名前を出すな。一応お忍びらしいからな」

イルヴァ辺境伯。キースが周囲を気にせず口にしそうなのを制止する。

すると、キースは面白そうに片頬《かたほお》で笑んだ。

「なんだ、知っていたのかよ」

「団長の執務室にいたから、挨拶《あいさつ》した」

昨日の邂逅《かいこう》をかいつまんで話しながら俯《うつむ》くカイルに、キースは呆《あき》れた。

「せっかく会ったんなら、旧交を深めてくりゃよかったじゃねーか」

「できるわけねーだろ、あほか！」

カイルがグラスをどんとテーブルに置くと、キースはケラケラと笑う。

飛龍騎士団に所属する若い騎士が恋人同士だった。同性愛が珍しくもないこの国で、それ自体はどうってことない事実だろうが、二人の仲を知る者はそう多くなかった。

カイルが公《おおやけ》にするのを嫌がったからだ。

孤児で半分魔族の男と、当時は爵位を持っていなかったにしろ裕福な貴族の三男坊では、立場が違いすぎて後ろめたく思っていた。

キースが鼻で笑う。

「あんなに世話になったくせに、最悪な別れ方したもんな」

「そうだな」

「今でもお前って最低ーって、思ってるぜ、俺」

酒を口に含みながらキースが皮肉げに目を細めた。

「土下座して謝ってくれれば？　罪悪感も少しはスッキリするんじゃねーの」

「やなこった。二度と会わねえよ。向こうも迷惑だろ。今更どの面《つら》下げて――」

昨日の冷たい視線を思い出して、言葉に詰まる。カイルはゆっくりと頭を横に振った。

「もう、昔のことだろ……向こうも忘れてくれるさ、そのうち」

「お前は一生忘れられないくせに」

「忘れたに決まってんだろ、もう……」

「嘘つけよ。いまだに不能なくせに」

カイルはもう一度、ゲホッと盛大にむせた。なんてことを外で言うのか、こいつは！

口と性格の悪い幼馴染は、慌《あわ》てたカイルを見ながらバーカと吐き捨てた。

「たかだか男と別れたくらいで、そのあと誰とも寝れないなんて純情かよ、気色《きしょく》悪い」

「――うるっさい。別に、関係ない。それとこれとは別だろ」

キースは変わらず、にやにやとカイルを見ていた。

「いいけどさー。お前、これから一生一人で生きていくのかよ。寂しいぜ？」

いいんだよ、とカイルは口を曲げた。

「俺に恋愛は向いてなかった。俺には元々、そんな資格なんてなかった」

「資格なんているのかよ」

「うるさいな。……誰かとそうなるのはもう懲《こ》りた。あれで最後だよ。……向こうは思い出したくもないだろうけど、俺にはいい思い出だ」

「その思い出を金に換《か》えたくせに」

冷たい目で言われて、ぐ、と反論を呑み込む。

カイルは「帰る！」と吐き捨てて勘定《かんじょう》を終えると、店を出た。

背中に馬鹿な奴、という不機嫌《ふきげん》な声が聞こえたが、一切聞こえないフリで帰路についた。

暗い道を睨《にら》みながら、歩く。

そうだ、カイルは一番大切だった思い出を、金に換《か》えた――そして、その金はどぶに捨てたのだ。

自分の良心と矜持《きょうじ》と共に。永遠に。


翌日、非番が明けたカイルは身支度《みじたく》を手早く整えて職場に行き、山近くの任務を回してくれるように上司に頼む。麓《ふもと》の巡回はあまり好まれないから、上司は喜んで任務を振ってくれた。五日ほど山の麓《ふもと》へ滞在することになり、安堵《あんど》する。

アルフレートがこの街にいる間は、物理的にも遠くにいたかった。

麓《ふもと》の詰め所《つしょ》に到着すると、若いドラゴンと同僚がいた。ドラゴンは高価だから第三騎士団では幹部しか所有していないが、山岳地帯に赴《おもむ》く際は、団員もドラゴンへの騎乗を許されている。

しかし、忌々《いまいま》しい魔族の血を引くカイルには大事なドラゴンを預けられないという意見があり、カイルは今日もここまで馬で来た。

以前は飛龍騎士団に所属していた身だ。腹は立つが、仕方がない。

理不尽に嫌われるのも、四半世紀も生きていると慣れてしまうものだ。

同僚は笑って報告してくれる。

「今回は全く平穏。この前は狼《おおかみ》や熊が出て死ぬかと思ったけどな」

「……何事もないのを祈るよ」

カイルが肩を竦《すく》め、同僚が帰途につこうとした時、若いドラゴンがカイルを見つけ、ぴょん、と耳を立ててすり寄ってきた。

『カイル！　俺と遊ぶ？　俺、山が好きだから一緒に残ってあげてもいいよ』

ドラゴンの言葉がわかるカイルは、昔から彼らに非常に愛される。

半魔の血筋は苦労も多いが、ドラゴンと触《ふ》れ合《あ》うのは無上の喜びだ。

「ん、ありがとうな。でも、俺は馬に乗らなきゃいけないんだ」

『そんなあ』

同僚が会話するカイルとドラゴンに気を遣って「俺が馬で帰ろうか？」と聞く。けれど、カイルは笑って首を横に振った。ドラゴンに騎乗する許可は得ていない。

「いいよ。気をつけて帰ってくれ」

同僚は少し申し訳なさそうな表情をしながら、ドラゴンに乗って帰っていった。

――それから、幸い四日が平穏に過ぎた。街に戻る五日目の朝、カイルはふと空を見上げて眉を顰《ひそ》めた。

そう離れてはいない上空で、ドラゴンが飛んでいる……が、何か変だ。

蒼天をふらふらと、蛇行《だこう》している。子供にも見えるほど華奢《きゃしゃ》な人物が、悲鳴をあげながらドラゴンにしがみついているのに気付いて、カイルは厩舎に引き返した。

焦燥感《しょうそうかん》を抱《いだ》きながら馬を駆り、ドラゴンが旋回《せんかい》しているあたりに急ぐ。

妙な……まるで酔っているような飛び方だ。騎手は必死に掴んでいるが、危《あや》うい。カイルは馬上から声を張り上げた。

「大丈夫か！　手綱《たづな》を握って決して離すな！　体勢を立て直せるか!?」

声が聞こえないのか、少年らしき騎手は、ドラゴンにしがみついたままだ。

「くそっ……」

カイルは、数日前にドラゴンを同僚と共に帰したことを後悔した。

ドラゴンがいれば、近くまで飛んで彼を救うことができたかもしれない。

このままでは、落下するのを見守るだけになってしまう。

カイルは馬上で冷や汗を掻《か》きながら、数秒、ドラゴンを見つめた。

……騎手の顔が確認できるほどとはいえ、やはり距離がある。過去にそれが成功したのは、僅《わず》か数回。それも、最後にやったのは、三年も前のことだ。

しかし、やらざるを得ないと決心し、下馬して近くの木に馬を繋《つな》ぐ。

カイルはドラゴンの真下あたりにしゃがむと、空を見上げて……息を大きく吸い込んだ。

上空を飛ぶドラゴンと息を合わせる——できるかどうかは不明だが、やらなければ。迷っていては、あの少年は地面に放り出されて……命はないだろう。

「……糸を、掴むみたいに」

カイルは目を閉じた。光を遮断《しゃだん》し、意識だけでドラゴンを探す。半魔族のカイルにはわかるはずだ。

暗闇にほんのりと光る糸がある。そう、あれを掴めばいい……！

目を開けると、眼下に小さく「カイル」が見えた。

カイルは自分の手を動かすように翼を動かして、ぐん、と上昇する。ゆっくり平行に飛ぶと、自分の背中にしがみついた軽い騎手が、困惑したように呟いた。

「急に飛行が……安定、した？」

『大丈夫か、坊や』

カイルが話しかけると、騎手は不安そうにきょろきょろとあたりを見回す。

「……なに？　誰が……」

『ええと、説明はあとでいいかな。ちょっとこの状態じゃ説明が難しいんだ。俺はカイルという者だけど、君は？』

「……私はクリスという。お前は……なん、だ？」

ドラゴンの背中に乗っているのは貴族の少年なのか、発音が綺麗で、どこか高圧的だ。

警戒されても仕方ないな、と思ってカイルはため息を漏らした。

カイルはゆっくりと旋回《せんかい》しながら、この身体――ドラゴンに呼びかける。しかし意識がないようで、返事がない。ひとまず、元の身体に戻らなければ。

『あそこに、馬と男がいるのがわかるか？』

「……大変だ！　人が倒れている。助けなければ！」

少年が焦《あせ》った声で言う。カイルは、「いやいや、自分こそが今、助けられている最中《さなか》ではないか？」とツッコミを入れたいのをぐっと堪《こら》えて、少年に話しかけた。

『あの男のところまで、下りる。手綱《たづな》って操《あやつ》れるか？』

「できると思う」

よし、と頷いて、カイルは自身の身体の傍まで行く。

少年が無事に地面に足をつけるのを確認して、カイルはドラゴンとの意識の連結を、解いた。

「……んっ、は……」

人間の身体の中に戻ると、ひどい頭痛に襲われる。

久しぶりのドラゴンへの憑依《ひょうい》は身体への負担が大きいようだ。イテテと頭を振って、立ち上がる。

少年が不安げに見上げてくるので、カイルは頭を掻《か》いた。

「……クリス君？　でいいのか？　君は怪我《けが》はないか？　大丈夫か？」

「ええ、大丈夫ですが……あなたは何故、私の名を？」

「さっき、聞いた」

カイルの答えに、クリスが少しだけ身体をひく。

初対面の男が名前を知っていれば、警戒しても無理はない。カイルは笑って胸元から銀の認識票を出した。平坦《へいたん》なコイン大のプレートには、第三騎士団の紋章《もんしょう》が刻まれている。

「俺は、カイル・トゥーリ。こんな目の色だけれども魔族じゃない、騎士だよ」

「カイル？　そして、その声……さっきの」

少年は、先ほどのドラゴンの中身が誰なのかということに気付いたらしい。

察しがよくて助かるなとカイルは笑った。少年は混乱しながらも、カイルに問う。

「あなたが、私を助けてくれたのか？　……ドラゴンに乗り移って？」

「魔族の血が半分入っているから、ドラゴンの言葉がわかるし、乗り移ることもできる。なかなか面白い特技だろ？　……しかし、君のドラゴンはどうしてあんなことになった？」

カイルはドラゴンの傍に寄った。病気なのか、ドラゴンはうっすら目を開いて、ゼエゼエと浅く息を繰り返している。

『……あたまいたい、ふらふらする……いたい……』

雄《おす》のドラゴンはキュイ……と鳴く。意識が戻ったようで、カイルはほっとした。

「竜医を呼んだほうがいい。どこかに不調があるんだろう。とにかく、連れて帰ろう。君はその服装からすると、名のある家のご子息だろう？　家名は？」

カイルが聞くと、街の裕福な家の子らしきクリスは、ええっと、と言葉を濁《にご》した。

「子息というか……」

「何か事情があるなら詮索《せんさく》はしないが、とりあえず、送ろう。俺たちだけではドラゴンを運べないし人を呼ばないと。そもそも何故、護衛も連れずに一人で空を飛んだんだ。たまたま俺がいたからよかったけど、危ないことは二度とするな」

しゅん、とクリスは項垂《うなだ》れた。

今更気付いたが、彼はかなり可愛らしい顔立ちをしている。まるで……

「クリス様！」

上空から叫ぶ男の声に、クリスが顔を上げた。

三人の男たちがドラゴンを二人の傍に降り立たせて、転ぶように少年に向かって駆けてくる。

そのうちの若い青年がカイルの深紅《しんく》の瞳を見てハッとし、剣に手を添える。

「貴様！　魔族か！」

魔族じゃねえよ、と、慣れっこなカイルは敵意はないと両手を軽く挙げた。少年は恩人への誹《そし》りに眦《まなじり》を吊り上げた。

少年が口を開く前に、三十前後の品のいい男性が、片手で若者を制す。

「連れが失礼。その服装は第三騎士団の方ですね？」

カイルが頷いて認識票を提示すると、先ほどの若者はしまった、とばかりに俯《うつむ》く。

「クリス殿がドラゴンの制御《せいぎょ》を失っておいでで、したので、ここまで誘導しました。護衛の方と合流できてよかった。では、私はこれで」

クリスが慌《あわ》てて「礼を！」と言うのを、笑って辞退する。

「不要ですよ、若君。このあたりの警護が今日の俺の任務なので手を貸しただけです」

家名を名乗れない事情がありそうだし、護衛と合流できたならそれでいい。

「そういうわけには」

クリスがそう言《い》い募《つの》った時、ドラゴンの羽ばたきが聞こえた。カイルは振り向き、言葉を失う。

そんなカイルの傍《かたわ》らで、クリスはドラゴンに向かって叫んだ。

「テオドール！　お前まで来なくてよかったのに！」

「クリス様！　そういうわけにはいかないでしょう！」

金色の髪をした優美な外見の青年は、ドラゴンからさっと降りる。

クリスは無邪気に、そのテオドールと呼んだ青年に駆け寄った。

「危ないところを彼に救ってもらった。あなたからもお礼を言ってほしい」

クリスに言われてテオドールはカイルへ視線をやり――驚いて動きを止める。

テオドールとカイルは互いに動揺したまま見つめ合ったが、カイルは先に彼から顔を背《そむ》けると、馬を引き寄せた。

そして馬に跨《またが》り、まだ愕然《がくぜん》としているテオドールの視線を避けるように頭を下げる。

「礼は不要です、若君。交代の時間に間に合いませんので、失礼させていただきます」

無礼な、という若者の悪態と、それを叱責《しっせき》する声が聞こえた気がしたが、カイルは構わずに馬を駆った。

テオドールは飛龍騎士団時代の、カイルの直接の上司だった。

元々アルフレートのお目付け役として一緒に入団した騎士で、今ではアルフレートの腹心のはず。

彼が付き従っていたということは、先ほどのクリス少年はアルフレートの縁者だろう。

アルフレートの縁者とこんなところで会うとは、全く思わなかった。

彼を避けたはずが逆に遭遇《そうぐう》してしまうとは、なんという皮肉だろうか。

カイルは馬をまっすぐに走らせながら風を避けて俯《うつむ》き、唇を噛みしめた。


翌日。麓《ふもと》から帰ってきたカイルは騎士団への報告を終えて、孤児院に顔を出した。

山岳地帯の警備を担当した人員には連続で二日の休暇が与えられるが、カイルは家ではなく孤児院へ向かった。家に帰ればテオドールか誰かと会うかもしれない、と恐れたのだ。

カイルが中に入ると、リビングで子供たちがはしゃいでいた。

「あ！　カイル兄ちゃん！　おかえりー！　キースはお客様とごかんだんちゅうー」

「お客様？」

なんだか甘い匂いがする。菓子の香りだろうか。カイルは狭いリビングに行って、目を丸くした。

パンやケーキといった、滅多《めった》にない馳走《ちそう》がテーブルの上に所狭しと並んでいたのだ。

「どうしたんだ、これ？」

「もらったの！　綺麗なお姉さんがくれたの！　ぜーんぶ食べていいんだよ！」

一人の子供の言葉に、どこの篤志家《とくしか》だろうかと疑問に思っていると、聞き覚えのある声がした。

「ああ、お帰りなさい。昨日はお礼も言わずにすまなかったな」

声のほうを見れば、長い黒髪に青い瞳の美しい少女が、紺色《こんいろ》のドレスを纏《まと》って立っていた。

誰何《すいか》しようとして、カイルはようやくその正体に気付く。少女はクスクスと笑い、「ちょっと待ってね」と微笑んで、首の後ろあたりで手を動かした。

ウィッグを取った顔をよく見れば、間違いなく昨日カイルが助けた若君だ。

「……クリス、殿？」

確認するように呼ぶと、少女は優雅に礼をした。

「クリスティナ・ド・ディシスといいます。カイル殿、昨日は危ないところを助けていただき、ありがとうございました」

ド・ディシス。聞き覚えのある家名に血の気が引く。唖然とするカイルの横で、子供が無邪気に口を開いた。

「お姉ちゃん、これ全部食べていーい？」

「私は甘いものがあまり好きではないから、全部あげる」

彼女の答えを聞いて、アルフレートも、甘いものが苦手だったと思い出す。

それなのに、いつもカイルのために菓子を用意してくれた。お前が好きならいつでも取り寄せてやると笑って、髪を撫でてくれて……

カイルはハッとして、過去の記憶を振り払った。

彼女の背後には昨日も会った護衛の騎士がいて、彼女を見守っている。品のいい男性で、護衛というよりも文官や執事といった役割が似合いそうな人物だ。

カイルはテオドールがいないことに安心しつつ、内心冷や汗を掻《か》きながら、クリス改め、クリスティナに尋ねる。

「何故こちらにいらしたのですか、レディ」

「クリスでいいよ。命の恩人に礼をしたかっただけ。迷惑だった？」

「職務で、たまたま居合わせただけです。礼を言われるようなことでは……」

「そういうわけには、いかない」

彼女の口調はどこか少年のようだが、カイルの記憶が間違っていなければ、彼女こそが次期辺境伯になるはずの少女——アルフレートの姪《めい》だろう。

現在辺境伯を賜《たまわ》っているアルフレートだが、彼は先代の側室の子だと聞いた。そのため、直系の血を引く姪《めい》が成人するまでの役目なのだと。

件《くだん》のクリスティナは、カイルをまっすぐ見据《みす》えて言う。

「あなたはきっとここにいるだろう、とテオドールが言うので、こちらに来たんだ」

「テオドール班長が？」

昔の癖で役職をつけてしまう。すると、クリスティナは楽しそうに笑った。

「あなたはテオドールの直属の部下だったんだね」

「……ええ。お世話になりました」

カイルの言葉にクリスティナは喜びながら、笑顔で教会の客間を振り返った。

「叔父上《おじうえ》の部下でもあったんでしょう？」

「叔父上《おじうえ》」という名称と客間から出てきた二人の男性に、カイルの顔からサッと血の気が引く。ぎこちなく顔を上げると、にこやかな表情のイルヴァ辺境伯がテオドールを従えてそこにいた。

「クリス、外で短い髪にはならない約束ではなかったのか？」

「でも、叔父上《おじうえ》。長い髪だとカイル殿が私に気付いてくれなかったんです。私を男だと思っていたみたいで。ひどいと思いませんか！」

「君の目も節穴《ふしあな》だと言わざるを得ないが、トゥーリ。姪《めい》を救ってくれたこと、心から礼を言う」

全く動揺しないアルフレートの口調にカイルは戸惑《とまど》ったが、すぐに思い直す。

如何《いか》に不快な相手であろうと場を弁《わきま》えて、表情も、態度も、言葉の選択も使い分けるのが貴族だ。ならば己《おのれ》も弁《わきま》えるべきだろう。

「閣下……お嬢様のことは、勤務の際に偶然居合わせただけですので、お気になさらず。……子供たちにお菓子をありがとうございました」

「……これだけで足りたか？」

「十分です」

アルフレートは蒼《あお》い目をスッと細めた。

「君がそんなに欲がない男だとは知らなかったな」

「——閣下が、下々の者の性格まで把握する必要はなかったでしょうから」

卑屈《ひくつ》な言葉が滑《すべ》り出《で》てカイルは後悔したが、アルフレートの蒼《あお》い瞳を見てもっと後悔した。

そこには、侮蔑《ぶべつ》と明らかな怒《いか》りがある。

……なんと続けていいかわからずにいると、キースの明るい声が割り込んだ。

「俺は足りませんね。肉が欲しいな。干し肉とか干し肉とか。あとワインをダースで寄進していただきたいね」

「——キースっ！　お前！　何言ってんだ！　馬鹿か！」

カイルはつい声を荒らげたが、キースは飄々《ひょうひょう》としている。

「いいじゃんか。甘党のお前は菓子ばっかでいいけどさー、俺は辛《から》いものが好きなんだよ。たまには酒もお前の奢《おご》ってくれるクソまずいエールじゃないやつがいい」

奢《おご》られてそれを言うか、とカイルは青筋を立てる。だが、クリスティナの護衛の品のいい男性はキースの物言いがおかしかったらしく、笑い声をあげた。

「はは、それは失敬。次は肉と酒をお贈りしますよ。私はユアンといいます。カイル殿、我が主人を救ってくださってありがとうございました。きちんとした礼は、いずれ」

「いいえ。本当に結構です」

そう言いながらも、カイルは握手を求められて、つい応じてしまう。

ユアンはアルフレートと同じか少し年上くらいの、柔らかな雰囲気の好青年だ。彼はカイルの手を離すと、軽く頭を下げる。

「それでは、これで失礼を」

「そうだね。休みのところを押しかけてすまなかった」

微笑むクリスティナに、それまで無言でそこにいたテオドールが、許可を求める。

「お嬢様、私と閣下はあとで戻ります。カイルと少し旧交を温めたいので」

「ああ、構わないよ」

クリスティナはそう応じる。カイルは困惑してアルフレートを見た。

話すことなんか何もないと思ったが、クリスティナとユアンはさっさと教会を出てしまう。

「じゃあ、俺は邪魔なんで、お二人を送ってくる。閣下、テオドール殿。どうぞ旧交を温めてください。お気が済むまで、存分に」

キースはそう言って、にこり、と王子様のような笑顔を作ると、まるで恋人同士がするようにカイルに顔を寄せて頬に素早《すばや》くキスをした。

「じゃあ、あとでな。相棒」

「おまっ……なんの真似《まね》だ……！」

カイルが声を押し殺して問うと、キースは王子様の笑顔を貼りつけたまま言い放った。

「昔から言ってるけどな。俺は偉そうな奴の心に波風を立てるのが、大っ好きなんだよ」

キースは子供たちに「お見送りするぞお！」と声をかける。

子供たちは歓声をあげ、わらわらと、クリスティナとユアンを追いかけて外に出た。

キースたちが出ていったのを見計らって、テオドールは呆《あき》れた声で言う。

「相変わらず、君とキース神官は仲がいいですね……君は家には戻らないと思いました。キース神官のところに逃げるだろうな、と」

覚悟を決めてカイルが振り返ると、テオドールの目は笑っていなかった。

カイルの行動などテオドールはお見通しだった、というわけだ。

逃げた覚えなどないと反論しようとしたが……諦めてテオドールに尋ねる。

「……それで、テオドール。俺にどのような用件ですか」

テオドールがチラリと視線を向けた先にいた、アルフレートが口を開く。

「大した話ではない。カイル・トゥーリ。君が……この三年間、私の家宰《かさい》を脅《おど》して奪い続けた金を返してほしいだけだ。金はどこにある？」

「……え？」

なんのことかわからずに、カイルは間の抜けた声をあげた。

テオドールはじっとカイルとアルフレートの反応を観察していたが、「私は外で待ちます」と部屋を出ていく。カイルもあとを追おうとしたが、アルフレートに腕を掴まれた。

「また逃げる気か」

「そんなつもりなんか、ないっ！」

つい昔のように気やすい口調で反論してしまい、カイルは落ち着こうと首を横に振る。そして改めてアルフレートに尋ねた。

「なんのことですか。俺が、脅《おど》した？　金？」

アルフレートがカイルを引き寄せた。すぐ近くにアルフレートの体温を感じる。

そんな場合ではないのに、ドクンと心臓が跳ねた。

「この男を知っているな」

見せられた絵姿を、カイルは凝視《ぎょうし》した。忘れられるわけがない。絵の中の初老の紳士はにこやかに微笑んでいるが――彼がカイルに向けたのは嘲《あざけ》りだけだ。

「――知っている。俺に、金をくれた……人だ」

「彼に、最後に会ったのは？」

尋問に戸惑《とまど》いながらもカイルは素直に答えた。

「金をもらった三年前だ。それ以降は会ってもいない」

アルフレートがカイルを観察しているのがわかる。カイルは困惑を深めた。アルフレートが何を知りたいのか、見当がつかない。

「真実か？　カイル」

「嘘をつく理由がない」

アルフレートはカイルを壁際に追いつめて、逃げられぬように肩を壁に押しつける。

カイルは冷や汗を掻《か》きながら、かつての恋人を見上げた。

「カイル。今からする質問に嘘は許さない。答えようによっては、お前の身の安全は保証しない。正直に答えろ」

「――俺が答えられる範囲ならば」

理由の明かされない威圧的な口調に、カイルも思わずアルフレートを睨《にら》んでしまう。

アルフレートは少しだけ楽しそうに笑って、空《あ》いた右手の親指でカイルの右目の下をなぞった。

キスする前に、アルフレートがよくしていた動作だ。カイルは久しぶりの慰撫《いぶ》に怯《ひる》んだ。

しかし、アルフレートの形のよい、薄い唇から落とされるのはかつてのような睦言《むつごと》ではなく、聞くに耐えない言葉だった。

「三年前、お前は私との関係を金に換《か》えたな？　家宰《かさい》からいくらもらった？」

揶揄《やゆ》する口振りに、カイルは奥歯を噛んだ。

そう、売った。カイルは、この件に関しては全くの卑怯《ひきょう》者だ。

アルフレートと別れるなら金をやると家宰《かさい》に言われて喜んでそうしたのだから、被害者ぶる権利などない。カイルは、淡々と金額を口にした。

「五百万」

「ずいぶんと安い値段で人を売ってくれたものだな」

「閣下にとってはそうでしょうが、俺には大金でしたよ。感謝しています」

床を見ながら吐き捨てる。品のない台詞《せりふ》に怒って教会を出ていってくれないだろうかと願ったが、美貌《びぼう》の辺境伯はなおも楽しそうに続けた。

「家宰《かさい》はそれと同額を、あと二度、お前に渡したと言っていた。勿論私に無断で。それは、真実か？」

「そんなわけがないでしょう！　あいつに会ったのはあれが最後だ！　あんな奴に、二度と会うはずがないっ！」

声を荒らげたカイルと対照的に、アルフレートは淡々と続ける。

「証拠《しょうこ》は？　家宰《かさい》の証言の通り、王都の商会に保管された為替《かわせ》の受け取りにはお前の署名があった。間違いなくお前の筆跡だ」

「俺はこの三年間、王都に行っていないのに！　彼は、どこです。直接会って否定させます！」

「無理だな」

噛みつくカイルに、アルフレートは肩を竦《すく》めた。

「死人が真実を語ることはない。彼は死んだ。もう、一月《ひとつき》も前になるが」

「亡くなった？　病気ですか……？」

思わぬ言葉に、カイルは呆《ほう》けた。アルフレートは、表情を動かさずに言う。

「死因を語るつもりはない。もう一度聞く。彼から金を脅《おど》し取った覚えはない、と？」

「あるわけがない！　そんな金があれば……っ！」

孤児院をどうにかすると言いかけて、口をつぐむ。善人ぶっていると思われたくもない。

アルフレートはカイルから離れて窓辺に寄り、ため息をつく。

窓から子供たちが賑《にぎ》やかに走り回っているのを見た辺境伯は、低い声で言った。

「嘘を言っているようには、見えないな」

「――あたりま……」

カイルの言葉を、アルフレートが遮《さえぎ》る。

「嘘ではないと、三年前なら容易《たやす》く信じただろうな。私の知るカイルは、人から金を脅《おど》し取るような人間ではないと、そう断言できた。……お前は、傷心の私をあっさり売った。お前にとって、自分は価値のある人間だと自惚《うぬぼ》れていた、私が愚《おろ》かだったわけだが」

カイルは拳《こぶし》を握り込んだ。反論できることなど、何もない。

アルフレートが沈黙したカイルの前に立ち、手を伸ばした。その指が、カイルの首にかけられる。

カイルはみじろぎもできずに、少しだけ目線が高いアルフレートを見上げる。彼は無表情のまま、
カイルの首に触《ふ》れた指に少しだけ力を込めた。

呼吸に支障が出るほどではない。だが、僅《わず》かに息が苦しい。

「お前は昔、よく言っていたな。もし、金があれば孤児院を改装するのに、と。しかし、ずいぶんとこの孤児院は古風なままだ。やった金は何に使った？」

痛いところを衝《つ》かれて、カイルは目を逸《そ》らした。

「……使った、全部。孤児院の修繕《しゅうぜん》がしたいだなんて、嘘だ。ただ……自分のために金が欲しかっただけだから」

「一度目はともかく、二度目以降に渡した金は不正なものだ。全額返してもらおうか」

「俺ではありません！　そんな……」

「実際に受け取ったかどうかはどうでもいい。ただ、私は立場上、帳簿の埋め合わせをすべきなのでね。……カイル」

懐かしいトーンで名前を呼ばれて、カイルはアイスブルーの瞳を見つめた。

迷子のような自分が映っているのに気付いて、慌《あわ》てて目を伏《ふ》せる。アルフレートの長い指が、それを許さないとばかりにカイルの顎《あご》を掴んで上向けた。逃《のが》れるのが遅れて、噛みつくように口付けられる。

「……んっ、やめ……はっ」

無言で角度を変えられて、貪《むさぼ》るように、何度も。

押し退けようとした手を逆に引き寄せられて、そのまま壁に押しつけられる。

後頭部が石の壁に当たらないように掌《てのひら》で覆《おお》われているのに気付いて、泣きたくなった。

彼は周りから我儘で傲慢《ごうまん》だと評されていたが、カイルにはいつでも優しかった。今でさえ……

柔らかな舌を絡《から》ませるのがひどく淫らでいやらしくて、心地よいと教え込まれたのはいつだっただろう。

「……ん、あ……」

久しぶりの感触に耽溺《たんでき》しそうになって、甘い声が抑えきれずに、漏れた。

柔らかな感触が離れていくのを惜《お》しく思うのが、悲しい。

三年かけて、心を殺して。ようやく忘れる方法がわかりそうだったのに、たったこれだけのことで、心を引き戻される。

だが、動揺したのはカイルだけで、アルフレートは冷静だった。息のかかる距離で覗《のぞ》き込《こ》まれて、冷たい口調で揶揄《やゆ》される。

「相変わらず敏感だな……お前の望み通りこのまま立ち去ってすべて忘れてやる。だが、一つだけ答えろ。カイル。正直に答えれば、家宰《かさい》を脅《おど》したことなどないというお前の言葉を信じる」

「――何を、ですか」

アルフレートの蒼《あお》い瞳がカイルを壁際に縫《ぬ》いつけたせいで、みじろぎもできない。

「お前は、私から受け取った金をどうした。何に使った」

カイルは……脳裏《のうり》に黒い瞳を思い出した。女性の、憎悪《ぞうお》に満ちた表情を。

『呪《のろ》われた子！　お前は私に償《つぐな》う必要があるでしょう？』

――彼女のことは、口にしたくない。

惨《みじ》めな生まれだと、彼にだけは、知られたくなかった。

カイルは首を横に振って、硬い声で先ほどの答えを繰り返した。

「すべて遊興《ゆうきょう》に、使いました……もう、手元にはありません」

「――お前の誠意はわかった。お前は、嘘つきだ」

アルフレートはため息をつきながら、教会を見回す。

「お前が返せないなら、他にも方法はある。この教会は古いが、立地がいい。売却すれば多少は足しになるかもな」

「――何を馬鹿なことを！　ここは俺の持ち物じゃありません」

「登記簿を見ていないのか？　キース神官とお前が連帯で所有者になっているぞ」

カイルは蒼褪《あおざ》めた。確かに、二年ほど前、キースに言われて、そういう書類に署名をした。キースに何かあった時に、間違っても子供たちが路頭に迷わないように、だ。

「本気ではないでしょう？　あなたはそのようなことをする方では……」

カイルは縋《すが》るような目を向けるが、アルフレートはぴしゃりと遮《さえぎ》った。

「三年前まではな。今は違う。欲しいものがあれば、手段は選ばない……失礼する」

アルフレートは足早に教会を出ていき、カイルは一人、とり残された。

クリスティナたちを見送ったキースと子供たちが戻ってきて、リビングは一気にまた賑《にぎ》やかになる。だが、そのどれもが耳に入ってこない。キースがクッキーを摘《つま》みながら尋ねた。

「辛気臭《しんきくさ》いな。お前の元彼氏、なんだって？」

カイルはかいつまんで、身に覚えのない金のことと……教会の差し押さえをアルフレートが匂わせたことを告げる。すると、キースは二枚目のクッキーをもぐもぐと咀嚼《そしゃく》しながら、目を丸くした。

「へえ！　面白いこと言うな。あの貴族」

「面白いことがあるか！　馬鹿！」

カイルの頭にはカッと血が上るが、キースは全く動揺した様子がない。

「で？　マジでお前、貴族脅《おど》して金をぶんどったのか？」

「そんなわけあるか……でも、どうしたら……教会が……」

キースはにっこりと笑って「落ち着けよ」とカイルの肩を叩いた。

「安心しろよ、カイル。俺がうまーく解決してやる。辺境伯が王都に戻るのは明後日だっけ？　その時、お前、教会に寄れよ。いいな？」

「…………？　いいけど」

自信たっぷりな幼馴染の表情に違和感を覚えつつ、カイルは頷いたのだった。


二日後。キースからもアルフレートからもなんの連絡もないまま日が過ぎた。

袋いっぱいの土産《みやげ》を買って孤児院を訪れたカイルは、物音一つしない孤児院の扉を開けて、愕然《がくぜん》とする。

誰も。――誰一人、孤児院には残っていなかった。

「キース？　……いないのか、おいっ……」

カイルは焦《あせ》って教会中を捜したが、子供たちの荷物も、キースの荷物もない。

どういうことかと呆然としていると、カタン、と物音がする。

音がした食堂に足早に赴《おもむ》くと、見慣れない人物が椅子に座って寛《くつろ》いでいた。

自分で淹《い》れたのか茶器を広げて、のほほん、と茶を楽しんでいる。

「ああ、おかえりなさい。カイル君。先日はどうもお世話になって……」

にこやかに手を挙げたのは、辺境伯の麾下《きか》の青年だった。確かユアンといったはず。

彼は穏やかな笑みのまま、カイルに言う。

「誰もいないとあなたが不安だろうという閣下からの配慮で、僕が連絡役を任されたんだ。それに我が主人の非礼も詫《わ》びねばならないし……」

「非礼？」

「閣下が、あなたに濡《ぬ》れ衣《ぎぬ》を着せたからね。我が家の恥《はじ》を打ち明けた上に、誤解をしていて申し訳なかった。あなたが金銭を脅《おど》し取っていないことが判明したので、どうか安心してほしい」

青年は品よく微笑み、茶器に紅茶を注《そそ》ぐ。まるでこの部屋の主人のような寛《くつろ》ぎようだ。

カイルは首を傾げつつユアンに問う。

「……どういう、ことです？　疑いは、晴れた？　この二日で、ですか……？」

「真犯人が名乗り出てくれたので。万事《ばんじ》解決したんだ」

「真犯人……って」

カイルは自信たっぷりな幼馴染の言葉を思い出し、嫌な予感に襲われた。まさか。

「その真犯人とは……キース神官のことですか？」

「察しがいいな。さすが幼馴染だ」

カイルは頭を抱えた。

「あの！　馬鹿っ！　何が『うまく解決する！』だ。余計にややこしくなるっ！　誤解です！　あいつがそんなことをするわけがない！　仮にも神官です！　違います！」

「本人がそう言っているしなあ……。『それならばお前が罰を受けろ』と、アルフレート様も納得してしまったし……」

「そんな無茶苦茶《むちゃくちゃ》な理屈があるか！　それに子供たちはどこです？　子供たちにまで何か……」

ユアンは悪戯《いたずら》っぽく微笑み、立ち上がった。

「それについてはご安心を。僕が責任を持って、王都の教会に全員一時的に預けられるよう手配したから。あなたはなんの憂《うれ》いもなく、第三騎士団での勤務に邁進《まいしん》してくれ。キース神官は他の皆と一緒に王都に行った。僕もこれから追いかけるけれど、このままだと、尋問を受けて縛《しば》り首になるかもね。あ、キース神官からの伝言を聞きたい？」

「……できれば」

「『俺は縛《しば》り首になるだろうけど、別に見捨てていいぜ』だそうです」

カイルは椅子に座って脱力した。

……キースのニヤニヤ顔が目に浮かぶ。カイルがキースを見捨てることなど、絶対にない。

そして、そのことをあの幼馴染は疑いもしない。

ユアンは苦笑しつつ、カイルを見た。

「……キース神官を追ってくる、と思っていいのかな？」

「当たり前でしょう！　あんの、馬鹿っ！」

カイルの様子を見たユアンは、ふ、と頬を緩めた。

「元々この街には、僕とクリスティナ様だけが来るはずだったんだ。病気で辞めた侍女がこの街にいるので、会いに……。しかし家宰《かさい》のことがあって、テオドールも来ることになったんだ。君がこの街にいることは調べていたから、話を聞くために。アルフレート様がわざわざ来ることはない、と思ったけれど」

カイルが複雑な思いでユアンを見返すと、ユアンは菓子皿にたくさん盛られた菓子を一つすすめる。カイルは「結構です」と首を横に振った。

さすがに食す気分にはならないが、懐かしい菓子だ。

干した果物を練り込んで焼かれた甘い焼き菓子。昔、アルフレートがよく持ってきてくれた。

「――いらない？　残念だな。君の好物なのに」

え、と顔を上げると、ユアンはにやりとする。

「アルフレート様に命じられて、君宛ての土産《みやげ》を選ぶのは、僕の役目だったんだ。君が何を好きか、何を喜んだか。耳にタコができるほど聞いたかな」

「……それは……いつも厚かましくて、申し訳なく……」

謝るカイルにユアンは苦笑しながら外套《がいとう》を羽織り、帰り支度《じたく》を始めた。

「僕は君をよく知らないから、君が無実かは判断しかねるが……。菓子一つで恐縮する君を、信じたいとは思う。……三年前、どうして君が、家族を失って傷心の閣下のもとを去ったのか、僕に打ち明ける気はない？　関係ない者にならば、話せない？」

カイルは押し黙ったが、少し考えてからゆっくりと言った。

「……金が欲しかったからです。それ以外の理由はない」

ユアンは「強情だな」と天井《てんじょう》を仰《あお》ぐ。

「それでは、僕は失礼するよ。僕は飛竜で王都に戻る。幼馴染を取り返したいなら追いかけてくるといい。第三騎士団には、ドラゴンの言葉がわかる君の能力が必要で、急遽招聘《きゅうきょしょうへい》すると伝えているから。団長からの承諾《しょうだく》は、もうもらった」

カイルには拒否権はない、ということらしい。

「ありがとう、ございます」

「すぐに迎えが来るから。――彼女の指示に従ってくれ」

では、とユアンは笑顔を残して去り、無人の教会にはカイルだけが残された。

数時間考え込んだカイルは、意を決して教会の外に出る。

――すると、教会の陰に隠れていたらしい巨体がひょっこりと顔を覗《のぞ》かせたので、カイルはあっと声をあげた。

可愛らしい、金色の瞳をしたドラゴンが、『キュイ！』と鳴いている。

飛龍騎士団で、よくカイルを乗せてくれていた雌《めす》のドラゴンだった。

「お前……!!　ニニギっ」

『カイル！　えへへ、ユアンに言われて待っていたのよ！　ユアンったら私を置いて先に帰るなんてひどいと思ったけど、カイルと一緒にお散歩できるんならいいわ!!』

駆け寄ると、ニニギはキュイと鳴いて、カイルの髪をはむはむと甘噛みした。

「ちょ、噛むなって、馬鹿！」

『だって、カイルもひどいんだもの。三年前、どうして急にさよならしたの!?　私もテオドールもアルフレートも、わんわん泣いたんだから……！』

テオドールとアルフレートのくだりはニニギの私見っぽいなあと思いつつも、カイルは気のよい竜の首にかじりついた。

「……ごめんな、ニニギ。会いたかったよ。また俺と一緒に飛んでくれるか？」

『お散歩ね！　ものすごく速く飛ぶから、落とされても泣いたらだめよっ！』

「誰に向かって言っている？　俺がそんなヘマするかよ！」

カイルは満面の笑みでドラゴンに答える。たちまち上空へと舞い上がった竜騎士は、しばしすべてを忘れて身体中で風を切る久々の感覚に浸《ひた》った。

「行こうか、ニニギ」

『目標は、王都の私の新しいおうちよ？　ちゃんと案内してあげるから安心してね』

ニニギは耳をピクピクと前後に動かしてはしゃぐ。カイルは頷き、彼女の耳の間を撫でた。

「うん、そうしてくれ」

ニニギは道中、主人のユアンがいかに優しいかを教えてくれた。

『テオドールとアルフレートのことは教えてあげない！　自分でちゃんと聞きなさいな』

ニニギはカイルが急にいなくなったことを、ぷんぷんと怒っている。

……アルフレートにも三年前の事情を、早晩打ち明けなければならないかもしれない。

ひとまず、キースの疑いを晴らして戻ってこなければ。

「馬鹿キース、待ってろよ」

カイルは鐙《よろい》に体重をかける。竜騎士を背に乗せたドラゴンは、それに呼応して美しい翼をはためかせると、グンと高度を上昇させた。

第二章　辺境伯邸

王都の仮住まいの屋敷といえど、さすが辺境伯の持ち物といえばご大層《たいそう》なモンだな、と。

キース・トゥーリは品のよい調度品に囲まれて、年代物のソファに身を沈めた。

「カイルの名前を騙《かた》って金を受け取ったのは、何を隠そう、自分です」

田舎街《いなかまち》での辺境伯の仮宿を訪れて告白したキースは、青筋を立てたアルフレートに問答無用《もんどうむよう》で王都まで連行された。王都ではてっきり地下牢にでも転がされるかと思いきや、客間に通されたので、遠慮なく寛《くつろ》いでいる次第である。

「ド派手な部屋だよな、趣味悪《わり》ィー、壺《つぼ》の一つでもくすねたら、孤児院の雨漏《あまも》りが修繕《しゅうぜん》できそうだ」

「神に仕《つか》える者とは思えない、不穏《ふおん》な発言だな」

前触《まえぶ》れもなく扉を開け放って苛立《いらだ》たしげに男が入ってきたのを認めて、キースは足を組みソファにふんぞり返った。

アルフレート・ド・なんだったか忘れたが、偉そうな名前の、幼馴染の元彼氏だ。

彼は眉間《みけん》に皺《しわ》を寄せた。その背後には金魚の糞《フン》よろしく、何度か見たことがあるカイルの元上司、金髪野郎テオドールと、先日教会に食べ物を山ほど持ってきてくれた好感度の高い紳士が付き従う。

「申し訳ありません、閣下。生まれも育ちも悪いもので、礼儀も使うべき言葉も知らぬのです。私も、カイルも。とはいえ、閣下もいかにご自分の屋敷であろうとも、客がいるとわかっていらっしゃるなら、ノックぐらいなさっては？　マナーでしょうに」

キースがにこにこと言うと、アルフレートは蒼《あお》い目で不機嫌《ふきげん》そうにキースを見下ろした。

「生憎《あいにく》と君は客ではない」

「あっれえ。ここって客間じゃなかったんですかね」

「我が屋敷には地下牢などという無粋《ぶすい》なものがなくてな」

キースは、あはは、と笑った。アルフレートは大層《たいそう》ご不快であらせられるようで、頬を僅《わず》かに痙攣《けいれん》させる。キースにとっては懐かしい表情だ。

カイルは「アルフレートは優しい」と言っていたが、「それはお前にだけだぜ」と、心中で鈍感な幼馴染に語りかける。

カイルとキースは、孤児院を十四で出て、同時に王都へ行った。キースは神殿へ。カイルは飛龍騎士団へ……

家族と呼べるのは、カイルもキースもお互いだけだ。王都にいた間も、月に一度落ち合って近況報告をしていたのだが——たまに会うアルフレートからは、いつも嫉妬《しっと》の視線を向けられていた。

（とっつきにくい完璧主義者でいけすかない顔の、俺と同じくらい綺麗な貴族野郎）

それが、キースのアルフレート評だ。

そもそも、カイルとアルフレートが出会った場面には、この顔も頭もいいキース様もいたのに、どうしてどこかぽやっとしたカイルにアルフレートが岡惚《おかぼ》れしやがったかが、いまだに謎すぎる。

「やっぱ、性格かな……」

性格の悪さは自覚しているが、あの頃の自分は未熟でそれを隠せていなかったわけだ。

キースが呟くと、アルフレートはギロリと睨《にら》む。

「何が」

「いいえぇ、なんでも。それで？　俺の処分はなんです？　斬られるのはぞっとしないから、毒杯を飲むとかがいいな。死んだと自分で気付かないくらいに上等な毒で」

キースの台詞《せりふ》に、アルフレートは鼻白《はなじろ》む。

「お前は選べる立場ではない。その前に聞こうか。我が家の家宰《かさい》を脅《おど》して金をとったと言ったな。金はどこにある？　何に使った」

「私はカイルと違って、何度も王都に来ていますので。酒と女と博打《ばくち》。一瞬で消えましたよ」

即答したキースに、アルフレートは話にならん、とかぶりを振る。

彼は舌打ちして部屋を出ていこうとし、しかし思い直したように振り返った。

「縛《しば》り首が嫌なら、言え。三年前、カイル・トゥーリが消えた理由を君は聞いたのか」

……キースは、自分の外見がどういう評価をされているか知っている。

子供の頃は変質者にケツを狙われ、貴族の令嬢に一目惚《ひとめぼ》れされ、神官見習い時代は己《おのれ》を巡って刃傷沙汰《にんじょうざた》が起こりかけたことや、不本意な接待を強要されかけたことだってある。

つまり、顔がいい。どういう風に笑えば一番己《おのれ》の顔がよく見えるかも知っている。

キースは表情筋を総動員して、天使みたい、と言われる微笑みを辺境伯に向けた。

「ええ。全部聞きましたよ、カイルから。――寝物語に」

アルフレートは一瞬で殺意を身に纏《まと》うと、キースを蒼《あお》い目で射た。

狼《おおかみ》みたいな目をした野郎だなと、印象を一つ付け加える。

アルフレートは「失礼する」と退室し、二人の部下が残される。キースは内心で舌を出した。寝物語にというのは、まあ、嘘じゃない。カイルが教会に泊まる時は、キースの部屋で寝る。あのおんぼろ教会には大人が眠れる部屋が他にないだけなのだ。

「やれやれ……あまり煽《あお》らないでいただけないかな」

ユアンという名前の紳士が肩を竦《すく》め、テオドールが冷たい目でキースを見た。

「君の言葉の真偽はともかく、実際のところ、君とカイルの関係はなんなのです？」

「答える必要が？　勝手に想像してろよ」

ケッ、とキースは毒づく。テオドールはその態度が気に入らないのか「足を下ろせ」と吐き捨てて、疑いの目をキースに向けた。

「君とカイルは、本当の兄弟ではないでしょう。それなのに距離が近すぎるのでは？　真実、そういった関係でないと断言できるのか。信じがたいな」

キースは沈黙し、ゆっくりと金髪の青年を見上げた。

「あんた、兄弟いる？」

「姉と妹しかいないが」

「じゃあ、父親は？」

「健在だが。それがどうした？」

険《けわ》しい表情のテオドールに、キースは笑顔のまま言い放った。

「テメエは自分の父親ヨガらせる趣味がおありで？　すげえな貴族って」

「……貴様っ」

あまりな言葉に、テオドールがカッとする。

「お前の発言と同じだろ。買われるのが不満なら喧嘩《けんか》なんか売ってくんな」

気色《けしき》ばむテオドールに、キースは一発ぐらい殴《なぐ》られるかもなと嗤《わら》った。

「テオドール。君が悪い」

だがユアンが穏やかに、しかし、有無を言わせずに断じ、テオドールが動きを止めた。

「家族との仲を邪推《じゃすい》したのは君だ、テオ。キース神官、非礼を詫《わ》びよう。悪かった」

頭を下げるユアンに、テオドールは、うっ、と苦虫を噛《か》み潰《つぶ》し、ややあって素直に謝った。意外なことに、ユアンのほうがテオドールよりも冷静で、力関係は強いらしい。

キースは、毒気を抜かれて品のいい紳士を見た。

するとにこりと微笑まれたので、つられて微笑み返す。

今更だが猫をかぶろうと決めて、お行儀《ぎょうぎ》よくソファに座り直した。

「君は客人だ。――カイル君が来るまでゆっくり休んでくれ」

「恐れ入ります、ユアン様」

にこにこと二人は微笑み合い、テオドールは「茶番だな」と、げんなりと天井《てんじょう》を仰《あお》いだのだった。

◆

近隣の街に一度立ち寄って必要な旅装を買い込み、再び空へと飛んだカイルが王都に到着したのは、太陽がようやく地平から顔を出し始めた頃だった。

「ニニギ、少しだけ休んでいこうか。ニニギの家も、まだ誰も起きていないだろう」

『そうねえ……人間は眠りすぎだわ、つまんない！』

ドラゴンは三時間くらいしか眠らないので、人間が夜通し遊んでくれないのが不満らしい。

カイルは苦笑しながら、一度小高い丘に降り、ニニギを休ませる。

カイルは丘の上で、紫とも橙《だいだい》ともいえない光の帯に染まった王都を眺める。——三年ぶりの王都は何も変わらないようでいて、ひどく懐かしい。

その時、カイルの視界に影が差し込む。遠目に、二頭のドラゴンが舞うのが見えた。

『王女様とその護衛よ！　最近よくお散歩してるの！』

ニニギが説明してくれる。

現在の国王陛下が王太子の時代、飛龍騎士団に在籍していたカイルは、彼らの冬ごもりに付き従ったことがある。その際、まだ小さな王女も一緒だった。王の側室である彼女の母親が半魔族なので、カイルのことを特別に慕《した》ってくれたように思う。

王女は銀髪に蒼《あお》い目の、とても綺麗な少女だった。懐かしく眺めている間に、二頭は王宮の方角へと帰っていく。と同時に、今度は別の飛竜が王宮から出てくる。

『あれはね！　魔族の二人なの！』

「魔族？」

うきうきしているニニギの言葉を聞いて、カイルはドラゴンたちを視線で追った。

四半世紀前に魔族が王都で動乱を起こして以来、彼らとの交流は絶《た》えていたはずだが……

『国王陛下がね、魔族と仲直りしましょう！　って言って、魔族たちを王都に招いたのよ』

疑問に答えてくれたニニギに、カイルはへえ、と言いながら、しばらく二頭を見つめていた。

体格からすると、騎乗者は男性だろうか。国王の賓客《ひんきゃく》になるくらいなのだから、魔族の貴人だろう。己《おのれ》が会うことはないか、と息を吐いて、ニニギの首を撫でる。

「ニニギ。お前のお家まで案内してくれるか」

『いいわよ！　カイルが来たらヒロイもきっと喜ぶわ。すぐに呼んできてあげる！』

「ありがとう、ヒロイは元気か？」

アルフレートの相棒であるやんちゃなドラゴンを思い出しながら、カイルはニニギに跨《また が》る。

ニニギはキュイキュイと楽しげに喉《のど》を鳴らした。

『ヒロイはねえ！　カイルがいなくなったこと、とっても怒ってたの！　きっとはんごろしにされちゃうわ』

カイルは、うっ……と言葉を失う。

「一緒にアルフレートの領地に行くと約束したのに、嘘ついたからな。怒ってたか？」

『うん！　怒っていたの』

何故か楽しそうなニニギは、呑気《のんき》にカイルに聞いた。

『でも、はんごろしって、なあに？　楽しい遊び？　私も一緒にできる？』

「……あんまり楽しくはないかな……」

思わずカイルは俯《うつむ》き、ため息をこぼした。

カイルは辺境伯の屋敷までニニギに案内してもらい、大きな門の前に降り立った。

ユアンの名前を告げると、あらかじめ共有されていたのか、衛兵たちは声をあげる。

「ああ！　ユアン様のお客人ですね。お伝えしましょう。さ、ニニギ。厩舎へ帰ろう」

『じゃあ、ヒロイを呼んでくるわ！　はんごろしよっ』

「うん、またな。ニニギ」

尻尾《しっぽ》をご機嫌《きげん》に振りながら厩舎へ去っていくニニギを笑って見送って数分もしないうちに、二つの足音が聞こえてくる。カイルは近づいてくる人物を認めて、腹に力を込めた。

アルフレートがユアンを従えて、そこにいた。

「……何をしに来たか、用件を聞こうか？」

閣下、と口にしかけて、その馴染まなさにカイルは口籠《くちごも》った。

「……キースの馬鹿が世話になっているみたいなんで、取り返しに」

「金を盗んだ男を解放しろと？」

アルフレートの視線は、やはり冷たい。カイルは意を決して彼を見上げた。

「キースじゃないよ。俺でもないけど……。それと、アルフに……。あんたに、謝りに」

「何を？　今更、私に何を弁解したい？」

「三年前、ちゃんとあんたに別れ話をすればよかった、と。逃げるのではなく、別れ話と金をもらった礼を、正面から告げるべきだったと……己《おのれ》の身勝手さを、後悔している」

アルフレートの表情に影が射《さ》し、カイルがなおも続けようとした時。

厩舎のほうから、バキィィ！　という爆音と共に、ドラゴンの威嚇《いかく》する声、それから衛兵の素《す》っ頓狂《とんきょう》な叫び声が聞こえた。

「ぎゃあああ！　誰か！　誰か追いかけてくれえええ!!」

あまりに間抜けな声にカイルはきょとんとして、思わず衛兵が叫ぶ方角を見た。

バキバキと木が割れる音がして土埃《つちぼこり》が舞う。のっそりと大きな影が動いて、水を払う犬みたいにブルブルと巨体を震わせ、バッサバッサと翼を動かした。

「……何かが壊れたようですが、竜厩舎で何かあったのでしょうか？」

ユアンの呟きにカイルは嫌な予感を覚えた。冷や汗を垂らしながら目を凝《こ》らす。

立派な体躯《たいく》のドラゴンには、ものすごく覚えがある。ニニギの呑気《のんき》な声が蘇《よみがえ》った。

「……ヒロイ！」

一歩あとずさったカイルを、アルフレートが不審な顔で窺《うかが》う。

「確かにあれはヒロイだが、それがどうした？」

「はんごろしにされるっ！」

「は？」

蒼褪《あおざ》めたカイルとは対照的に、アルフレートは間の抜けた声を出した。とりあえず逃げようとしたカイルだったが、時すでに遅し。

グオオオオン!!!　と大きく咆哮《ほうこう》したドラゴンが、全速力で飛んでくる。

その声の大きさに、ユアンが思わず耳を押さえた。

アルフレートの相棒のドラゴンは、ひとっ飛びで門までやってきた。それからカイルの背後に回ると、がぶり、とカイルの外套《がいとう》の背中部分に噛みつく。そしてぶらんぶらん、と勢いをつけて前後に揺らした。ユアンとアルフレートは、呆気《あっけ》に取られている。

「う、わっ！　ちょっと待って！　ヒロイ！」

『やだ！　カイルの馬鹿！　カイルのばかあ！　おしおきする‼　えいっ！』

「えいっ！　じゃねえええええ！」

ぽーん、とボールのように投げられて、カイルは絶叫した。

くるりと世界が回る。何かを叫ぶアルフレートと、いつの間にか来たらしいキースが逆さまでゲラゲラと笑っているのが見えた。いいや、逆さまなのはあの性格の悪い幼馴染じゃなくて、カイルのほうだ。

地面に叩きつけられるのを予測してカイルは身を硬くしたが、衝撃は訪れなかった。その寸前に、ヒロイにむんずと掴まれて、そのまま辺境伯邸の屋根の上に連れて行かれた挙句、ぞんざいに投げられたからだ。

「いってぇ！」

カイルが涙目で半身を起こそうとすると、がしっとドラゴンの爪で屋根に押しつけられた。

ヒロイはそのままキュイキュイ鳴きながら、カイルの頭をがうがうと甘噛みする。

『馬鹿！　カイルの馬鹿！　俺は怒っているんだからな‼』

「ヒロイ、重いっ。ほんっと重い！　死ぬから、死ぬって、うわっぷ」

べろべろと顔を舐《な》められて苦しいのと重いのとでカイルが喘いでいると、上空から羽音が聞こえてきた。ニニギだ。

『カイル！　それがはんごろしなの⁉　私も交《ま》ざる⁉』

勘弁してくれよ、と半泣きで言うと、視界に革靴《かわぐつ》が飛び込んでくる。

革靴《かわぐつ》の主《ぬし》は屋根の上を軽快に歩いて近づいてきた。

「——ずいぶんと面白い格好だが。助けてやろうか、竜騎士殿？」

アルフレートの呆《あき》れた声に、カイルは小さくお願いします……と頼む。

辺境伯は微《かす》かに笑って、自分の相棒であるヒロイをとんとん、と軽く叩いた。

「ヒロイ、それくらいにしといてやれ」

『アルフレートも、カイルを半殺しにするか⁉　じゃあ、代わってやる‼』

フンフンと鼻息荒く、ヒロイがカイルの背中から前脚を退《しりぞ》けた。

「——いっ、ってえ……」

呻《うめ》いたカイルの頭にアルフレートの手が伸びてきて、ヒロイに無茶苦茶《むちゃくちゃ》にされた髪をガシガシと拭《ふ》かれる。アルフレートはくつくつと小さく喉《のど》を鳴らした。

「ドラゴンにあんな間抜けに殺されかけた竜騎士は、お前くらいだよ。……愛されているな、相変わらず」

「……間抜けって！　死ぬかと思ったのに、俺は！」

思わず反論すると、小さくアルフレートが笑う。カイルはなんとも居心地悪く、その表情を見た。

カイルが屋根にしゃがみ、自分で頭を拭《ふ》いていると、アルフレートが並んで腰を下ろし、目線を合わせてくる。

「三年ぶりに、ようやく、お前を見た気がするな」

久々に見る「アルフレート」の表情に、カイルは胸が締めつけられるような思いがした。

けれどその表情は、すぐに切ないものへと変わる。

「それで？　わざわざ現れて……私への別れ話をしに来た、と？」

カイルは唇を引き結んで、頷いた。見つめ合った二人の背後でヒロイとニニギが顔を見合わせて、心配そうにキュイ、と鳴く。

「言え。聞いてやる」

尊大な口調が懐かしい。冷たい風を感じながら、カイルは眼下を見下ろした。

不安げにユアンたちが見上げているのに気付く。大丈夫だと言わんばかりに、アルフレートが片手で合図をした。キースは腕を組んで、無表情でこちらを見上げている。

カイルは美しい屋敷と整備された舗道《ほどう》や庭を眺めた。

容れ物だけじゃなくて、ここに働く人々、すべてが彼のものだ。

「……辺境伯の屋敷は、王都の別宅でさえ広いんだな。驚いた」

「私の持ち物じゃない。家のものだ」

「だけど、あんたのものだよ。……三年前、俺はアルフと一緒に行くと言った。あれは嘘じゃなかったけど、本心でもなかった」

カイルには想像もできない、身が竦《すく》むような責任が彼にはあるだろう。

三年前、不慮《ふりょ》の事故でアルフレートの兄二人がなくなり、彼は急遽《きゅうきょ》領地に戻って輝かしい爵位を継ぐことになった。長兄の娘が十年も経てばその地位を継ぐ。あくまで中継ぎだから、それまで傍にいてほしい、とカイルは誘われて……

「いっぺんに家族を失ったアルフの傷が癒《い》えるまで、一緒にいたいと思ったけど。……すぐに俺は不要になると思った。学のないただの孤児が辺境伯の隣になんて立てるわけがない。相応《ふさわ》しくない。どうせ、いつか無理が生まれる。だから、その時に逃げようって」

「何故、そうしなかった？　その時まで、黙ってついてくればよかっただろう」

カイルは空を見上げた。女の喚《わめ》く声が耳の奥に響く。

彼女の面差《おもざ》しがひどく己《おのれ》に似ていたのを思い出して、カイルは唇を噛んだ。

「ちょうど、金が、必要だったんだ。そんな時、辺境伯家の家宰《かさい》がアルフと別れるのならば金をくれると言ったから、俺はその誘いを喜んで受けた」

「私と来るより、金が欲しかったと？」

皮肉がこもった声に、カイルは頷いた。

「そうだよ。渡りに船だと思った……いつかアルフに見限られて、傷つくのが怖い。その前に逃げる理由ができて、心底安堵《あんど》した。俺はあなたと一緒には歩んでいけない。どうか、別れてほしい、と。そう、三年前に正直に言わなかったのを後悔している」

「……金は何に使った」

尋ねるアルフレートの声は、ひどく静かだ。嘘は通じないと悟り、カイルは目を逸《そ》らす。

「……世話になった人が、苦境に陥《おちい》っていて、渡した。誰かは言えない。けれど、家宰《かさい》から金を受け取ったのは一度きりだ。信じてもらえないかもしれないけど……一生かかっても、金はお返ししますから、キースへの疑いを晴らしてほしい」

カイルが哀願《あいがん》すると、しばらく、沈黙があった。

アルフレートはややあって立ち上がり、自分の屋敷を眺める。カイルにはその背中からアルフレートの感情を窺《うかが》い知《し》ることができない。下らない理由だと呆《あき》れているのかもしれない。

アルフレートは、カイルを見ないまま頷いた。

「わかった。三年前については承知してやる。渡した金の使い道も理解した」

「……じゃあ、キースの疑いも晴れた？」

アルフレートはしばし考え込んで、背後を見た。そこにはキュイキュイと鳴きながら耳を後ろにペタンとつけて萎《しお》れている、二頭のドラゴンがいる。

「……ヒロイ、ニニギ、どうした？」

カイルは、しまったな、と頬を掻《か》く。すっかり外野がいるのを忘れていた……

二頭のドラゴンに押されてタタラを踏むと、アルフレートに腕を掴まれた。

「危ないぞ。屋根の上でいちゃつくな。とにかく一度、屋敷に戻る。いいな」

「……はい」

二人はドラゴンに乗って地面に降り立つ。テオドールが近づいてきて、アルフレートの背後にさりげなく控えた。ユアンとキースは少し離れたところから、二人を見守っている。

アルフレートはカイルの頭に布をかけると、もう一度頭をガシガシと拭《ふ》いた。

「ヒロイのせいで、髪がべたべただ。風呂を用意させるから入ってこい。三年前のことは理解した。お前の願いも、わかった……」

カイルはほっとしたが、アルフレートは落ち着き払った表情で言う。

「だが、まだキース神官も、勿論お前も街には帰せないな。家宰《かさい》を強請《ゆす》ったのがお前でないという確証はない」

アルフレートがキースを睨《にら》むと、幼馴染は爽《さわ》やかに微笑み返した。

その様子に戸惑《とまど》いながら、カイルはアルフレートを見つめる。

「それは……証明しようもないけれど」

「あの男は殺されたんだ」

アルフレートがサラリと告げた。初老の紳士の顔を思い出して、カイルは絶句する。

「殺された……？」

「その話はあとでだな。とりあえず風呂に入ってこい」

「わかった」

すると、二人の会話に、場違いなほど明るくキースが割り込んでくる。

「風呂！　さすが貴族の屋敷は景気がいいな。俺も一緒に行くわ。入ろうぜ、カイル」

「ああ……二人で入れるくらい広いのなら」

キースも軟禁《なんきん》状態で湯を使う機会がなかったのかもしれない。そう思ってカイルが呑気《のんき》に頷いた横で、チッとアルフレートが舌打ちし、ユアンが酸《す》っぱいものを飲んだような表情で横を向く。

アルフレートはカイルの横顔を睨《にら》むと、半魔の鈍感な青年を促《うなが》した。

「風呂はこちらだ。私が洗ってやる」

アルフレートがカイルの二の腕を掴み、有無を言わせず引っ張る。

辺境伯の屋敷の、おそらくアルフレートが私的に使っているであろう建屋の一角。その一階に風呂があるらしい。ニルスの一般的な家庭には風呂がなく、盥《たらい》にためた湯で身体を拭《ふ》くのが普通だが、北領や寒冷地帯の人間は風呂を好む。身体を温めたいからだ。

なので、辺境伯邸に瀟洒《しょうしゃ》な風呂があるのは理解できる、のだが。

「着替えは持ってこさせる。手伝ってやるから遠慮するな。なんなら一緒に入るか」

「遠慮じゃないっ！　入るわけがないだろう！」

浴室に案内されてそのまま壁に押しつけられ、衣服を脱がされた。

アルフレートの視線が、カイルの胸元にある変わった紋章《もんしょう》のペンダントに向けられたが、カイルは気にする余裕もなく抗《あらが》う。顎《あご》に触《ふ》れられそうになって、カイルは慌《あわ》ててアルフレートの横をすり抜け、浴槽《よくそう》へ逃げた。すると、アルフレートは不満そうに言う。

「キース神官とは、入ろうとしたくせに？」

「あいつは……兄弟みたいなもんだろ。今更……」

「兄弟と一緒に寝るのか？　同じ寝室で？　神官が自慢たらしく言っていたぞ」

カイルは「は？」と間抜けな声をあげた。確かに教会に泊まる際、同じ部屋で寝てはいる。キースはベッドで、カイルは床の粗末《そまつ》な寝袋でだが。

「教会が狭いからだよ、んっ……」

カイルの顎《あご》を上向けて、アルフレートが素早《すばや》く唇を盗む。

抗《あらが》おうとするカイルを押さえつけるために、アルフレートは自分も湯船に転げ落ちた。

逃げられないように手首を拘束《こうそく》されて……もう一度口付けられる。

「……ふ、ぅっ！」

首筋をガリ、と噛まれて、痛みでなく嬌声《きょうせい》が漏れた。

長い指が何も纏《まと》っていない下半身に伸びてきて、カイルの背中に緊張が走る。

煽《あお》るためではなく、蒼褪《あおざ》めて首を横に振った。アルフレートの片方の膝《ひざ》が脚の間に割り込んできて、カイルは我に返る。

「やめろってば！　馬鹿！」

手を掴まれているので頭突《ずつ》きをすると、アルフレートは頭を押さえて呻《うめ》いた。

「痛っ……石頭《いしあたま》め。無礼な」

「どっちがだよ！　あんた、俺の話聞いていたのか？　風呂から出ていけよ、もう！」

「断る」

しつこく首に唇を寄せられて、舐《な》められる。

カイルはまた流されそうになって……アルフレートを押《お》し退《の》けつつ悲鳴をあげた。

「第一、無理だって！　物理的に」

思わず出た言葉を「何がだ？」と拾われて、カイルは「う」と口籠《くちごも》る。

アルフレートはカイルの首にかかったペンダントを弄《もてあそ》びながら耳に口付け、なおも質問してくる。

「物理的とは？」

低い声で耳元に囁《ささや》かれて、カイルは唇を引き結んだ。

別れた相手に迫る意図――カイルの中のアルフレートへの未練を見透《みす》かされているようで、腹が立つ。

アルフレートにしてみれば、過去の恋人を手玉に取るくらい大したことではないだろうが、恋愛経験が豊富とは言えないカイルにしてみれば、弄《もてあそ》ぶのは勘弁してほしい……

ずるずると壁伝いに湯船に沈むと、着衣のままのアルフレートは、浴槽《よくそう》の縁《ふち》に座ってカイルに首を傾げた。

どうあってても言えということらしい。三年もそういう行為はできていないし、はっきり言えば不能なのだが、何が悲しくて白状しないといけないのか、この状況で。

なんとなく腹が立って、カイルはアルフレートに湯をかけた。

「いろいろ支障があるんだよ……」

「なんの支障だ。言え、気になるだろう。具合でも悪いのか？　正直に言えばお望み通り出ていってやる」

アルフレートは前髪を掻《か》き上《あ》げた。命令口調ではあるが若干心配そうな声音で聞かれて、カイルはそっぽを向いて唸《うな》りながらも、ぼそぼそ呟く。

「……今、できないし。そういうこと全般が」

「そういう？」

全く意味がわかっていなそうなアルフレートに、カイルは頭を抱えて言った。

「だから！　勃たないんだよ‼　今！　というか、三年間ずっと！　だから、その気にはならない、無理！　……わかったら、放っておいてくれよ、もうっ！」

「…………………………へえ」

アルフレートはぽかんと口を開け、何やら、ものすごく、間を空《あ》けてから相槌《あいづち》を打った。

それから目線を彷徨《さまよ》わせたあと、咳払《せきばら》いをして聞いてくる。

「それはまあ、若いのに、大変だが。……お前、この三年間……どうしていたんだ」

何を、なんて聞き返すまでもない。

なんだこのあほな会話は、と思いつつ、カイルは上目遣いで美貌《びぼう》の元恋人を睨《にら》んだ。

カイルはぐじぐじと悩んで、三年間ずっと人とのそういう接触を避けていたし、その気にもならなかったのだが、華やかな世界に暮らすアルフレートはいろいろあっただろう。

それはもう、いろいろと。男女問わず引く手数多《あまた》な人だ。昔から。

それを責めるつもりも資格も、カイルには全く、ないが。……無性に、腹は立つ。

「……答える義務なんか、ないでしょう、閣下」

「まあ、それはそうだな」

アルフレートはふぅんと意味ありげに囁《ささや》いて、「じゃあ、先に出るぞ」とやけにあっさりと浴場から出ていった。

カイルは馬鹿なことを言ったと、しばし顔の半分まで湯に浸《つ》かって呻《うめ》いて……のぼせた。

クラクラしながら風呂から上がり、一目で上等だとわかる上下の一揃いに袖《そで》を通す。

服を着たのを見計らったのか、侍従らしき青年が「お部屋を用意しましたので、どうぞ」と客間に案内してくれる。街に宿泊するつもりで訪問したし、滞在するつもりはないのだが。

滞在するのならキースと同じ部屋でいいんだけどなと考えて、いつもの癖で胸のペンダントを握り込み……カイルは動きを止めた。

……ない。

慌《あわ》てて浴槽《よくそう》に引き返すが、ペンダントは、ない。

先ほどの戯《たわむ》れでアルフレートが執拗《しつよう》にペンダントを触っていたのを思い出し、蒼褪《あおざ》める。

カイルはバッと侍従を振り返った。

「閣下はどこへ？」

「多分、私室においでになるかと」

「案内してくれ！」

カイルは侍従に案内してもらい、アルフレートの私室の扉を勢いよく開けた。アームチェアで本を読みながら寛《くつろ》いでいたアルフレートは、入ってきたカイルに気付いて視線を上げる。

「気付くのが意外に早かったな」

「……早かったな、じゃない！」

怒っているカイルの背後で困惑している侍従を、アルフレートは下がらせた。扉が閉まるのを確認して、カイルはアルフレートの傍に近寄り、彼を見下ろす。

「……辺境伯ともあろうお方が、他人のものを盗まないでくれますか」

「これか？」

アルフレートが掲《かか》げた銀に似た不思議な色のペンダントは、元はカイルの持ち物ではなかった。だが、今は自分のものだ。そう思ってアルフレートを見つめると、彼もじっとカイルに視線を合わせる。

「こんなものを後生大事に持っていて、どうするつもりだった？」

「閣下には関係ないかと。返してください」

上目遣いに睨《にら》むと、アルフレートは軽く笑った。

「つれなくするな。カイル……お前はこれがどういう類《たぐい》のものか知っているのか？」

「……どういう種類？　……紋章《もんしょう》、かと。貴族が身につけている家紋のような」

アルフレートは小さく嘆息して椅子から立ち上がると、奥の部屋にカイルを手招く。

広い寝室の日が当たらない壁一面は、天井《てんじょう》まである本棚《ほんだな》になっている。アルフレートはそこから一冊の本を取り出した。

「私の領地は魔族の国の山に隣接しているから、彼らにも折々でよく会う。魔族は褐色《かっしょく》の肌を持ち、特に高位貴族は人ならざるほど美しいが……彼らにも一族ごとに家紋がある。その印《しるし》を象《かたど》ったものを身につけるのは人間と一緒だ」

本は印刷されているものではなく、何かの書付《かきつけ》のようで、紋章《もんしょう》が描かれているのだとわかった。

カイルはつい、覗《のぞ》き込んでしまう。

「お前の持っている紋章《もんしょう》はこれだな。アル・ヴィースの一族のものだ」

「……アル・ヴィース……？」

カイルはアルフレートが発した聞き覚えのない言葉に、目を瞬《しばた》かせた。

アルフレートは沈黙したままカイルを観察し、問いを重ねる。

「後生大事にしているようだが、三年前には持っていなかったな？　それはどうした」

カイルは口籠《くちご》って言い訳を考えたが、諦めて正直に打ち明けた。嘘はそもそも下手なのだ。

「……王都を去る時に、俺の父親を知る人に、もらった……」

もらったというよりは、投げつけられて拾ったのだが。その時のことを思い出すと、気分が沈む。

アルフレートは怪訝《けげん》そうな眼差《まなざ》しを向けた。

「父親？」

「……久しぶりに会った、その人が。父親の持ち物だって言って、俺にくれたんだ」

アルフレートはしばらく沈黙していたが、もう一つ、と尋ねる。

「それは、ニルスの北にある魔族の国でしか採《と》れない貴重な鉱物でできている。値段を知っているか？」

カイルは首を横に振る。そんな貴重なものだとは知らなかった。

「綺麗な色だものな……高価なのか？」

「鍛《きた》えて剣にすれば、その威力はすさまじい。金《きん》の百倍はするだろうな」

「ひゃっ……！」

カイルは目を白黒させる。そんな値がつくのなら、売り払って教会の修繕費《しゅうぜんひ》にあてるのだったと衝撃を受けていると、アルフレートはさらに追い打ちをかけた。

「アル・ヴィースは魔族の首魁《しゅかい》を輩出する一族……ついでに言えば、二十数年前の王都動乱の首謀《しゅぼう》者《しゃ》の中にもいたな」

カイルは眉間《みけん》に皺《しわ》を寄せたが、アルフレートは構わずに続ける。

「王侯貴族の中には、彼らの紋章《もんしょう》をよく知っている者もいる。魔族の容姿をしたお前がこれを持って、王都にいるのが見つかれば……」

アルフレートはそっとカイルの首筋に指を這《は》わせ、低い声で告げた。

「関係者だと断じられて、その場で投獄《とうごく》されても文句は言えないだろうな。お前に紋章《もんしょう》を渡した人物は、その危険性まで知っていたと思うか？」

カイルはたじろいで……視線を逸《そ》らした。彼女は何を思ってカイルにこれを渡したのか。

自分の存在を恥じろ、という意味だと思っていたが。それ以上の意図が……あっただろうか。

これを所有しているカイルが、投獄《とうごく》でもされればいい、と思っていたら……

「……わからない。その人が今、どこにいるかもわからないし」

「同じ紋章《もんしょう》を持っている魔族に会えたら、どうするつもりだ？」

思いもしない問いに、カイルは視線を彷徨《さまよ》わせる。

「……考えたこともなかったな。第一、本当に父親の持ち物かもわからないし」

「紋章《もんしょう》をくれた相手は、お前の父親の名前を知らなかったのか？」

カイルは口籠《くちごも》った。知らないどころか……会ったのも一度きりのはずだ。

理由を言えずに頷くと、アルフレートは紋章《もんしょう》を弄《もてあそ》びながら、言った。

「アル・ヴィースの一族は、今ちょうど王都に滞在している」

カイルは、あ、と思い出す。王都に到着した際にニニギが説明してくれた。

国王陛下が仲直りするために……魔族を呼んだ、と。

「カイル・トゥーリ」

「はい」

名前を呼ばれて、昔の癖で、つい背筋を伸ばしてしまう。

「家宰《かさい》の件についてお前の言い分は聞いた。だが証拠《しょうこ》は何もない、そうだな？」

それはその通りなので、カイルは頷く。

アルフレートは紙片を差し出した。「カイル」が金を受け取った時のサインらしい。

確かに己《おのれ》の筆跡と酷似《こくじ》している。

「……俺の筆跡のように、思え、ますね……あの、今日だけお借りしても？」

カイルが聞くと、アルフレートは少し考えたが、首肯《しゅこう》した。

「許可しよう。もう一枚あるしな。……ともかく、お前はここに軟禁《なんきん》される必要がある。容疑者だからな。ただ、無為《むい》に居候《いそうろう》するのは、お前の性格からして嫌だろう？　ならばこの件が解決するまで、私に雇《やと》われる気はないか」

「……雇《やと》われる？　なんの仕事を……」

身構えたカイルに、アルフレートは薄く笑った。

「お前が引き受けるなら、キース神官の身柄《みがら》は解放する。それに、ユアンが預かっているお前の大事な孤児院の子供たちも厚遇しよう。教会の修繕《しゅうぜん》も引き受けてやる」

「……破格すぎる。なんの仕事です？」

訝《いぶか》しむカイルに、アルフレートは肩を竦《すく》めた。

「仕事内容を聞けば安すぎると思うかもしれない。何せ、王女殿下絡《がら》みだからな」

「……王女、殿下？」

ぽかんとしたカイルに構わず、アルフレートは続ける。

「国王陛下が少し前、私におっしゃった。『かつてお前の傍にいた半魔の竜騎士を捜して、王都に連れて来てはくれないか』と。母君から魔族の血を受け継いだ王女殿下は、お前と同じく竜の言葉を理解する。同じ異能者として殿下の護衛をしてほしい、とな。それで、私もクリスティナについて、あの街を訪ねたわけだ。金の件もあってちょうどよかったしな」

全く予想していなかった依頼に、カイルは一瞬、呼吸を忘れた。

「しばらく、って」

「ほんの二ヶ月程度だ。先ほど言ったように、高位魔族の面々が数十年ぶりに王都を訪問し、滞在している。その間……王女殿下の護衛の一人として参加する気はないか？」

固まったカイルの目をアルフレートはひたと見つめ、ゆっくりと言葉を紡ぐ。

「アル・ヴィースの当主もいるぞ。銀髪の美しい魔族だ」

紋章《もんしょう》の、持ち主。ひょっとしたら自分の出自にかかわるかもしれない……

カイルは無意識に、いつもペンダントを隠している胸の前で指を彷徨《さまよ》わせた。

俯《うつむ》いたカイルは、光源が遮《さえぎ》られたのに気付いて、はっと視線を上げる。すぐそこにアルフレートの蒼《あお》い目があった。

「……なんなら、別の仕事でもいいが？」

「――なっ」

突然、ソファに押し倒される。とっさのことで、逃げられない。

両手を頭の上でまとめられ、もがいているうちに紐《ひも》で一つに縛《しば》られる。ばたつく足を押さえるように膝《ひざ》を乗せられて、カイルは叫んだ。

「いきなり！　なんなんだ！　部下に手を出すとか騎士道に反するんじゃないのか」

「今は部下ではないだろう？　それに、生憎《あいにく》と品行方正《ひんこうほうせい》な騎士はやめて、いけ好かない横暴な大貴族をやっている」

「自分で言うな！　辺境伯が、嫌がる相手にこんなことしていいのか……っ！」

「いいんじゃないのか？　それにお前が嫌がる相手だとも、思わない」

「そんなわけっ……！　……んっ、は……」

身動きがとれないカイルはアルフレートに圧《の》しかかられ、覆《おお》いかぶさられて口をふさがれる。押《お》し退《の》けてしまいたいのに熱い舌に侵《おか》されて、抗《あらが》おうとするのに、だんだんと力が抜けていく。

「んっ……！」

舌だけじゃなく、頬の裏側も舐《な》められて、つい、声が漏れる。粘膜《ねんまく》同士がぐちゅぐちゅと絡《から》むのは気持ちがいい。己《おのれ》は身体の快楽に流されやすいのだ、と思い出し、カイルは首を横に振った。

乱暴で甘い口付けがようやく離れて、カイルは息も絶《た》え絶《だ》えに、喘いだ。

「むり、だって。いま、イケな……うあっ」

服の上からソレをやわやわと揉《も》みしごかれて、腰がぴくり、と跳ねた。

面白がるみたいに、目元と鼻の頭にアルフレートが口付ける。久しぶりの刺激にカイルの息が上がるのを楽しそうに観察し、アルフレートはカイルのシャツを脱がせていく。

「別に、前だけじゃなくても……お前はイケるだろう？　……ここも」

「……なっ！　あ！　ひっ……んぅ」

右胸をギュッとつねられて、カイルは、「痛い」と小さく悲鳴をあげた。いじめるように力を込められたせいで眉根を寄せるほど痛いのに、親指の腹で撫ぜられて、吐息が漏れる。

「痛いだけか？」

「いたい、だけに決まっ……あっあ！」

嘘つき、と笑ったアルフレートは、カイルのシャツの前をはだけると、顔を埋《うず》めた。

敏感になった胸にアルフレートの息がかかって、肌が粟立《あわだ》つ。

くすぐったい、気持ち悪い、と感じたのはほんの一瞬だった。赤ん坊が吸いつくみたいに甘噛みされて舌で愛撫されるうちに、心地よさのほうが勝《まさ》ってしまう。

はだけた上半身を舌と指で執拗《しつよう》に攻められて、カイルはあえかな吐息を漏らした。自身に反応はない。だが、胎《はら》の奥が切なく震えたのがわかって唇を噛んだ。ひんやりとした指が、カイルの臀部《でんぶ》からその先へと進む。

逃《のが》れようとずり上がったのに、そのせいで指が割れ目にあたった。

カイルは唇を戦慄《わなな》かせる。

僅《わず》かに体温の低い長い指が窄《すぼ》まりにつぷりと挿されて、こじ開けられて、あそこに触《ふ》れられる瞬間を思い出して、喉《のど》が鳴る。――それだけじゃない。

もっと、熱くて大きいものに、暴《あば》かれて、突かれて、奥をぐりぐりと……

浅ましい想像をした己《おのれ》に、カイルは呻《うめ》いた。

アルフレートは、くっ、と笑い……耳元で毒のように甘い声を流し込む。

「お前の後ろを、指でゆっくり解《ほぐ》して、ぐちゃぐちゃにして……それから私のもので串刺しにして、ゆさぶって、夜通し……甘く泣かせてやろうか、昔みたいに」

吐息が口に流し込まれて、カイルはうっとりと目を閉じた。

アルフレートがカイルに圧《の》しかかったまま、自身のシャツを脱ごうとして……

「だめ、だって！　何を考えているんだ！」

我に返ったカイルは上半身を起こして、慌《あわ》ててアルフレートを押《お》し退《の》ける。

息を荒くしながらカイルがはだけたシャツを掻《か》き抱《いだ》いて睨《にら》むと、ソファに座ったままの美貌《びぼう》の辺境伯は涼しい顔で足を組んだ。

「警戒心が足りないのではないかと思ってな？」

「……人を襲っておいて言う台詞《せりふ》かよ！」

カイルが吐き捨てると、アルフレートはくつくつと笑う。

「どうする？　嫌疑《けんぎ》が晴れるまで、私の相手をするか、王女殿下の護衛をするか」

「……俺は、騎士だ。護衛を受けさせてもらう」

「それは、よかった。契約成立だな？」

カイルが顔を熱くしたまま言うと、アルフレートは人の悪い笑みを浮かべた。

なんだか、乗せられた気がするが……確かにただ飯食らいは性《しょう》に合わないし、アルフレートに弄《もてあそ》ばれるよりよほどましだ。

カイルが衣服を整えていると、アルフレートが真面目な顔に戻って、言った。

「詳細はテオドールが説明するだろう。……王宮では私以上に面倒な奴もいる。気をつけるんだな。カイル」

「面倒な奴？」

おうむ返しに尋ねると、アルフレートは頷いた。

「……元は我らと同じ飛龍騎士団出身の、ハインツ・ネル――」

「ハインツ……」

カイルは、顔を顰《しか》め、灰色の目をした男を、苦い感情と共に思い出した。

ハインツは東部の有力貴族の子弟で粗野《そや》な男だった。カイルを半魔族と侮辱《ぶじょく》する一方で、妙に恋着されて……犯されかけた、ことがある。

飛龍騎士団在籍時の嫌な思い出は多々あるが、ハインツとのそれは忘れがたい屈辱《くつじょく》だ。

「……なんだって、ハインツが王宮に？」

カイルが問うと、アルフレートは口を開く。

「彼は病弱な兄の代わりに伯爵位を継いだ。ネル伯爵家は東部貴族の中でも中枢《ちゅうすう》にいるからな。殿下のサロンにも出入りするだろう。気をつけろ」

カイルはわかった、と頷いて、アルフレートに背を向ける。

「なんだ、部屋に帰るのか？　今宵《こよい》はお前と、久々に楽しもうかと思ったのに」

皮肉な声で言われて、カイルはむっとする。

「……夜伽《よとぎ》は任務ではないと思いますので！　失礼します」

アルフレートにとっては別れた平民を再び閨《ねや》に誘うことなど容易《たやす》いかもしれないが、弄《もてあそ》ばれるのは、絶対に嫌だ！

カイルは早足でアルフレートの寝室を出ると、扉を閉めた。

廊下を歩きながら、それに、とため息をつく。

「もっかい、アルフと寝たら。――一生忘れられなくなるだろ。きっと」

アルフレートが触《ふ》れた個所がどこもかしこも熱い。カイルは身体を冷ますために、廊下の人気《ひとけ》のないところにしゃがみ込む。

遠くない未来に、離れなくちゃいけないのだ。ならば致命傷は負いたくない。

もやもやとした気分で客間に戻ると、キースがソファに寝転んでいた。まったく、この順応力には恐れ入ると呆《あき》れていると、キースは「おかえりー」と顔を上げた。

「風呂場でいちゃついて、ちゃんと元鞘《もとさや》に戻ってきたか？」

「馬鹿言ってんじゃねえ！　……俺が書いたっていう署名を見せてもらってきた」

預かった紙片を取り出すと、キースも起き上がって覗《のぞ》き込《こ》む。

「辺境伯家の家宰《かさい》がお前に払ったと言っていた金を、受け取った人間の署名、か」

キースが顎《あご》に手をやって考え込む。カイルが書いたわけではないが確かに似ている。

だが、微妙な癖が、違う。キースが皮肉げに口を曲げた。

「俺ならお前の筆跡を真似《まね》できるけどな。やっぱ俺かも、犯人」

「馬鹿、やめろ」

カイルは幼馴染の軽口を窘《たしな》めたが、要するにカイルをよく知る人物か、カイルの筆跡を持っている者ならば真似《まね》できるということだ。

「俺に見せるってことは、お前の名前を騙《かた》ってお前に罪を着せて、金をとりたがってる奴が誰か、見当がついているってわけか？」

キースの問いにカイルは無言だったが、それは肯定と同義だった。しかも支払いをしたのは、以前カイルが利用した商会と同じ。それならば、金を受け取った可能性が一番高いのは……

キースはソファで行儀《ぎょうぎ》悪く足を組んだ。

「あの女か？　本当にあの時殺しときゃよかったな、あの婆《ばばあ》」

カイルは俯《うつむ》く。

「まだ、決まったわけじゃない。だけど……もし今もあの人が金に困っているなら、神殿管轄の救貧院とかに身を寄せているかもしれない。小さな子がいるみたいだし、三年前に再会した彼女は金に困っていたし……断定する気はないけど、話を聞いてみたいと思う。救貧院に彼女とその子供がいないか、一緒に捜してもらえないか？」

「捜してどうするんだよ」

「話を聞いて……もしも彼女が関わっているなら、伯にすべてお話し、する」

キースは「馬鹿だな」と言いたげな顔をしたが「しゃあねえな」と頷いた。

「その代わり、辺境伯の部屋から上等なワインくすねてこいよ」

「んなことできるかよ、馬鹿！　俺の薄給でなんか買うから」

「クソまずいワインなんかいらねえっての」

憎《にく》まれ口を叩くキースに、カイルはありがとうな、と呟いた。

本当は、今すぐにでも容疑者をアルフレートに打ち明けるべきかもしれないが、全くの無罪ならば、彼女があまりにも哀《あわ》れすぎる……少しの間だけ、自分で捜したい。

どんな目に遭《あ》わされても、彼女は自分を産んだ人だ。すぐには思いきれない。

カイルは、小さくため息をついた。


翌日。アルフレートに打診された王女の護衛について、テオドールが詳細を説明してくれた。

この国の王には四人の子がいる。正妃との間に生まれた三人の王子。そして側室のダンテ夫人との間に生まれた一人娘。王女は今年で八つになるが……

「母上が、産褥《さんじょく》で寝ついておられてね。姫も不安定なのです」

テオドールは眉尻を下げてそう言った。

側室から八年ぶりに生まれるはずだった赤子は男児だったが、死産だった。

生まれなかった哀《あわ》れな子供を悼《いた》み、夫人は起き上がってはまた床《とこ》に戻るという生活を送っているそうだ。本来は溌剌《はつらつ》としている王女も、母親の不調に引きずられて塞《ふさ》ぎ込《こ》みがちだという。

一通り事情を聞いたあと、カイルはふと尋ねる。

「どうして俺なんですか？　王女殿下の護衛をできるほど剣が扱えるわけではないですよ」

飛龍騎士団時代ならばいざ知らず、第三騎士団では騎士とは名ばかりの雑用をこなしていた。警備の内容や場合によっては、土木工事の手伝い要員だ。剣の腕は鈍《なま》っている自覚がある。

「それは、私が鍛《きた》え損《そこ》ねたからですか？　情けない……」

「……うっ、すみません、班長」

癖で昔の役職を呼ぶと、直属の上司だったテオドールは片眉を上げて微笑んだ。

「君に期待しているのは剣の腕ではなく……王女の傅役《もりやく》ですね。殿下は、ふらりとドラゴンに乗って遠出をすることがあるのです。秘密ですよ？」

カイルが頷くと、テオドールは続ける。

「陛下はただ一人の王女であるフィオナ殿下を溺愛なさっているが、殿下は人間には心を閉ざして、ドラゴンのユキとばかり会話をする……彼らがどんな会話をしているか察知して、もしも家出をしようとしたら止めてくれる人間に、傍にいてほしいのですよ」

カイルは得心がいった。テオドールは安心したように頬を緩める。

「今は、魔族がこの国を訪れているでしょう？　本来ならば、母君が魔族たちを出迎えるはずでしたが……お具合が悪いので全部の日程は難しく、幼くていらっしゃるけれども、王女も彼らを出迎えています」

つまり、現在王女は友好の象徴、いわばマスコット役を務めている、というのだ。

王女が自棄《やけ》を起こしてドラゴンと一緒に逃げないように、カイルに王女とドラゴンの言動を見張れ、ということらしい。護衛は勿論カイル一人ではないが、重役だ。

気が重いが……カイルは引き受けることにした。

可愛らしい王女が気落ちしているならば助けたいし、アルフレートが言う通り、家宰《かさい》の件が判明するまで何もしないというのも性《しょう》に合わない。それに……

ひょっとしたら、自分の血に連なる魔族に会えるかもしれない。

会ったところで、ろくな結果にならないだろう。自分の性懲《しょうこ》りのなさにうんざりするが、一族の長《おさ》というのがどういう人物なのかは……どうしても知りたいと思ってしまう。

テオドールから詳細な説明を受けてから三日後、カイルは王宮に足を踏み入れた。

三年ぶりの王宮は変わらずに華やかで、懐かしい。国王から直々《じきじき》に「よろしく頼む」と一声かけてもらったあと、緊張の面持《おもも》ちで王女の前で跪《ひざまず》き、頭《こうべ》を垂れる。

「カイル・トゥーリと申します。殿下、お小さくていらっしゃった頃に、冬を離宮で共に過ごさせていただいたことがありますが、覚えておいででしょうか？」

「覚えています、カイル。懐かしい、イチゴのおめめだわ」

小さな王女は一瞬懐かしそうな表情を浮かべて、思い出を語った。それでもどこか沈んだ声で「よろしく頼みます」と素《そ》っ気《け》なく告げる。明らかに元気がない。

確かにこれは心配になるだろうなと思って護衛を務めていると、聞き覚えのある低い声がする。

「これはこれは、ずいぶんと懐かしい顔だな。どうして田舎《いなか》の騎士が王宮に舞い戻った？」

カイルは動きを止めた。黒い服に身を包んだ、酷薄な灰色の目をした大男は、従者らしき美少年を引き連れてゆっくりと近づいてくる。

彼が誰であるのかを認識して、一瞬、カイルの腕にざっと鳥肌が立った。

ハインツ・ネル。

飛龍騎士団に所属していた頃、『アルフレートのことは諦めろ、俺のものになれば優しくしてやる』と言われた。その時に受けた甘ったるい口付けと背筋を這《は》う快感を思い出して、カイルは目を逸《そ》らした。もはやハインツにとっては些末《さまつ》なことだろうが、過去に受けた暴力を思い出すと自然と身体が強張《こわば》る。

ハインツは飛龍騎士団の隊服ではなく、王都の貴族たちが好むゆったりとした絹の服に身を包んでいた。

カイルは感情を出さないようにつとめ、ハインツを見上げる。

「これは伯爵。今日はどのようなご用件ですか?」

「王妃様のご機嫌《きげん》伺いに来ただけですよ。竜騎士殿」

ハインツは馬鹿丁寧《ていねい》な言葉で答えた。ハインツの実家は裕福な伯爵家のはずだ。商会や大規模な農園も営《いとな》んでいて、指折りの資産家だというから、王族とも付き合いがあるのだろう。

ハインツは笑ってカイルの腕を掴んでくる。カイルは自分よりも背が高い貴族の男を睨《にら》みつけた。

「……何か私にご用ですか、伯爵」

「王女殿下の護衛に、懐かしい人間が加わったと聞いてな? 陛下の臣下《しんか》として喜ばしく思っているだけだ。誰の推挙《すいきょ》か知らないが、一介の騎士が大した出世だ」

ひやりとした指がカイルの首筋に触《ふ》れる。

数日前にアルフレートが噛んだ場所だと気付いて、カイルは慌《あわ》てて身を引いた。

……カイルが護衛として王宮に来たのは、今日が初日だ。

それを何故、ハインツがすでに知っているのか。

彼は笑って指を遠ざけると、低い声で囁《ささや》いた。

「どうして俺が伯爵になったのか、釈然《しゃくぜん》としないって顔だな？」

「……貴族のお家事情には興味がない。あんたの家のことには、特に」

カイルが冷淡に言うと、ハインツはくつくつと喉《のど》を鳴らす。

「相変わらずつれなくて涙が出るな。……俺が邪魔な兄貴に毒を盛って爵位を継いだ」

「……なっ」

声をあげたカイルに、ハインツは軽く噴《ふ》き出《だ》す。

「信じるなよ！　そんなことするわけがないだろう。俺は家族を愛する模範的な男だぞ？」

カイルが眉間《みけん》に皺《しわ》を寄せてハインツの手を払うと、彼は、ふん、と鼻を鳴らす。

「ま、今の地位には満足だし、伯爵という呼称は悪くない。――昔のよしみだ、ハインツと親しく呼んでくれて構わないが？」

「遠慮します」

「はは、そう邪険《じゃけん》にするな。……王女殿下のサロンには俺も顔を出す。いやでも顔を合わせるだろう。就任祝いに何か贈りましょうか、竜騎士殿？」

ニヤニヤしながら話し続けるハインツの腹の内が読めず、カイルは居心地悪く口を開く。

「……俺はただの護衛ですので、結構です」

「そう言わずに。高位魔族の連中と会うなら、それなりのものを身につけていないと『雑種』と馬鹿にされて終わりだぞ」

何が言いたいのか、とカイルが探るような視線を向けると、灰色の目を細めたハインツは、わざとらしく胸に手を当て優雅に礼をした。

「……では、ごきげんよう。またいずれ」

カイルはハインツの背中を見送りながら、深いため息をつく。

たった一日王宮に来ただけだが、どっと疲れた気がした――


翌日からもカイルは近衛《このえ》騎士に交《ま》じってフィオナ王女の護衛を務めていた。腕の立つ護衛騎士数人が彼女の脇《わき》を固めているので、カイルの出番はあまりない。

そんなこんなで、カイルが護衛を始めてから半月が経とうとしている。

今日も近衛《このえ》騎士の一人に誘導されて竜厩舎へ行くと、ドラゴンたちはいっせいに喜んだ。

『あれ！　ヒロイのとこの子！　今日も来たの？』

『違うよお、ニニギの子だよお』

ドラゴンたちが我先にとやってきて、カイルに額《ひたい》をぶつけながら挨拶《あいさつ》をする。

それから、フィオナ王女のドラゴン、ユキもちょこんとやってきて、ぺろっとカイルの頬を舐《な》めた。彼女はキュイと鳴きながら、伏《ふ》せの姿勢をとった。警戒心の強いユキはここ数日で、ようやくカイルに慣れてくれたようだ。

「おはよう、ユキ。今日は王女殿下は来た？」

『王女様は、朝のおはようを私に言いに来たのよ、侍女と一緒に！』

「ユキが王女様を好きなのは知っているけど、二人で出かけちゃだめだよ？　こっそり行きたい時は邪魔しないから、俺か近衛《このえ》騎士を呼んでくれ」

『……コノエキシは嫌いなの！』

ユキは承服しかねるとばかりに、ぷすぷすと鼻を鳴らす。何か不満がありそうだ。

頼むよ、と撫でると頭を擦《す》りつけてくるので、カイルが嫌われているわけではなさそうだが。

ドラゴンのユキが、コノエキシという名詞を知っているのは、フィオナ王女がそう呟いていたからではないだろうか。近衛《このえ》騎士が嫌いだ、と。

王女といっても魔族の血筋の王女は、近衛《このえ》騎士に疎《うと》まれているんじゃないだろうか。

腹の探り合いは苦手なんだけどな、とカイルはため息をついた。

すると、ドラゴンたちがカイルを励ますように、わらわら集まってくる。

『大丈夫だよ！　ユキが勝手したら、俺がカイルに教えてあげる！　だから俺と遊ぼ！』

『え、俺と遊ぶって約束したもんっ、お散歩行こう⁉　ね、いつが暇⁉』

数頭のドラゴンがキュイキュイと鳴くのを「今度な」といなしていると、カイルと同じか少し年上の近衛《このえ》騎士が、背後に立っていた。

「さすが魔族の血筋だなあ。ドラゴンにここまで好かれる人間を初めて見た。王女殿下もドラゴンと仲良くされるけど、ユキ以外とはそこまで話さないから。羨《うらや》ましいよ、私のドラゴンは私に素《そ》っ気《け》ないんだ」

「自分でも便利な特技だと思う」

自分のドラゴンを所有しているクルーゼという青年貴族は、いたく感心している。

彼は、平民である上に半魔族のカイルにも屈託《くったく》なく接してくれるので喋《しゃべ》りやすい。貴族の子弟は平民をあからさまに軽《かろ》んじる者も少なくないし……魔族ならば尚更だ。

「クルーゼ、あんたのドラゴンのトーカは、あんたの香水が苦手みたいだ」

「えっ！　どうして君は、私のドラゴンの名前を知っているんだ？」

「トーカに直接聞いた」

クルーゼは驚きながら、くんくんと自分の袖《そで》に顔を埋《うず》め、こっちを見ている黒い飛竜に視線をやった。

強すぎるわけではないが、甘い麝香《じゃこう》の香りを嫌うドラゴンは多い。

「騎乗する時だけ別の香りにするといい」

「これはいいことを聞いたな、感謝するよ」

クルーゼは、カイルににっこりと微笑んだ。

それにしても、とカイルは口を開いた。

「竜厩舎に付き合うことはないのに、上等な服が汚れないか、クルーゼ」

「ドラゴンが好きだからいろいろ学べて嬉しいよ。君こそ毎日その、護衛とは名ばかりの……」

確かに、カイルは王女の周囲を守る騎士からは、にこやかに「王女殿下の護衛は私たちがするから、君はドラゴンたちの様子を見守ってくれるか？」と追い払われている。

だが、そのおかげでカイルはこの任務に就《つ》いてからドラゴンたちを見廻《みまわ》り、不調があれば解決していたので、クルーゼをはじめとしたドラゴンが好きな幾人かが、カイルに対して気を許してくれるようになったのだが。

クルーゼが言い淀《よど》むのを、カイルは笑い飛ばした。

「怪しい新参者が殿下の護衛に任じられたら、警戒するさ。近衛騎士《このえ》としては正しい反応だよ」

「陛下の勅命《ちょくめい》なのにな。まあ、彼らは東部貴族だから、北部を治める辺境伯たちが魔族たちと親交を復活させるのを快《こころよ》く思ってないいんじゃないかな。君は辺境伯の麾下《きか》なんだろう？」

「元、部下だな。今は国王陛下が王女殿下の身を案じて同じ異能持ちの俺を呼び寄せただけだけど……そうか。北部の人間だから、と警戒されているのか」

「王女に魔族の血筋だからと取り入って、北部のよさを吹き込むのではないかと警戒されているかもな」

正直なクルーゼに、カイルは苦笑した。

「それを俺にバラしていいのか？　本当に裏で繫《つな》がっているかもしれないのに！」

「イルヴァ辺境伯は確かに魔族との関係修復を望んでいらっしゃるが、国に不利益なことはなさらないよ。私だけじゃなく、皆、そう思うさ。だから、あの方に推挙《すいきょ》された君も、信用している」

クルーゼは、辺境伯に憧《あこが》れる若者は多いのだと教えてくれた。意外なほどの高評価だが……まあ、そうかと思い直す。

カイルにはたまに妙なことを言うけれど、アルフレートは基本的には有能で公正無私《こうせいむし》で、絵に描いたような忠臣だし、その家柄《いえがら》や美貌《びぼう》も味方して、貴族の青年や淑女に信奉者《しんぽうしゃ》は多い。

（やっぱり、俺みたいな奴がいつまでも傍にいていい相手でもないな）

カイルは内心で苦笑して、クルーゼと共に竜厩舎から出た。二人は、魔族が招かれている昼食会の会場へ向かう。今日は国王夫妻と第三王子に加え、王女も会食に参加しているため、護衛に戻るのだ。

会場に着き、任された配置場所に立つと、カイルはユキの言葉を思い出して、クルーゼに尋ねる。

「王女様について、よく思わない近衛騎士《このえ》もいるんだろうか」

「まさか！　……私は王女殿下にお仕《つか》えできて幸せだと思っている」

……私は、か。近衛騎士《このえ》についても少しテオドールに聞いてみようと思った時、部屋の中が騒がしくなり、クルーゼが姿勢を正した。

「イルヴァ辺境伯！」

カイルたちの眼前には、アルフレートが余所《よそ》行きの表情で悠然《ゆうぜん》と立っていた。

「久しぶりだな、クルーゼ卿。……トゥーリを借りても？」

「ええ、勿論。ではな、カイル。また明日！」

会食に参加していたらしきアルフレートは、青年の背中を見送るとカイルに問うた。

「先ほどの会食には、アル・ヴィースがいたが、お前は見たか？」

カイルが首を横に振ると、アルフレートは頷いて話し出す。

「長《おさ》の名前はキトラという。キトラ・アル・ヴィース。彼が現在の魔族の王だ」

「……銀色の髪をした男だとは聞いたけど、俺たちの前には今のところ来ていないな」

「人間を警戒しているんだろう。魔族らしく、美しい者だから……面食いのお前は残念だな？」

人を軽薄みたいに言わないでほしいと思ったが、確かにきらきらした人間を好むというか、面食いな自覚はあるので、カイルは咳払《せきばら》いをした。それよりも、と声を潜《ひそ》める。

「王女のドラゴンのユキが、気になることを言っていたんだ」

「気になること？」

「コノエキシが嫌い、と。王女がそう……愚痴《ぐち》っているのかもしれない」

カイルの言葉に、アルフレートは視線を険《けわ》しくする。

「……調べておこう。引き続き、異常があれば報告をするように」

「任された以上は、真面目にやる」

アルフレートは少しだけ笑うと、カイルの肩を叩いた。彼は国王に会いに行き、カイルはクルーゼを追って王女の部屋へと向かう。――と、侍女がバタバタと部屋から走り出てきた。

彼女はカイルに気付くと「あっ」と声をあげて、カイルを手招いた。

「侍女殿、どうなされたのです？」

「王女殿下が、またお部屋を抜け出されたのです！　ユキに乗って飛ぶお姿が見えて……」

カイルは唖然とした。近衛《このえ》騎士が数人傍に控えていたのに、どういう失態だ。

「窓枠に縄をつけて、壁伝いに下りられたのです。気分が悪いから一人にしてほしいとおっしゃったので、騎士たちに言われて部屋を出た私が……お一人にした私が……悪いのです」

侍女の話を聞いて、カイルは近衛《このえ》騎士たちへの悪態を撤回《てっかい》することにした。

王女が二階の窓から抜け出すとはさすがに思うまい……

侍女はガタガタと震えている。「王女殿下に何かあったらどうしよう」と涙目なのに同情して、カイルはハンカチを差し出した。

「侍女殿、落ち着いて。俺もお捜しするのを手伝いますから」

「トゥーリ殿は王女殿下と同じくドラゴンの言葉がおわかりですよね？　どうか、殿下がどこにいるか見つけてくださいませんか!?」

カイルはわかりました、と承知して、侍女と共に厩舎に走った。

ドラゴンたちはキュイキュイと落ち着かなくお喋《しゃべ》りをしていたが、カイルに気付くと口々に訴え始める。

『僕たちは、ユキを止めたの！　だけど行っちゃったあ』

『王女様があんまり泣くから……お散歩に連れて行ったんだよ』

ユキの鎖《くさり》は外されていて、厩舎にはいない。王女が乗っていったのだろう。

世話係がいるはずだが、と思っていると、厩舎の奥で彼は高いびきで眠っていた。カイルは青年の上半身を抱き起こしたが、揺すっても目が覚める様子はない。

「何か飲まされたのか？」

『あれだよ！』

一頭のドラゴンが少し離れたところにある香炉《こうろ》を示してくれた。香《こう》はもう消えているが、甘ったるい香りがする。……カイルはますます深いため息をついた。

フィオナ王女はまだ八つだ。それなのに、ずいぶんと用意周到《ようい しゅうとう》ではないか。

「王女はどこに行くと言っていた？」

『ユキが、カイルにごめんね、って言ってたよ。王都の真ん中の塔《とう》まで飛んだら戻ってくるから、心配しないでって……！』

カイルは口を曲げた。ユキの理屈は人間には通じない。

「悪いが、誰か俺と一緒に塔《とう》まで行ってくれないか？」

複数のドラゴンが「いいよ！」と言ったところで、王女の護衛たちがようやく顔を出す。

「……何をしているんだ!!　ここで!!」

王女の護衛たちの中で、最も身分が高い青年が蒼《あお》い顔で厩舎へと入ってきた。

カイルは、彼に冷静に答える。

「王女殿下がどこへ向かわれたのか、ドラゴンたちに聞いていただけです。私は塔《とう》に捜しに行きたいのですが、ドラゴンをお借りしても？」

「……断る！　塔《とう》へは私が行く。君はここで待っていたまえ！　そもそも、ドラゴンに勝手をさせるなど、君の怠慢《たいまん》ではないのか！」

王女をみすみす逃《のが》した奴が、何を言うのか。カイルは騎士というには細身な青年を見た。

これが同じ団の同僚なら胸倉を掴んで真意をじっくり聞きたいが、近衛《このえ》騎士相手だと、後々《のちのち》面倒だろう。

「何を言うの……！　そもそもあなたたちの失態でしょう！　王女殿下の信頼を得られず、殿下がお部屋から出たのに気付かないなんて！　怠慢《たいまん》なのはあなただわ」

侍女が非難すると、近衛《このえ》騎士は鼻を鳴らした。それから侍女とカイルを意味ありげに見る。

「淑女が窓から抜け出すなど、想定していなかったのだ！　さすが市井《しせい》のお血筋はたくましさが違うな。もしくは……母君から受け継いだ粗野《そや》な本能のせいか」

カイルは黙って近衛《このえ》騎士を冷たく見た。今まで口答えもせずに己《おのれ》に従っていた半魔の青年の刺すような視線に、彼はさすがに口をつぐむ。口に出してから、失言と気付いたのだろう。

ついてきた他の騎士たちも、咎《とが》めるように彼を見て、僅《わず》かに遠巻きにした。

「よくも、そのようなことを」

侍女が怒《いか》りに燃えた目で、わなわなと震えながら騎士を見る。

この男は、愚《おろ》かだ。市井《しせい》出身の、魔族の血を引く、と。少女を軽《かろ》んじて嘲笑《あざわら》うのは簡単だが、彼女は騎士ごときが馬鹿にしていい存在ではない。国王の唯一の娘で、溺愛される子供なのだ。

そもそも、彼女の母は貴族ではないものの、魔族の中では高貴な血筋を継いでいる。カイルと違って、決して卑《いや》しい生まれではない。

『コノエキシは嫌い』というユキの言葉が思い起こされる。やはり、王女は近衛《このえ》騎士たちに嫌な思いをさせられて、ユキに愚痴《ぐち》を漏らしていたに違いない。

「あなたの考えはよくわかった。私なら粗野《そや》な本能で、王女殿下と通じ合うものがあるかもしれない。今の発言は聞き流しますので、ドラゴンをお借りしても？」

カイルの発言は脅《おど》しだが、騎士はカイルの意見を聞くのが嫌なのか、ぐ、と黙り込んだ。

もういい、勝手に借りよう、と思っていると、呑気《のんき》な声が聞こえてくる。

「賑《にぎ》やかだな？　何事だ」

赤い髪とアイスブルーの瞳を持った、美貌《びぼう》の青年が竜厩舎の入り口にいた。

アルフ、と。カイルは思わず名を呼びそうになって、慌《あわ》てて呑み込む。

その背後にはクルーゼがいるので、多分彼がアルフレートを呼んできてくれたのだろう。

アルフレートは、視線を鋭《するど》くしてカイルを見つめる。

「トゥーリ、何があった？」

「王女殿下が、家出をなさいました。ドラゴンのユキと一緒に」

かいつまんで説明すると、アルフレートはそうかと頷き、ドラゴンを一頭連れ出した。騎士たちは、さすがに辺境伯にドラゴンを貸さない、などとは言わない。

「追いかけるぞ。カイル、来い」

アルフレートのもとに行くカイルの背に「男娼《だんしょう》が」という言葉が吐き捨てられたが、今は無視した。

若いドラゴンに二人で騎乗し、瞬《また》く間に上空へ駆け上がると、アルフレートが小さく言う。

「さっきの男を、よく殴《なぐ》らなかったな」

男娼《だんしょう》という悪口は、アルフレートにも聞こえていたらしい。

カイルは眉間《みけん》に皺《しわ》を寄せた。自分への悪態はどうでもいいが、王女にあのような感情を抱《いだ》く人間を、護衛にしていてはまずいだろう。

「あとで殴《なぐ》るから問題ない。今はそんなことしている場合じゃないし」

「確かにな。先ほどの近衛《このえ》騎士の言動は目に余る。責任者に伝えよう。ところで、塔《とう》への道はわかるか？」

「こいつが知っているって」

カイルが撫でながらドラゴンに聞くと、若いドラゴンは『大丈夫だよ！』と請け負《うお》った。

王宮の真南に古い教会があり、教会に附属した塔《とう》が王女のお気に入りの場所なのだという。

塔《とう》に近づくと、屋上で羽を休めていたドラゴンのユキが二人に気付いた。

『来ないで！　って言ったのに！　お散歩よ。すぐに帰るんだから！』

「ユキ。何かあれば俺を呼んでくれと言っただろう」

カイルたちも塔《とう》に降りると、王女が振り返ってこちらを見た。泣いていたのか、目が赤い。

アルフレートが王女の前に跪《ひざまず》き、カイルは彼女から少し距離を取った。

「フィオナ殿下、侍女殿が心配しておられましたよ。私と共に戻りましょう」

「……いやです。もう少し散歩します」

フィオナは頑《かたく》なに首を横に振る。アルフレートは苦笑しながら続けた。

「殿下が戻らねば、殿下を逃《のが》した竜厩舎の青年も処罰を受けます。彼は、ユキを可愛がっているのでしょう？　殿下のわがままで、仕《つか》える者を、辛《つら》い目に遭《あ》わせてはなりません」

王女は少しだけ顔を歪《ゆが》め……しばらく考え込み、小さく「戻ります」と告げた。

よかった、と思った瞬間、王女はくるりと身を翻《ひるがえ》してユキに乗ると、塔《とう》から飛び出した。

「一人で帰れます！」

そう言う王女を追うために、アルフレートがドラゴンに騎乗しようとするのを、カイルは引き留めた。

「……カイル？」

「俺が追いかけてみる。閣下、悪いけど、身体をちょっとだけ預かってください」

カイルは王女とユキを目で追う。まだ、そんなに離れていないから、辿《たど》り着《つ》けるはずだ。

「カイル？　預かるって、何をするつもり――」

アルフレートの問いかけが徐々に遠くなる。まるで水の中に潜《もぐ》る時みたいだ。

カイルは目を閉じながら精神を集中させ、ドラゴンとその背に乗る少女の気配を辿《たど》る。

……あそこだ、と思った瞬間。ぐらり、と身体が傾いた。

「カイル!!」

そんなに心配そうな声を出さないでくれ、とアルフレートの腕の中に沈みながら薄目を開けて、彼の頬をそっと撫でる。

「しんぱいしないで。すぐに、もどる」

言いながら再び目を閉じると、眠りに似た鈍《にぶ》い感覚が全身を覆《おお》う。

カイルの意識は、ぽんと宙《ちゅう》に舞い……すとん、と小柄《こがら》なドラゴンの内部に収まった。

「ユキ、ごめんね。もう少しだけ……一緒にいて。もう少しだけ逃げたら、いい子にします。お部屋に戻るから」

ユキと意識を同調させたカイルは「戻りましょう」と王女に声をかけようとして……言葉に詰まってしまった。

小さい少女が、声を殺して泣いている。見ている人間もいないのに。

ユキが相手だから、少女は泣けるのだ。カイルはしばらく何も言えずに飛んだ。

王女が泣きやむのをそっと首を巡《こうべ》らせて確認してから、カイルはおそるおそる話しかける。

『殿下……そろそろ塔《とう》に戻っても、大丈夫でしょうか?』

王女は、ユキだとばかり思っていたドラゴンの声が違っていることに、キョトンとした。それから……怒った声で聞く。

「……お前は、ユキではないわ！　誰!?　ユキはどこですか!?」

『申し訳、ありません。その……すぐに名乗ろうと思っていたのに、お声をかけ損《そこ》ねて』

シュン、とカイルが項垂《うなだ》れると、王女はじっと見つめてきた。

「イチゴみたいなおめめ！　ユキの目じゃないわ……ひょっとして、カイル卿？」

カイルはもう王宮の騎士ではないし、卿ではないがと思いつつ、否定はせずに頷いた。

ユキの身体を勝手に借りたことを謝罪すると、王女は、むうっと頬を膨《ふく》らませる。

「淑女の泣き顔を見てはいけません、ひどいです」

『……申し訳ありません、殿下。それに……散歩をお邪魔するつもりはありませんでした……ただ、その……ユキが言っていたことが気になって』

「ユキの言っていたこと？」

『コノエキシが嫌い、と』

カイルは沈黙した王女に、そっと聞いてみた。

『陛下にも、辺境伯にも言いません……ただ、気になるのです。殿下は……殿下をお守りするはずの近衛《このえ》騎士がお嫌いですか？　何かひどいことをされましたか？』

王女は、カイルの——身体はユキのものだが——頭を撫で、カイルを窺《うかが》った。

「カイル卿は、赤い目のことで、何か言われますか。ひどいことをされましたか」

『……ええっと』

「私は、嘘は嫌いです」

王女の声が沈む。カイルは考え込んだ。さっきの男娼《だんしょう》発言は……ひどいことのうちに入るのだろうか。軽い悪口なんか慣れすぎていて、どれがひどいかよくわからない。

『近衛《このえ》騎士にあまり知り合いはいないので……どうでしょう。ただ、俺を嫌いな騎士階級の方は少なくないですね。半魔族が……あまり、好きじゃない貴族の方も多いので』

「……お父様やお母様を悪く言われたり、しないの？」

少女の声が湿《しめ》りを帯びた。カイルはようやく、彼女が傷ついている理由がわかってきた、気がした。彼女は多分、自分のことを言われて傷ついたわけではないのだ……

カイルは迷ったが、嘘が嫌いな王女に、正直に答える。

『俺は孤児なので、両親のことを悪く言われたことはないですね。それは幸運でした』

軽い冗談のつもりが、少女には衝撃だったらしく、彼女は蒼褪《あおざ》めた。

「ご両親はお亡くなりになったのですか？」

『いえ。父親が魔族みたいですが、どういう人かは知りません。母親は……俺を育てられない事情があって、孤児院に俺を預けたみたいです』

「そんな」

魔族の血を引くとはいえ、裕福な名家出身の母親と国王に溺愛されて育った少女には、カイルは不幸に見えるだろう。カイルは苦笑して羽をばたつかせた。塔《とう》の方向へ身体の向きを変える。

『孤児院も、殿下が思うほど悪くはないですよ。俺はそこで兄弟みたいな奴に会えたし、変な力があるおかげで飛龍騎士団にも入れたし、悪いことばかりではない……』

「……ほんとうに？」

『多分、幸せです』

言いきれないところが、どうにも、もどかしいが。真剣な顔をする王女に、カイルも誠意を込めて続ける。

『けど、目が赤いからって誰かに悪く言われるのは……やっぱり俺も少しだけ、悲しいです。殿下のおめめは綺麗な青色だけど、魔族のお血筋のせいで、殿下を悪く言う誰かがいるのなら、その悲しさは、本当に少しだけ……わかります』

王女は、カイルの背中の上で、ぎゅっと小さな拳《こぶし》を握りしめた。それからまた、か細い声でしゃくり上げる。そして途切れ途切れに、抱えていた悲しみを、小さな声で吐露《とろ》していく。

「赤ちゃんがお空に還《かえ》ってしまったあと、近衛騎士《このえ》が、こっそり言っていたのです。私に、忠誠を誓いますと言ったのと、同じ声で。『王家の血を引く男子が、赤い瞳でなくてよかった』と。私の小さな弟は、綺麗な……イチゴのおめめをしていました。あなたみたいに」

――カイルは沈黙するしかなかった。

「……小さかったあの子に罪はないのに、どうしてそんなひどいことを言うの」

真綿《まわた》に包まれて、大切に育てられた王女にとって、それは初めて触《ふ》れた自分への理不尽な悪意だったのだろう。彼女の声を聞きながら、カイルは……人間の姿に戻りたいと思った。

……小さな、可哀想な少女をぎゅっと抱きしめて、あなたは少しも悪くないのだ、と、慰《なぐさ》めてやりたい。

カイルは少しだけ速度を落として、塔《とう》の周りを旋回《せんかい》する。

再び王女が泣きやむのを待って……そっと、塔《とう》へと舞い下りた。

ユキから降りるなり、王女はアルフレートに頭を下げる。

「心配をおかけしました、イルヴァ辺境伯」

「……そろそろ、日も暮れます。戻りましょう、殿下」

カイルはほっとして、アルフレートの腕の中にすっぽりと収まっている自分を見た。

そこらへんに転がしておいてくれてよかったのにと思いつつ、意識を自分の身体に戻す。

カイルがうっすらと目を開けると、王女がはにかみながら微笑みかけてくれた。

「心配をかけてごめんなさい。カイル卿」

まだ目元は赤いが、涙の跡はない。

よかった、とカイルは立ち上がろうとして――呻《うめ》いた。

「ぐっ……がっ」

「カイル⁉」

アルフレートが名を呼ぶのが遠くに聞こえる。目の前が暗くなって、激しい頭痛がした。そのまま、塔《とう》の床の石畳《いしだたみ》が近づいてくる。

ああ、倒れる……と思ったが、すんでのところで止まった。アルフレートの腕に再び抱き留められたからだ、とわかる。

「カイル⁉　しっかりしろ、カイルっ‼」

聞いたことがないような、アルフレートの切羽詰《せっぱつ》まった声がする。

カイルは激しい頭の痛みのせいで、彼に「大丈夫だ」とも言えずに、その場で意識を失った。

第三章　告解

丸一日、カイルの意識は戻らなかった。

ようやく目が覚めると、枕元にはアルフレートが、扉の近くにはキースがいた。カイルはしばらくの間何が起きたのか把握できずに首を巡《こうべ》らす。

左目が赤い医師らしき男に、二つ、三つ質問された。赤い瞳は魔族の証《あかし》。片目が赤いということは、目の前の医師は多分、魔族の血を引くのだろう。

彼と言葉を交《か》わすうちに、ようやく何があったかを思い出す。王女を追いかけて、彼女のドラゴンのユキに乗り移り、自分の身体に戻った際に、激しい頭痛で倒れたのだ。

「昔、半魔族で君と同じ特技を持っていた男が、教会にいた。そいつは丸一日ドラゴンの身体に入って空を飛んで……己《おのれ》の身体に戻れず死んだ。君は半魔族だが、魔族じゃない。……いつもそれが成功すると思うな。命が惜《お》しいなら、二度と同じことはしないように」

しかめっ面《つら》の医師に宣告されて、カイルは大人しく「はい」と頷いた。

黒髪の四十手前の痩身《そうしん》の医師は、教会関係者で、ついでに言うならキースの顔見知りなのだという。カイルが表情を窺《うかが》うと、医師は面倒くさそうにため息をついて、外していた眼帯を嵌《は》め直した。

いつもは片目を隠しているらしい。では、と医師が立ち上がる。

「私を急に呼び出すな、キース。高くつくぞ」

「えー、俺は文無《もんな》しなんで、料金はそこの閣下に請求してくださいな」

「相変わらず無礼な！　まあいい、こっちへ来い。話がある。大神官様からの伝言だ」

「は？　大神官様とかもう……面倒くさいんですけどー⁉」

青筋を立てつつ、医師はキースを連れて行った。カイルはぼんやりとそれを目で追う。大神官、とか……なんだか不穏《ふおん》な役職を聞いた気がする。

ベッドサイドに座ったアルフレートが「何か飲むか？」と聞いてきた。

うん、と大人しく言うと、彼はカップに入れた液体を口まで運んでくれる。

「キース神官が気になるか？」

「あいつが……猫をかぶってないのが珍しいので……親しい人なのかな」

「高名な治癒師《ちゆし》だ。彼のおかげでお前の目が覚めてよかった」

カイルはふうん、と思いながら、素直に口を開けた。

湯冷ましを飲むと、いかに喉《のど》が渇《かわ》いていたか自覚する。

「まだ飲むか？」

アルフレートに首を横に振って、それから初めて気付く。

アルフレートの目の下の隈《くま》が濃い。その上、彼らしくない無精髭《ぶしょうひげ》が生《は》えている。カイルは思わず俯《うつむ》いた。

ひょっとしたら、アルフレートは一晩中傍にいてくれたのだろうか。

突然表情を暗くしたカイルを、アルフレートが気遣った。

「気分が……悪いか？」

「いや、もう大丈夫。……余計な心配をかけた……ごめん」

王女を捜しに行った護衛が、倒れていては意味がない。失態にもほどがある。しかも、アルフレートに無駄な心配をかけたのだ。

カイルの苦悩に気付いたのか、アルフレートは少し笑った。

「そうでもない。王女殿下に関しては、お前はよくやってくれた」

「俺は、なんもしてない」

「殿下がよくよく反省されて、二度とユキと二人だけで外には行かないとおっしゃっていた……今夜はもう休め」

言われて、大人しくベッドに潜《もぐ》り込《こ》む。アルフレートの手が髪に触《ふ》れた。その指の動きがかつてのように優しくて、カイルは困惑しつつ、身じろぐ。

指が離れて、それを惜《お》しく思う自分が……呪《のろ》わしい。

「どうした？」

アルフレートに静かに問われ、カイルは彼に背を向けた。

「俺はもう大丈夫だから……閣下も休んだほうがいいんじゃないかと……」

「お前が眠るまでは、こうしている」

「……寝て、いないんじゃないのか、俺のせいで」

「目が覚めるまで、不安で仕方なかった。だから、しばらくはここにいて……構わないか？」

静かな問いかけに、カイルは言葉を失う。

なんと言えばいいかわからずに、唇を噛んで……切れ切れに言葉を紡ぐ。

「気を失ったのは、俺の失態だから。雇用主《こようぬし》だからって……気に病《や》むことは、ない」

少しだけ、沈黙があった。彼は「そうだな」と静かに応じると、また指を髪に潜《もぐ》らせる。

どんな表情をして、アルフレートが自分の髪に触《ふ》れているのか知りたくて、しかし目にするのが恐ろしくて、カイルは目を閉じた。ただ、声を絞《しぼ》り出《だ》す。

「ここは……あなたの家だ。俺が、あなたの行動を制限できるわけが、ないよ……だけど、できたらもう、寝てほしい。ただでさえ忙しそうなのに……」

カイルが深刻な口調で言うと、アルフレートは少しだけ皮肉げな声で続けた。

「ここで寝ていいなら、一緒に寝るぞ？　さあ、気にせずに休め」

カイルは唇を引き結ぶと、一度離れたアルフレートの手を掴み、己《おのれ》のほうへ引き寄せる。

「……いいよ。ここでいいから、早く寝てくれ」

蒼《あお》と、深紅《しんく》の瞳が絡《から》む。

アルフレートは呆気《あっけ》に取られていたが、少し考え込んでから、カイルと同じベッドに身を滑《すべ》り込《こ》ませた。昔のように自然な動きで「おやすみ」と額《ひたい》に口付けられるが、カイルは逃げなかった。

「……ごめん、心配をかけて」

「謝らなくていい。だが、何か無茶をしたい時は相談してくれ。後悔する」

それは義務感からかと尋ねそうになって、カイルは口をつぐむ。

勘違いしてはいけない。何をするでもない。

「王女殿下のことを……イタッ……」

カイルが王女のことを話そうとすると、ゴン、と頭をぶつけられた。

「そのことは明日話すぞ。このまま、寝ろ。……心配しなくても、お前を護衛から遠ざけるようなことはしないから、安心していい」

そのまま引き寄せられる。カイルはアルフレートと向かい合うように身体を動かすと、彼の首筋に顔を埋《うず》めた。

そして挙句に……アルフレートの背中に、手を回す。埋《うず》めた胸から、鼓動が聞こえる。

……この腕はもう、自分のものじゃない。けれど変わらずに温かい。

今だけ、甘受《かんじゅ》してもいいだろうか。

カイルは背中に回した手に、力を込め……深い安堵《あんど》と共に、眠りに落ちた。


カイルが二日ぶりに王宮に顔を出すと、王女の護衛の近衛《このえ》騎士の面子《めんつ》が変わっていた。

王女が国王に願い出たのもあるが、カイルにも暴言を吐いた例の近衛《このえ》騎士が、王女をどのように評したか、侍女とアルフレートが証言したらしい。三日での素早《すばや》い人員の異動だった。

「君が王女殿下を助けようとして気を失っただろう？　それが王女殿下も衝撃だったらしくて……まだお小さいのに聡明《そうめい》な方だけど……考えすぎるところもある方だから」

クルーゼがカイルの不在時のことを教えてくれた。カイルはそれを聞きながら、彼に問う。

「それで、あの近衛《このえ》騎士殿は解任か？」

「まさか！　大貴族の息子だぞ。配置換《が》えで終わり」

クルーゼだっていい家柄《いえがら》だろうに、と言うと、彼は苦笑した。

「私は貧乏子爵家の三男だよ。一族の中に近衛《このえ》騎士で出世した人がいて……まあ、コネかな」

「コネでも、近衛《このえ》に入団できるのがすごいな」

「君のほうがすごいさ。異能があって王女殿下の傍に仕《つか》えることができるなんて！　辺境伯の推挙《すいきょ》とはいえ、なかなかないことだ。君は辺境伯に気に入られているんだな」

カイルは、うーん、と考え込んだ。男娼《だんしょう》、と例の近衛《このえ》騎士に罵倒《ばとう》されたことが妙に気にかかっているのだ。カイルは人のよさそうなクルーゼに言ってみた。

「アルフレートは、俺の恋人だったんだ。三年前まで」

ぶほっ、と、クルーゼは口に含んでいた茶を噴《ふ》いた。カイルは顔を顰《しか》める。

「汚いな」

「……ゲホッ、いや、いきなり！　君が！　ええー!?　そっ、そうだったのかあ」

「別れたけどな」

「あの野郎、だから……君を男娼《だんしょう》だのなんだの……」

クルーゼは呆然としている。彼が知らないということは、別に近衛《このえ》騎士の皆がカイルを、そういう意味でのアルフレートのお気に入りだった、と知っているわけではないらしい。

クルーゼは咳払《せきばら》いを一つしてから、おそるおそる聞いてくる。

「……意外な事実だが。どうして別れたんだ？　もったいない」

「あの人の相手が俺じゃ、どう考えても釣り合わないだろう？　俺も閣下も、親しい人間以外には関係を知られていなかったし……」

辺境伯で、剣の腕も立って、表向きは爽《さわ》やかで、しかも王宮でも指折りの美貌《びぼう》だと噂《うわさ》される男の隣になんて、とてもじゃないが並び立てない。

飛龍騎士団の団員の大半は、カイルを純粋に『副団長のお気に入り』と思っていたはずだ。

そこまで考えて、ふと疑問が過《よぎ》る。

カイルが王女の護衛になったのは、半魔族で王女殿下と同じ「ドラゴンの言葉を解《かい》する」という特技があるからだ。

異能持ちの元部下を、辺境伯が呼び寄せて護衛としてつける。それは別に不自然ではない。

しかし、男娼《だんしょう》と罵《ののし》るからには、あの近衛《このえ》騎士は、二人の関係はそうだったと確信していたはずだ。

誰が、いらない情報を吹き込んだんだろうか。

「彼はなんで、俺を男娼《だんしょう》と詰《なじ》ったんだろう。俺が、見るからに美青年とかならわかるんだが」

「あっはっは」

クルーゼは明るく笑いながら、合点《がてん》がいったと頷く。

「先日から、妙に閣下が私に冷たいと思っていたんだが、私は牽制《けんせい》されていたんだなー……」

クルーゼのぼやきに、カイルは思わず明後日《あさって》の方角を見てしまった。

「勘違いじゃないかな、もう昔のことだし」

「照れるなよ！　でも……飛龍騎士団所属で、その……閣下と君の関係を知っていたというなら、あいつに君たちのことをバラしたのは、ネル伯爵かもしれないな」

ハインツの名前を聞いて、思わずぴくりと反応してしまう。カイルはうんざりした顔をした。

「伯爵は確かに、俺たちと同じ時期に所属していたな。親しくはなかったけれど、お喋《しゃべ》りな方だ」

「懐かしくて、つい口が滑《すべ》ったのかもな、件《くだん》の無礼な騎士とネル伯爵は同郷だし。つい、噂話《うわさばなし》をしちゃったのかもしれない。……気前のいい方で私は好きだけどねー」

意外な高評価に、カイルは眉間《みけん》に皺《しわ》を寄せた。飛龍騎士団時代、ハインツはどちらかといえば嫌われていたと思う。

カイルは犯されかけたから彼を嫌っていたが、それでなくてもハインツの素行《そこう》は悪かった。

しかし伯爵となった今は、潤沢《じゅんたく》な財産をバックに、王宮の皆に愛想よくしているとか。王妃のサロンや、王女殿下のもとにも様々な物品を持って顔を出しているらしい。

「……なるほど、俺の昔について噂《うわさ》を流したのは……ネル伯爵かもしれないな」

カイルは呟きながら、窓から庭を眺めた。噂《うわさ》をすれば、ハインツが侍女たちとにこやかに談笑している。視線が合った気がして、カイルは慌《あわ》てて窓から離れた。

それから何事もなく任務を終え、その日の終わりに王女へ別れの挨拶《あいさつ》に行くと、幼い少女は「もう、頭痛は大丈夫ですか?」と心配してくれた。「問題ありませんよ」と言うと、彼女は可愛らしくはにかむ。

あまり親しく口を利《き》いたことがないカイルでさえ、少女の笑顔には癒《いや》される。国王陛下が溺愛するのも無理ないかもな、と思いつつ、視線を部屋に走らせた。

……厩舎に置かれていた香炉《こうろ》が、ある。

カイルは王女の部屋から去り際、侍女にいくつか質問をして、さらに考え込みながら辺境伯邸に戻った。するとそこには、珍しく難しい顔をしたキースがいた。

辺境伯邸の客間には、寝室と別に居間がある。彼はその居間で、まるで屋敷の主人のように寛《くつろ》いでいた。何か話をしていたのか、ユアンもキースと茶を飲んでいる。

「難しい顔をして、どうかしたのか、キース」

「んー？　ちょっと便秘気味で」

カイルが尋ねると、キースは満面の笑みで答えた。

ふざけた物言いをするのは、話したくない、ということだろう、多分。キースははぐらかすように話を変える。

「それより頭痛は？」

「なんともない。……あー、キース。あの時、お医者様を呼んでくれて、ありがとうな」

「一言で済ましてんじゃねーよ。ありがとうございます、キースお兄様。世界一大好き、って言え。それでチャラにしてやるわ」

「おにい……っ！　だっれが言うか！　誰が兄貴だ馬鹿野郎！」

鼻で笑うキースの頭を叩こうとすると、彼はひょいとそれを避けて、「可愛くねえなー」と悪態をつく。二人の様子に、ユアンがクスクスと笑った。

「元気になってよかったよ、カイル君」

「……ご厄介《やっかい》になっている身で、さらにご迷惑をかけて申し訳ありません。あ、閣下の部屋からは荷物を持ってきますので……」

なんだかんだと数日の間、アルフレートのベッドを借りることになってしまった。さすがにこれ以上はいろいろとまずい気がする。

「えっ、今のままでいいと思うけど。客間に戻る？　閣下とじゃなくてキース君と寝る？」

……寝るという言い方に語弊《ごへい》がある気がする。優しげで、品のいい紳士なユアンの口から出ると、何か複雑な気分になる言葉だ。

「それは却下《きゃっか》だな。しばらくは私の部屋にいろ」

不機嫌《ふきげん》そうな声でそう言い放ちながら、部屋に戻ってきたのは、アルフレートだった。背後にはテオドールもいる。

「閣下、お早かったですね？」

ユアンの言葉を無視して、アルフレートはまっすぐにカイルの傍に来る。そして、くい、と顎《あご》を掴んでカイルの目を覗《のぞ》き込《こ》んだ。

「目の充血はないな。医師が数日は安静にしろと言っていた。早く寝ろ、部屋に戻るぞ」

「ちょっと話をしてから……それに、こっちで寝る」

カイルは拒否するが、アルフレートはそれをすぐにはねのける。

「私の部屋にいろ。お前が傍にいないと不安で安眠できない。お前は無駄に寝つきがいいから、どこでもすぐに眠れるだろう？　いいな」

「……微妙に腹が立つ言い方をしないでいただけますかね……っ！」

キースが「痴話喧嘩《ちわげんか》だねー」と口笛を吹き、テオドールは呆《あき》れた顔でそっぽを向いた。

ユアンは「若いっていいね」と、自分も若者のくせに妙に爺《じじ》むさい台詞《せりふ》を吐いている。

カイルは、何言ってんだこの人、と羞恥《しゅうち》に耐えてアルフレートを半眼《はんがん》で睨《にら》み、とりあえず、四人に王女や侍女から聞いた話をすることにした。

フィオナ王女の母親であるダンテ夫人が王子を死産してから、王女は一人で行動する機会が増えた。母親が今まで彼女が聞かずに済むようにしていた、魔族の血を引いた者への悪意を耳にしたのが、王女が塞《ふさ》ぎ込《こ》んだ理由だ。それだけでなく――

「侍女殿が言うには、誰かが殿下に……不安になるようなことを吹き込んだんじゃないかと思う、と。……弟君は誰かに毒を盛られたんじゃないか、それが王妃様じゃないかと、殿下が疑っていたと。俺がまだ飛龍騎士団にいた頃、なさぬ仲とは思えないほど、殿下と王妃様は仲睦《なかむつ》まじくしていらしたのを知っている。王妃様と王女殿下の心を遠ざけたいのは誰なんだろうか、って思って……」

カイルは侍女から借りてきた香炉《こうろ》を、テーブルの上に置いた。

家出を企《たくら》んだ王女が、世話係を眠らせるために使った香炉《こうろ》。あんな小さな子が薬を使って人を眠らせるなんて、考えないだろう。これも誰かの入れ知恵のように思う。

それを見たアルフレートは、片眉をはね上げた。

「東部で好まれるデザインだな。花と蝶《ちょう》をあしらっている」

「……王女にこんなものをあげそうな東部の奴って？」

カイルが問うと、アルフレートは嫌そうに顔を顰《しか》める。

「ネル伯爵、とかな」

東部の裕福な伯爵家の主《あるじ》で、王女やダンテ夫人のサロンにも出入りする彼ならば、王女に取り入って彼女を孤立させるために、王妃の悪口を吹き込むことはできるだろう。

カイルがそう考えていると、アルフレートは補足するように口を開く。

「ネルたち東部貴族は、魔族との和平に反対だ」

「それは、魔族が暮らす北部との交易が復活すれば、相対的に自分たちの交易の利益が減るから？」

「そうだ。信仰的にも東部は保守的だ。魔族は亡《ほろ》ぼせという強硬派もいなくはない。それに、魔族たちと和平が結べたら、北部諸国への往来が今よりももっと活発になる。……王妃様のご実家は北部のハルティアだ。だから王妃様はこの和平に熱心だな」

王妃派閥と、東部貴族。利益は対立するのだ。カイルは眉根を寄せる。だが、アルフレートは少しだけ目を細めた。

「王女殿下が何を悩んでいたか聞き出せただけでも、上出来だ」

まっすぐに褒《ほ》められると、嬉しいのだが、カイルはつい視線を逸《そ》らしてしまう。逸《そ》らした視線の先では、キースが香炉《こうろ》を手に取って、くんくん、と香りを嗅《か》いでいた。

「この香り、どっかで嗅《か》いだことあるな――昨日の医師に聞いてくる」

キースは短く宣言すると、さっさと部屋を出てしまう。

カイルも、じゃあそろそろ寝支度《ねじたく》をしようかと思っていると、アルフレートに腕を掴まれた。

「私は朝が早いので失礼しますよ、カイル」

テオドールは茶器を片付けるために、スススと部屋を出た。

「あ。僕も。夜は早く寝たいので失礼しますねー」

ユアンまで席を立ってしまう。なんとも気まずい感じなのだが、アルフレートは構わずに、カイルを引き寄せてソファに座った。

「湯でも浴《あ》びて早く着替えて戻ってこい。さっさと寝るぞ」

「……さっさと寝るよ、ここで！」

それからカイルが逃げるように湯を浴《あ》びて戻ってくると、寝支度《ねじたく》をすっかり済ませたアルフレートにベッドに連れ込まれた。

「護衛を真面目に務めてくれるのは推薦人としては誇《ほこ》らしいが、無理をするな。護衛には近衛《このえ》騎士がいる。入れ替わった面子《めんつ》は信用していい。国王陛下と王女殿下が選び直した」

「……ええと、はい」

まるで子供にするように肩のあたりまで寝具を引き上げられて、カイルは頷きながら目を閉じた。暖かい。また妙な気分になる前に、寝てしまわないといけない。

額《ひたい》と、それから口にも触《ふ》れるようにキスをされて、耳が赤くなるのがわかる。

アルフレートはそれを揶揄《からか》うように耳に触《ふ》れて、カイルを引き寄せた。

「……自分の部屋に戻んないんですか、閣下」

「近くにお前がいないと不安だ。息をしているか、確かめないと眠れない」

真顔で言われては、カイルは沈黙するしかない。心臓の上に触《ふ》れられ、親指が胸の上を掠《かす》めた。

カイルはその意図に気付いて逃げようとしたが、口付けられるうちにその意思がだんだんと弱くなっていく。だめだ、と頭の中で誰かが警鐘《けいしょう》を鳴らした。

「……あ……」

深い口付けが離れて、それを惜《お》しむように吐息が漏れる。

アルフレートはしばらくの間カイルの顔を覗《のぞ》き込《こ》んだが、自嘲《じちょう》するような表情を浮かべて、もう一度額《ひたい》に口付けた。

「……おやすみ」

カイルも、アルフレートに背中を向けて寝具に潜《もぐ》る。そして雑念を払うように、目を閉じた。

カイルとキースが辺境伯邸に滞在を始めて、一ヶ月が過ぎた。

二人は空《あ》いている時間を見つけては、救貧院を巡っていた。そしてついに、目的の人物を知っているという職員に会うことができた。とある救貧院に、カイルたちが捜している人と同じ特徴の女性が、幼い子を連れていたというのだ。

そう教えてくれた灰色の髪の救貧院に勤める女性は、カイルをじっと見る。

「あなたはあの女と……コンスタンツェと似ているけれど、ご親戚？」

「遠縁です」

救貧院の職員の女性は、へえ、と笑い、カイルを頭から爪先《つまさき》まで眺めた。

「あの女、魔族のことは嫌うくせに、身内に魔族がいたんだ？　あたしも少し魔族の血が混じっているんだけど、汚《けが》らわしいとかなんとか言いやがって……。ハ、同族嫌悪か」

女性の言葉にカイルは曖昧《あいまい》に笑う。同行していたキースが「情報提供ありがとうございます」とにこりとして、灰色の髪の女性に金貨を握らせた。

「あら、ありがと神官様」

「ほかに気付いたことは何かありませんか？　些細《ささい》なことでいいのですが」

「うーん、嫌な女だったけど、息子は可愛かったよ。あと、三月《みつき》前にさ、金がもらえたからって急に出ていったんだよね」

それ以上はわかんない、と言われて彼女との会話は終わった。

カイルとキースは並んで歩きながら、しばらく無言だった。ぽつりと、カイルが呟く。

「三月《みつき》前、か」

彼女が出ていった日を救貧院の記録で調べると、家宰《かさい》が死んだ時期と、ほぼ差がなかった。

カイルは救貧院を振り返る。古ぼけた建物で、よい環境とはとても言えない。

キースが平坦《へいたん》な声で言った。

「三年前、お前の前に現れて金をぶんどっていったあのクソ婆《ばばあ》が、またお前の名前を騙《かた》って金をせしめたんだろうな」

カイルはそうと決まったわけではない、と反論しようとするが、キースの小麦色の瞳に睨《にら》まれて黙る。

「そうだな……きっとそうなんだろう」

――推論に過ぎないが、人が一人死んでいる以上、容疑の濃い人間を放置するわけにはいかない。

カイルは辺境伯邸に戻ると、重い足取りでアルフレートの私室に赴《おもむ》き、報告したいことがある、と告げた。

美貌《びぼう》の辺境伯はカイルに椅子を勧める。カイルは腰を落ち着けると、徐《おもむろ》に口を開いた。

「……王都に来てから、ずっと人を捜していたんだ」

「キース神官と二人で女性を捜していたらしいな？」

アルフレートは呆気《あっけ》ないほどに平静な声で、言った。

「気付いていたのか」

「ユアンから『二人で、四十前後の女性を捜しているようだ』と報告があった」

「そうか」

カイルが目を伏《ふ》せると、アルフレートは淡々と続ける。

「それだけで気付いたわけではない。三年前まで、お前は父親の手がかりだという紋章《もんしょう》を持っていなかった。それは言えない誰かからもらったという。そして、お前は同時期に『金に困っている世話になった人間』に金を渡したと――同一人物だと考えるのが自然だろう？」

そう言われて、カイルは苦笑した。確かに、それ以外には考えにくい。

「その女は、誰だ……お前にとってのなんだ？」

隣に座ったアルフレートが、カイルに尋ねる。

大方の予測はついているだろうが、カイルが打ち明けるのを待ってくれているらしい。

カイルは唇を湿《しめ》らせて、久しぶりにその名を口にした。

「捜していたのは、コンスタンツェ・ジェノヴァ……俺の、産みの母親だ。そしておそらく、金を受け取ったのは彼女だと思う……」

カイルは重い口を開いて、己《おのれ》の過去を語りはじめた。

――カイル・トゥーリは、ある冬の寒い日に、どぶの近くに捨てられた赤ん坊だった。

正確に言えば、今まさに我が子をどぶに投げ入れようとしている若い母親を、教会の神官が見つけて慌《あわ》てて彼女を止めたのだそうだ。

赤ん坊は教会に引き取られ、カイルと名付けられた。

教会にはキースという同い年の赤子がいて、二人は兄弟のように育った。

キースも孤児だが、カイルとは少々事情が異なる。キースの両親は病気で亡くなったのだ。だからキースには、彼のために作られた編み物や、誕生の記録などがたくさんある。

それを羨《うらや》ましがったカイルに、珍しくキースは引け目を感じたらしい。

キースはカイルが唯一持っていた母親の持ち物であるスカーフの刺繍《ししゅう》から家名を読み取り、彼女を見つけ出した。

彼女は裕福な家の娘で、カイルを産んだあと、かなり年上の男爵に嫁《とつ》いでいたことや、たまに慈《じ》善《ぜん》事業で街を訪れることも突き止めた。

十歳になった少年二人は、期待と不安を胸に、慈《じ》善《ぜん》事業の施《ほどこ》しの列に交《ま》ざったのだが――

『化け物を追い払って！　そこに、魔族がいるわ、来ないで！』

見上げる少年の紅《あか》い瞳に気付いて、男爵夫人コンスタンツェは金切り声をあげた。

少年たちはすぐに叩き出され、その帰り道、キースはずっと泣いていた。彼の手を引きながら、カイルはいいよ、と肩を竦《すく》めた。

「捨てるくらいなんだし、欲しくない子供だったことはわかっていた。俺に母親は最初っからいなかったんだ。そう思うから、気にすんなよ」と。

――しかし、数日後、コンスタンツェは路地裏でカイルに声をかけた。

「この前は済まなかった」と詫《わ》びてくれて「好きだろうから」と菓子までくれた。

その上、もう会えないけれど許してくれと泣いてくれて……

だから、カイルはそれで十分だと思った。

「会いに来てくれて、泣きたいくらい嬉しくて。俺は甘いものが好きだから、菓子が、なおさら嬉しかった。これを焼いている間だけは、母さんは俺のことを考えてくれたと思ったから」

そこまで話し、カイルは苦笑して隣のアルフレートを見た。アルフレートは、じっと聞いてくれている。

「そうか」

アルフレートが気遣う口調なのがおかしい。

声が震えないうちに話し終えてしまいたい。カイルは指に力を込める。

「でも、菓子には、毒が……入っていて、さ。殺鼠剤《さっそざい》っていうのかな、鼠《ねずみ》とか殺すやつ。俺は危《あや》うく死ぬとこだった。……キースが呼んできた治癒《ちゆ》のできる神官が助けてくれなきゃ、今、ここにはいない」

カイルの静かな告白に、アルフレートが言葉を失っている。子供を捨てる親がいることは理解の範疇《はんちゅう》だろうが、まさか殺そうとしたとは考えていなかったのだろう。

カイルだってそう思っていた。俯《うつむ》きながら、再び口を開く。

「それで、三年前、護衛で行った夜会で、偶然彼女に会った。男爵夫人だから、社交界に出ていたんだ。その時、夫に借金があるから、それを用立てろと言われた」

「馬鹿な！　何故そんな女に払う必要があった⁉」

「最初は、俺も馬鹿にすんなって思ったんだけど……」

カイルはアルフレートが持っているペンダントを見た。それは、コンスタンツェがくれたものだ。

カイルの父親である魔族が意に沿わぬ夜伽《よとぎ》の対価にくれたものだと、彼女は言っていた。見慣れぬ美しい金属は、禍々《まがまが》しい紋章《もんしょう》を象《かたど》っている。

「彼女が言ったんだ。俺は、王都の動乱を引き起こした魔族の子だって。彼女は、動乱に巻き込まれて、魔族に犯されて俺を身籠《みごも》ったんだって。そのせいで実家から見放されて、老人に無理やり嫁《とつ》がされた。だから俺のことを殺したいほど憎《にく》いって。……無理ないよな」

『私はまだ、十四だったわ。私が、火遊びでもしてお前を身籠《みごも》ったとでも？　まさか！　強姦されて孕《はら》んだのよ！　堕《お》ろしたくてもできなかった。怖くて親に言えないうちに、もう手遅れになっていた』

コンスタンツェは、涙を拭《ぬぐ》いながら嗤《わら》っていた。

カイルは何も言い返せなかった。

『私の人生は、お前のせいで台無しになったのに！　……その元凶が、飛龍騎士団に所属しているですって？　高貴な方の寵愛《ちょうあい》を受けて、幸福になろうとしているなんて――そんなの、許せるわけがない！　神がお許しにならない！』

――彼女の不幸の原因は、まぎれもなく自分だ。だから、言い返せなかった。

「彼女は辺境伯家の家宰《かさい》に俺の出自をばらして、強請《ゆす》っていたみたいで……」

辺境伯の愛人であるカイルが、かつての動乱の首謀者《しゅぼうしゃ》の息子でいいわけがない。辺境伯家の沽券《こけん》にかかわる。そう、家宰《かさい》はカイルに言った。

「アルフが爵位を継いですぐの頃、家宰《かさい》に、手切れ金をやるからアルフの前からとっとと失《う》せろと言われて……だけど、その成り行きに、どこかでほっとしても、いた」

カイルは辺境伯の執務室を見回した。どこもかしこも美しく、重厚で、落ち着かない。

「何故」

アルフレートの呻《うめ》くような声に、力なく、首を横に振る。

「俺の惨《みじ》めな生まれを、アルフに知られたくなかった。大罪を犯した父親のことも。いくら不幸だとしても、他人を強請《ゆす》るような母親のことも……。いつかアルフに全部バレて、見限られるのが怖くなった。いつか失うかもしれないことに怯《おび》えながら傍にいるのが怖かった。……だったら、はじめから手の中になければいいと、そう思った。遠くから眺めて、綺麗なものだけ懐かしもうとした……。家族を喪《うしな》ってアルフは傷ついていたのに、俺は身勝手に、あなたから逃げる理由ができて……心底、安堵《あんど》した」

傷ついた恋人よりも、自分の弱い心を守りたかった。怖くて逃げた……

「愚《おろ》かな話だろ？　それが、三年前の、顛末《てんまつ》なんだ」

沈黙が恐ろしくてカイルが目を閉じたままでいると、強い腕に引き寄せられる。

不意を突かれて抵抗できずにいると、アルフレートはカイルの髪を掻《か》き上《あ》げた。そして覆《おお》いかぶさったまま、額《ひたい》にキスをする。やめてほしいと言いたいのに、優しい指が惜《お》しくて抗《あらが》えない。

「馬鹿だな。お前の生まれがどうであれ、お前は何も損《そこ》なわない」

「アルフ……」

「全部、打ち明ければよかったんだ。何も問題なんかないと、お前は少しも悪くないと。そう、言えたのに……お前は、馬鹿だ」

ぎゅ、と唇を噛んだカイルの口の端に、アルフレートが口付ける。

器《うつわ》から水が溢《あふ》れるように、感情が堰《せき》を切る。欲しい。この人が、欲しい。

カイルは僅《わず》かに顔を傾けて、自分の唇をアルフレートの形のいいそれに押しつけた。おずおずと口を開いて、舌を招き入れる。

それが合図だったかのように、もつれ合ってソファに移動した。

アルフレートが圧《の》しかかったまま、カイルのシャツのボタンを外していく。露《あら》わになった首筋にゆっくり舌を這《は》わせて、鎖骨《さこつ》に軽く歯を立てた。

「……痛い、って」

「少し痛いのが、好きだろう」

小さく反論したのに、すげなく返される。別に、とカイルは口を曲げた。

「痛いのが好きだったわけじゃない。アルフにされるんなら、嫌じゃなかっただけ、で」

墓穴を掘っているなと思いつつ声を絞《しぼ》り出《だ》すと、アルフレートは一瞬ぽかんとする。そして口の端を吊り上げたあと「それは光栄」と呟いて、下肢に指を遊ばせた。

「拒否しないなら続けるぞ」

カイルは目を伏《ふ》せた。

「うまく、できる気がしないんだけど」

「まだ、無理か？　ずいぶんといい反応だけどな」

服の上からソレをやわやわと掌《てのひら》で押すように揉《も》まれて、カイルの腰はアルフレートの手に合わせるように動いてしまう。

心地よさの波が足の先からせり上がって溢《あふ》れそうなのに、中心が勃ち上がりきらなくて、かえって刺激が辛《つら》い。歯を食いしばるのに、声が堪《こら》えきれない。首を横に振ると、アルフレートは喘ぎ声の合間に唇に噛みついた。

「やめ、やっぱり、やめる」

「何故」

押《お》し退《の》けようとした手を逆に掴まれて、指をねっとりと舐《な》められる。カイルは舌の動きを目で追いながら、途方に暮れた子供のように呟いた。

「……前、勃たないし」

「ここ以外でも、楽しめるだろう？　――私が、そう教えた」

柔らかな舌が性急に口内に侵入してくる。カイルは目を閉じながら、うっとりとアルフレートの動きを味わった。

唾液《だえき》が口の端から漏れる。それを反射的に舌で舐《な》めとったカイルをアルフレートは熱っぽく眺めると、右手でカイルの下肢に直《じか》に触《ふ》れた。

欲しかった刺激が望みのままに与えられて、背筋が僅《わず》かにしなる。

「……んっ……だめ、だ」

「もう、遅い。逃がさない」

上半身を起こしたアルフレートに掠《かす》れた声で宣言されて、カイルは逡巡《しゅんじゅん》して……頷いた。

アルフレートと自ら望んで寝てしまえば、もう、誤魔化《ごまか》せなくなって、引き返せなくなる。

三年かけてようやく離れる決心がつきそうだったのに。

多分、もう、だめだ。

頭のどこかで警鐘《けいしょう》が鳴る。この選択は……だめだ。だめだけれど。

もう、無理だ。

もどかしさを抱《いだ》きながら、執務室の横にある仮眠室へ二人でなだれ込んで、ベッドに倒れ込む。

食い合うみたいに荒っぽく口付けを交《か》わすと、吸いつかれた下唇がじんじんと痺《しび》れて心地よい。

他のところも舐《な》めてほしいと、はしたないことを考えて、中心が熱くなる。

手早く服を脱がし合うと、一糸纏《いっしまと》わぬ姿で絡《から》み合って、互いの間にある距離を埋めた。息が荒くなるのに比例して、鼓動も速くなる。

飢《う》えていると自覚して、カイルは俯《うつむ》きながらも、アルフレートの背中を引き寄せた。

「カイル」

「……ん」

耳元で低く名前を呼ばれる。脇腹でアルフレートの指が遊んだ。

ぞくぞくと甘い痺《しび》れが下腹部に訪れて、カイルは、はあ、と息を深く吐き出す。

だって、欲しい。この人の熱が欲しい。

胎《はら》の中の、中心を熱く穿《うが》たれて、空《から》っぽを満たしてほしい。

ぐずぐずなところを甘く何度もいじめられて、ずっと揺すられていたい。

蕩《とろ》けた視線を向け、半開きの口で緩く舌を動かして誘うと、アルフレートは薄く笑い、口内に指を滑《すべ》らせる。そして上顎《うわあご》の敏感な部分を指の腹で撫でた。

「舐《な》めて」

人差し指と中指を口内に差し込まれて、短く命じられる。

唾液《だえき》を絡めて舌でグチュグチュと舐《な》めると、褒《ほ》めるみたいにもう一方の手で髪を撫でられた。

ん、ん、と甘えるように指に吸いついてしまう。

「ふ……っ」

「上手……」

「……ぐぅ……」

喉《のど》に近いところまでぐっと二本の指が押し込まれるのに耐えて、苦しい呼吸の合間にアルフレートの指を愛撫した。

彼の指がゆっくりと引き抜かれて、口の端に溢《あふ》れた唾液《だえき》が伝う。

起こしていた上体を押し倒されて、後孔につぷり、と指が忍び込んだ。

アルフレートの指が内部のいいところを、意図的に強く押す。カイルは足の指で敷布を掴んだ。

じわじわとした心地よさが足の先から腰まで湧《わ》き上がって、中心で留《とど》まる。

「……声を我慢するな。私以外は聞いていない」

「アルフ、に……聞かれたく……な……ひっ、ああっ」

「聞かせろ、全部」

指が二本に増えて、乱暴に奥まで突き立てられる。

その痛みがたまらなくよくて、カイルは背中をしならせた。

指伝いに潤滑油《じゅんかつゆ》が中に入れられて、じゅぷじゅぷと淫らな水音が耳に響く。その音に煽《あお》られるみたいに、ひ、う、と喘いだ。

きゅうきゅうと指を締めつけてしまって、カイルは羞恥《しゅうち》で顔を片手で覆《おお》う。

「あ、ヤダ、やだ、そこ……ん――っ、ああ」

「ここ?」

「ああっ……イ……いいっ」

執拗《しつよう》に中を攻められて、カイルはひたすらに喘ぐ。

あと少しで一番いいところに届きそうなのに、あとほんの少し足りない。

アルフレートの指の動きが緩慢《かんまん》になり、ゆっくりと引き抜かれる。

涙目で責めるように見上げると、蒼《あお》い瞳が深さを増して、カイルを見下ろしている。そそり立つアルフレートのものに、カイルは飢《う》えているみたいに喉《のど》を鳴らした。

アルフレートはカイルをひっくり返した。彼は脚を閉じるようにカイルに命じて、股の間に硬くなったソレを割り込ませ、前後に揺する。

「あ、あ、や、あっ」

「……明日は、仕事だものな？　今日は指だけにしておいたほうが、いいんだろう？」

意地悪く言うアルフレートの硬くて大きいソレが前後に動かされるたびに、カイルのものに当たる。ぐじゅぐじゅと擦《こす》れるのが気持ちよくてたまらないのに、それだけじゃ物足りない。

指が抜かれたそこが切なくて、ヒクヒクと震えるのがわかった。

アルフレートは動きを止めると、後孔に指の先だけを入れる。そして、入り口でグリッと円を描くように動かした。

「……ここは、もう、おしまいにしようか」

「や、やだ、だめ……」

アルフレートは面白そうに笑い、カイルにちゅ、と軽く口付ける。それからまたカイルの身体を上向かせて、優しく頬を撫でた。

それだけでゾクゾクしてしまうのが悔《くや》しくて、肩越しに美貌《びぼう》の男を睨《にら》んだ。

紅《あか》い瞳に、涙が滲む。くるくるひっくり返しやがってと、切れ切れに毒づいた。

「……ひとのこと、弄《もてあそ》ぶな、よ……悪趣味だ」

アルフレートは、自分の身も寝具に沈み込ませて、煽《あお》るみたいにカイルの耳の後ろを舐《な》め上《あ》げる。

「お前が、可愛い反応をするのがいけない」

「ふざけ……んっ、う……うっ」

また指をぐちゅりと差し込まれて、カイルは力が抜けた両足を動かした。

「また……！　ゆび、やだ……」

もどかしく宙《ちゅう》を蹴《け》った足を肩に担《かつ》がれて、局部がアルフレートの目に晒《さら》される。

「指は、嫌か？　どうしてほしい？　カイル、言え」

どこまでも人の悪い笑みで、アルフレートはカイルの足首に口付けた。

そして、狼《おおかみ》がそうするみたいに、ちろりと舌で唇を湿《しめ》らせる。

獲物《えもの》を捕食する肉食獣のように、この美貌《びぼう》の男は飢《う》えていて、自分は……食い尽くされることを心待ちにしている。

ひくり、と陰茎が震えるのがわかった。

アルフレートの熱くなった先が、ひくついたカイルの後ろにあてがわれる。入り口だけをなぞる行為に、カイルは情けなく啼いた。

「やだ、もうやっ……嫌だっ！　はやく、いれて……アルフの……焦《じ》らさな……いで」

「ちゃんと教えてくれ……どうしてほしい？　指でいいのか？」

カイルは唇を噛みしめて、涙の浮いた目でアルフレートを睨《にら》む。だが、その表情は逆に彼を煽《あお》ってしまったようだ。

アルフレートはベルトを使ってカイルの両腕を頭の上で拘束《こうそく》すると、熱っぽい目で見下ろした。ちろりと赤い舌が覗《のぞ》く。はあ、と吐息を漏らしながら、カイルは美貌《びぼう》の辺境伯を見上げて、懇願《こんがん》するように呻《うめ》いた。

「アルフ、うで、ほどいて……しがみつきたい」

「――っ、あとで、ほどいてやる」

「なん、で……う、あ」

「もう一回、お前がイったらな」

荒く息をしながら頭《かぶり》を振って。けれど、緩く、激しく、ぐぷぐぷと後孔を犯す指に、切なくたまらずに啼《な》いた。

「指じゃない、指、もうやだ。アルフ、の入れて……おっきいの、ほしぃ……い」

「……カイル、何がほしい？　教えてくれ」

指が引き抜かれて、襞《ひだ》がひくつくのを感じる。僅《わず》かに先だけが潜《もぐ》り込《こ》んだアルフレートの陰茎に、たまらず腰を浮かせた。誘い入れようと腰を振るのに、アルフレートは笑ってカイルの腰骨を掴んだまま、距離を保つ。カイルは観念して、泣き声で喚《わめ》いた。

「アルフ、の。入れて、俺の、ナカに、入れて……お願い、も、欲しい……！　アルフのおっきいの、お尻に、欲しい、お願い……ぃ」

「……よく言えた」

「――んっ、ああ!!」

ずぷり、と。硬くなったアルフレート自身が一気に入ってきて、カイルは歓喜の声をあげた。待《ま》ち焦《こ》がれた圧迫感が身体の奥にもたらされて、高い声が出る。

「……っ、少し力を抜いて。きつい」

内部のいいところを的確に擦《こす》られて、カイルは無理だ、と低く呻《うめ》いた。自ら脚をアルフレートに絡めて、喘ぐ。

突き上げられながら乳首をいじめられて痛みに泣いてしまうのに、それすら心地よい。

「……次は、胸だけいじめてやりたくなるな。こんなに反応がいいと」

「……やっ、いたい、だけ、だか、ら」

「つねったら、締まりがよくなったぞ。……ぎゅ、って。わかるか？」

「しらな……っも、わかんな……い！」

もっと欲しい。痛みも欲しい。熱も欲しい。アルフレートが欲しい。

形がわかるほどぎゅうぎゅうと締めつけると、アルフレートが低く、呻《うめ》いた。

「お前の中で、果ててもいいか？　ここに……全部出したい」

奥を突かれて、カイルは喉《のど》をのけぞらせた。

快感が脳天まで走るような感覚に、爪先《つまさき》がぴん、と伸びる。

カイルはアルフレートの舌に自分のそれを絡《から》ませ、喘ぎ声を漏らしながら、頷いた。

「……アルフの、ぜんぶ、ほしい。俺のおなかに、ちょうだ……い、アアッ!!」

「――――くっ」

「あうっ、い……いっちゃう、イくっ……」

カイルのねだるような舌足らずな声に煽《あお》られたように、アルフレートが腰を叩きつける。

息も絶《た》え絶《だ》えなカイルの中で……アルフレートは果てた。

「……は、ん、ああ、ああ……」

射精が終わっても、カイルは細かく痙攣《けいれん》しながら、逃げるように足をしならせた。

太腿《ふともも》をいやらしく上下にさすられ、まるで子供のようにむずがって首を横に振ってしまう。

柔らかくなったそこから、陰茎をじゅぷり、と抜かれ、カイルは小さく悲鳴をあげた。

「う、あ。抜くのやだ。アルフのおっきいの、埋めて、おねが……」

アルフレートはカイルの半身を起こして、正面から抱きしめる。アルフレートの柔らかくなった陰茎に手を導かれ、カイルは欲にまみれた瞳でアルフレートのソレをいじった。

無理だ、と言っていたカイルの陰茎も勃ち上がっているのを認めて、アルフレートは「よくできた」と笑う。そしてカイルの掌《てのひら》ごと、彼のものと一緒に擦《こす》られる。下半身に血流が集まるのがわかって、カイルはアルフレートの肩にしがみついて爪を立てた。

アルフレートは目尻を緩めて、カイルに問う。

「このまま、一緒にイくか？」

「や、やだ。お腹の中に入れて、アルフの、欲しい。ナカがいい……」

「ん、わかった」

まだ柔らかい後ろに、硬くなったアルフレートのものをずぶずぶと入れられた瞬間に、カイルのものが暴発する。

「あ、あ、ごめんなさ……おなか、汚れ、た……」

もう、何を言っているのかわからない。カイルは譫言《うわごと》のように謝りながら、それでも腰を上下に動かす。アルフレートはカイルの腰を掴んで、小刻みに揺すった。

奥の奥に当たるように、コンコンと執拗《しつよう》に攻められる。吐息と共に口付けられ、カイルも喘ぎながら舌を絡《から》ませた。

アルフレートは唇を離すと、動きは止めずにカイルの耳元で囁《ささや》く。

「……カイル、好きだ。愛している」

「あっ、や、や、そこ、だめ——」

糸を引くような声をあげ、カイルは芯をなくして、くたりと後ろに倒れ込んだ。カイルに覆《おお》いかぶさりながら、アルフレートは甘い毒を最奥《さいおう》に流し込む。

「どこにも行くな。もう——」

離さない、と懇願《こんがん》するような声を聞きながら、カイルは意識を手放した——


カイルがアルフレートと身体を結んでから、二日後。

どこかに出かけていたキースが、ふらっと辺境伯邸に戻ってきた。

「ずいぶんと仲良くされていらっしゃるようで？」

夜、カイルが部屋に戻ってきたキースを出迎えると、彼は人の悪い顔で襟元《えりもと》を掴んだ。ぐぇっ、とカイルが思わず咳《せ》き込《こ》むと、幼馴染は指で首筋を示す。

「痕《あと》、ついてんぞ」

カイルが慌《あわ》てて首を手で押さえて隠すと、キースはにやりと笑った。

「嘘に決まってんだろ、ばぁか。誘導尋問にあっさりひっかかりやがって」

「ほんっとにお前は！　嫌な奴だな‼」

カイルが喚《わめ》くと、キースは無駄に爽《さわ》やかな顔で「はは」と笑う。殴《なぐ》ってやりたい。

キースは高価なソファに深々と身を沈めて言う。

「よりを戻したんだろ、よかったな」

「違う！　……と思う……」

カイルは遠くに視線をやった。煮え切らないのは自分だけだ。わかっている。

あの夜、目が覚めたあとも存分に甘やかされて何度も行為に耽《ふけ》ったくせに、「お前はまだ私のもとから去るつもりか」と静かに尋ねられて、是とも否とも答えられなかった。そろそろはっきりしろよ、と呆《あき》れられても仕方ない。

キースは「馬鹿だよなー」とため息をついた。

「いいじゃねえか。惚《ほ》れてんだろ。あんな条件のいい相手、お前の前に二度と現れるもんか。うだうだ考えずに大人しく飼われてろよ」

カイルがぐっと言葉を呑むと、キースはやれやれと肩を竦《すく》め、思慮深げに顎《あご》に手を添えると、低い声で言う。

「うだうだ悩む原因があの糞婆《くそばばあ》なら、今度会ったら消しといてやろうか。わけないぞ」

カイルは、目を剥《む》いた。糞婆《くそばばあ》とはもしかしなくてもカイルの実母のことだろう。

「冗談でも言うな！　仮にもお前は神官だろう！」

「はいはい、わかりましたよー、っと」

「必要な時は自分でやる。キース、お前が心配することは、なんもないんだからな」

幼馴染の青年は、マジになんなよ、と嘯《うそぶ》いた。馬鹿なことを考えるなよ、と釘を刺すと、キースは頷く。……時々、度を過ぎた発言と行動をするのは、本当にやめてほしい。

「……キース。お前、この二日何を調べていたんだ？」

「ん？　香炉《こうろ》の中身の鎮静剤の出どころ」

キースは香《こう》をテーブルの上に広げると、アルフレートたちが現れるのを待って、説明してくれた。

「神殿じゃあ、鎮静剤は治療によく使われるからな。東国産は香りが強いから覚えてた。ネル伯爵は商会を持っているんだろ？　東国から仕入れていたとしても、おかしくない」

東国とニルスは険悪な関係だが、国交がないわけではないし、私的な貿易までは禁じられていない。東部の貴族は東国との交易で儲《もう》けている。

「この香は……禁止薬物の一つだな。麻酔が効きすぎて、千人に一人は死人が出るって言われてる。そんな禁止薬物を王女殿下に献上するなんて――悪意があるな」

キースの言葉にカイルはぞっとしたし、アルフレートは思いきり顔を顰《しか》めた。

「その話は確かか、キース神官」

「昨日の医師に確認していただいても結構ですよ……ネル伯爵は様々な交易品にお詳しい。ついうっかりで間違えたのか、意図的かは――私にはわかりかねますがね」

カイルは沈黙したが、アルフレートは短く言った。

「礼を言う、キース神官。ネル伯爵に悪意がないとは思わない。彼は自分の利益のためなら、どんな相手も排除しようとするだろう。そういう男だ」

「王女殿下が死ねばいいと思っていたと？」

キースの問いに、アルフレートは頷く。

「……死んでもいい、とは思っていたかもな。王女殿下の存在は、魔族との和平の象徴になる。邪魔だと思っていてもおかしくない」

「そうまでして、利益を守りたいのか」

カイルは呻《うめ》いたが、キースは当たり前だろと毒づく。

「皆、食っていかなきゃなんねえんだ。金はあるほうがいいに決まってんだろ」

キースの台詞《せりふ》に、アルフレートも重々しく口を開いた。

「……金が欲しいのは魔族も同じだ。だから魔族たちも、以前は人間たちが交易のために自領を通るのをよしとしていた。通行にあたっては多少の税も徴収できていたし」

それが、四半世紀前の動乱で、ニルスと魔族は断交し、魔族の里と人間の国は公《おおやけ》には没交渉になった。魔族はそれでもいい、と思っていたようなのだが……

「近年、彼らの領内で蔓延《まんえん》した流行《はや》り病《やまい》がひどかったらしくてな。彼らの態度が軟化した。子竜を分けてくれたり、狩猟の場所を教えてくれたり、な」

辺境伯領は魔族の領土と直《じか》に境を接するが、動乱以降は出会えば小競《こぜ》り合いが起こる関係だったらしい。しかし、この五年ばかりはやや魔族たちが軟化してきた。

それに辺境伯領の人々も返礼をし……少しずつ、辺境伯領と魔族たちは関係を改善した。それを国王は喜んだ。国王には半魔族の側室、ダンテ夫人がいるし、魔族たちとの交流が公《おおやけ》に改善すれば、正妃の母国である北方の国ハルティアとの連携も厚くできる。

反対にハルティアとの連携改善は、東部貴族や東国には喜ばしくないのだ。

「ほんの嫌がらせのつもりで、王女様に弟王子の毒殺の噂《うわさ》を吹き込んだのも、東部の誰かかもな。カイルの言う、ネル伯爵って奴かどうかはわかんないけど」

キースは、そう報告を締めくくった。カイルは声を殺して泣く、小さな王女を思い出して渋面《じゅうめん》になる。

自領内の利益のためとはいえ、幼い子に嘘を吹き込んで苦しめるような真似《まね》は許せない。

ハインツならば、いかにもやりそうだが……

「カイル」

アルフレートに事務的な口調で名前を呼ばれて、カイルは条件反射で背筋を正した。

「彼が真に何かを言った確証はない。……お前、王女殿下の傍でハインツに会っても……探ろうとはするなよ」

「でも、殿下にまた何かしたら……」

「確証はないんだ。彼は高位貴族だ。昔のように気やすく口を利《き》けば痛い目を見る。お前ができるのは、王女殿下の身体を守ることだ。立ち入りすぎるな」

厳しい口調のアルフレートに、それはそうだけれど、とカイルは僅《わず》かに萎《しお》れた。

護衛をするならば、王女の心だって守ってやりたい。力は及ばないだろうが……

だが、カイルは「わかりました」と硬い声で応じた。キースは何故か人の悪い笑みで、カイルとアルフレートを見比べている。するとユアンがコホン、とわざとらしく咳《せき》をした。

「ネル伯爵には、カイル君は関わらないほうがいいかもね……。強引で、何するかわかんない人だし、君は気に入られていたんでしょ？」

「昔、少し。……もう、向こうは覚えていないと思いますが」

カイルが答えると、ユアンが、「あー……そぉ？」と首を傾げ、アルフレートは眉間《みけん》に皺《しわ》を寄せた。キースはニヤニヤと笑っている。

「キース神官、何かおかしいか？」

アルフレートが不機嫌《ふきげん》に問うと、キースは「いいえ？」とすっとぼけた。

「……まあいい、今日はここまでにして解散しよう」

そうアルフレートが言い、ユアンとキースは部屋を出ていった。アルフレートはカイルを呼び止める。

「お前が王女殿下に肩入れするのはいいことだが……ハインツには近づくな。はっきり言っておくが、私はあいつがお前に何かするんじゃないかと、不安だ」

「まさか！　もう、俺に興味はないと思うけど……」

アルフレートは、はあ、とため息をつく。

「……私が嫌だ、ということで構わない。頼むから」

真剣な顔で言われて、カイルは釈然《しゃくぜん》としないまま頷いた。それをちらりと確認し、アルフレートは続けた。

「数日後には、魔族との和平の式典が始まる。アル・ヴィースの長《おさ》に会いたいか？」

コンスタンツェが話したのが真実なら、カイルの父親はその一族の魔族だという。だが……

「会っても、仕方ないよ。遠くから、どんな人たちなのかだけ見れば満足する」

カイルは「今日はこれで」とアルフレートの横をすり抜けて、寝室へ戻った。それから……さっきのは、少し強がりだなと自嘲《じちょう》する。

血縁者の魔族に会ったところで何も得られないだろうと思うのに、やはり、どうしても気になってしまう。

カイルはベッドに潜《もぐ》り込《こ》み、なんとか眠りについた。

――そして数日後。魔族たちの歓迎式典が始まった。

第四章　アル・ヴィース

式典の日も、カイルは王女の警護を務め、朝の警護を終えたあとの休憩時間を、ユアンと過ごしていた。「一緒にご飯に行こうか」と誘われたからだ。

ユアンは気さくな人だが、上流階級らしく正装を身に纏《まと》うと、やはり品がよく貴族然としている。

そんな彼は、カイルに問うた。

「キトラ・アル・ヴィースに会ってみたい？」

「まさか、分不相応ですよ……」

「そう？　もしも接触する機会があれば、招きに応じる前に教えてほしいな」

気を遣ってくれるユアンに、カイルは苦笑を見せた。

「俺は辺境伯の麾下《きか》ですから、許可なしに勝手なことはしません」

「麾下《きか》、ねえ……。アルフレート様が聞いたら泣くな。まあ、いいや。よろしくね」

ユアンは意味ありげに言って、先に席を立つと、アルフレートのもとへ戻っていった。カイルはバツが悪いなと俯《うつむ》く。

先日のあれこれから、二人がどうなったかなんて、ユアンたちにはとっくにばれているだろう。

カイルはため息をついて、午後の持ち場へと向かう。

窓の外の護衛騎士を眺めながら、胸元のペンダントを握りしめた。

父親に会ってみたいのか、と自問自答してみる。

母にとってそうだったように、父親にとってもカイルは望んだ子ではないだろう。

生まれたことすら知らないのだし、できた経緯を思えばカイルは忌《い》むべき存在だ。

こんなでかいなりをして、いい年をしているのに。自分はどうやら何かを期待しているらしい。

情けないなと自嘲《じちょう》していると、国王と客たちが客間から出てくる。

魔族たちは残念ながらカイルを一顧《いっこ》だにせず、王妃に案内されるまま、饗応《きょうおう》の間《ま》に足を運んでいく。アルフレートとユアンも一緒だ。

カイルはクルーゼと合流すると、先回りして宴会会場に移動する。あまり格式ばった形式ではないが、国王と親しい貴族たち数十人が集まったその場は、なかなか壮観《そうかん》だった。

国王とその家族と重臣の半数ほど。魔族たちがもしもこの国に含むところがあって、事を起こそうとするのなら、こんなに絶好の場はない。講和の場で何かするほど馬鹿ではないだろうが、警戒を怠《おこた》らないでおこう。カイルはそう考えて視線を国王一家から外さないでいると、王女が侍女と共にバルコニーに移動しているのに気付いた。

「クルーゼ、王女殿下がバルコニーに移動されたから、遠くから見ておく」

「わかった。任せた」

カイルはクルーゼと別れ、バルコニーに足早に近づく。すると、王女とその侍女が歓談する男性の一人が、顔見知りなのを認めて思わず顔を顰《しか》めた。

――ハインツ・ネルだ。

高位貴族のハインツが王女と挨拶《あいさつ》しても問題はないが、香炉《こうろ》に混ざっていた危険な香《こう》の件がある。まさかこんな場所で何もするまいと思っていても、危害を加えるのではないかと疑念も湧《わ》く。

「様子を見るだけ、だ」

カイルはじっとバルコニーを見守り……王女と侍女がハインツと死角に入るのを確認した。逡《しゅん》巡《じゅん》して、あとを追う。

しかし、バルコニーに出てあたりを見回すが、王女も侍女も、ハインツさえいない。

まさか、と背筋を冷や汗が伝う。王女たちを捜してカイルは視線を巡らせた。

「どこへ――」

「何をお捜しかな、竜騎士殿」

背後からかけられた声と足音に、カイルはぴくりと動きを止めた。ゆっくり振り向くと、夜会服のハインツが近づいてくる。カイルは息を整え、口を開いた。

「王女殿下を捜しておりました。殿下と侍女殿はどちらでしょうか、ネル伯爵」

「お二人なら広間へ戻られたが」

「そうですか、では私も戻りま……っ、何か？」

言葉の途中で襟首《えりくび》を掴まれて、トンと壁に押しつけられる。ハインツは楽しげにカイルに顔を近づけた。

「疑わしげに俺を見る目つきが気に食わないな。『辺境伯が連れてきた素性《すじょう》の知れない竜騎士が、私に無礼を働いた』と騒ごうか」

「……目つきが悪いのは、生まれつきです。申し訳ありませんが」

カイルが睨《にら》み上げると、ハインツは、くつくつと楽しげに笑った。指で首筋をなぞられて、悪寒《おかん》がする。そして、ハインツはカイルの耳元に口を寄せた。

「アルフレートの糞野郎《くそやろう》に可愛がってもらっているのか？」

「妙な言い方を……するな」

「昔からお前に執着しているあいつは、お前が下賤《げせん》の生まれでも気にしないだろうさ。だが、北領の人間は、半魔族の孤児が伯の愛人だなんて認めるものか」

「……ご忠告をどうも。俺が誰とどうなろうとあんたには関係ない」

ハインツはカイルから笑いながら距離を取った。彼は灰色の目を細めて笑う。

「――そういえば、お前とよく似た女を見かけたぞ。……半魔の息子に捨てられたせいで苦労していると言っていた、元男爵夫人だ。一度金を貸したことがある。あれはお前の血縁者か？　名前はなんといったかな」

「……コンスタンツェ」

口にしてしまってから、カイルは、はっと口元に手を当てた。ハインツは唇の端を吊り上げる。

「そうだ。コンスタンツェ・ジェノヴァか、そんな名前だったな。ずいぶんと薄汚れていたが」

「――どこで見た」

「さあ？　知っていてもお前に教える義理はない」

カイルは、背を向けるハインツの腕を思わず掴んでしまう。

「待て、どこで彼女を見た？　聞かなければならないことが――」

ハインツが面白そうにこちらを見た時、冷たい声が割って入った。

「警護の途中に痴情《ちじょう》のもつれで持ち場を離れているのか？　呆《あき》れるな」

「……なっ？」

痴情《ちじょう》のもつれではない、と思いながらも、声の主《ぬし》の気配を感じて、背中がひんやりとする。

「おい、そこの……何をしている」

振り返ると、銀髪の青年が腕組みをしたまま、カイルに視線を留《とど》めている。瞳の色は、深紅《しんく》。

――魔族だ。

カイルと同じ色の瞳に囚《とら》われて、身動きができない……些《いささ》か不機嫌《ふきげん》そうな青年は、今まで見たことともないほど美しい容姿をしていた。

ハインツは表情を強張《こわば》らせながらも、魔族の男性に礼をとる。

「……これは、お客人。キトラ・アル・ヴィース殿。お見苦しいところを失礼しました。どうしてこちらに？」

カイルは、アル・ヴィースと口の中で繰り返し、慌《あわ》てて頭《こうべ》を垂れた。

――魔族の長《おさ》が何故ここにいるのか、と混乱していると、キトラに腕を掴まれた。カイルは反射的に離れようとしたが、細身の青年の腕力は、見かけと違って強い。

純度の高い綺麗な赤い瞳に射貫《いぬ》かれて、カイルはたじろいだ。

「貴様はネルとかいったな？　国王に伝えておけ、これを……おい、青年、お前の名は？」

「え？　……カイル、ですが」

「カイル？　覚えた。――カイルを連れて行く。あとで返す」

さすがのハインツも「俺が？　伝言？」と呆気《あっけ》に取られている。

カイルの戸惑《とまど》いなど全く気にせずに、キトラはカイルを引き寄せた。ひらり、と視界が揺れる。

「移動するぞ」

キトラが事もなげに宣言し、次の瞬間、カイルは彼と共に音もなくその場から姿を消した。

「落ちるぞ、ちゃんと着地しろ」

「……うっわあ！」

浮いているのだ、と気付いたのは、視界が揺れてから半瞬後だった。

気付けば、どこかの部屋に瞬間移動していて――地面から浮いた状態で手を離され、カイルは慌《あわ》てて着地の姿勢をとった。だが、想像した痛みはない。豪奢《ごうしゃ》なベッドの上に落とされたからだ。

カイルを落とした本人は、トン、と軽い音を立ててカイルの前に着地した。

赤い瞳が値踏《ねぶ》みするようにカイルを眺める。カイルは些《いささ》かむっとしながら体勢を整えた。

「痴情《ちじょう》のもつれで警護をさぼる割に、受身は取れるんだな。近衛《このえ》騎士というのは本当か」

「痴情《ちじょう》のもつれは誤解です！　近衛《このえ》騎士ではありませんが、以前は飛龍騎士団所属でした」

言いながら、カイルはベッドを下りた。

豪奢《ごうしゃ》なベッドを靴《くつ》で汚してないかなと気にしながら、そろりと下りるのを、美貌《びぼう》の青年魔族はじぃ、と観察している。なんとも居心地が悪い。

高位魔族は皆美しい、と聞いてはいたが、確かに彫像《ちょうぞう》として飾ってもおかしくないほど美形だ。

しかし、その美形にじっくりと観察されるのはあまり嬉しくない。

高位魔族だから当たり前なのかもしれないが、不遜《ふそん》な態度の魔族は腕組みしたまま、尋ねた。

「それで？　もう一度お前の名前を聞いてやろうか。名はなんだと？」

「……カイルです」

キトラは無表情で問いを重ねる。

「家名は？　どこの家の者だ？　爵位は？」

カイルはええと、と首をひねった。魔族は王宮に来る機会が少ないし、王宮に貴族でない人間がいることを予想すらしていないのかもしれない。仕方なく、正直に答える。

「カイル・トゥーリです。爵位はありません、俺……私は孤児ですので」

「トゥーリ？　……孤児？」

キトラは聞き覚えのないだろう家名に首を傾げたあと、孤児という言葉に目を丸くした。カイルはさらに話し続ける。

「王宮に勤めているのは、私に多少の魔族の力があって、ドラゴンの言葉を理解するからです。今は……臨時で、王女殿下の護衛をしております」

キトラは納得がいったようなそうでないような複雑な表情で、トン、と優美な指で、カイルの胸をつつく。

「では、トゥーリ。お前は何故、我らアル・ヴィースの紋章《もんしょう》を持っている？」

「……熱っ！」

途端に、ペンダントが熱を持って青白く光り始めた。慌《あわ》てて首元から離すと、キトラが指で円を描く。ペンダントはまるで意思をもっているかのように、カイルのもとを離れて、キトラの掌《てのひら》の中におさまった。

「これは、我らのもの」

カイルは、なんとも言えない気分で、優美な男の手におさまった銀色の紋章《もんしょう》を見つめた。

元々、自分のものではない。コンスタンツェがカイルの父親から辱《はずかし》めを受けた晩に投げて寄越されたものだ。——紋章《もんしょう》も、カイルのもとになどいたくなかったのかもしれない。

あるべきところに戻れて喜んでいるのではないかと、そう感じて、苦笑した。

この三年、肌身離さず持っていたせいで、愛着が湧《わ》いていたのかもしれない。

自分の産みの母を地獄に落とした男の持ち物に、そんな感情を抱《いだ》くべきではないのに。

「お返ししたほうがいいなら、そうします……。ええと、あなたをなんとお呼びすれば？」

キトラは、ふん、と鼻を鳴らすと尊大に言った。

「キトラだ」

「キトラ様？」

「呼び捨てろ」

じろ、と睨《にら》まれて「えーっと、キトラ？」とカイルが聞くと、キトラは、うん、と頷いた。

感情の動きがよくわからない人物だな、と思っていると、キトラは部屋にある椅子をカイルに勧める。先ほどユアンに「もしも魔族に招かれそうになったら報告しろ」と念を押されたばかりなので退室したいが、できそうな雰囲気ではない。

カイルが所在なくその椅子に腰掛けると、キトラはその向かいに座って口を開いた。

「先ほどの質問に答えるがいい。この紋章《もんしょう》は我ら一族のものだ。誰からもらった？」

「……私を産んだ女性から」

「母君から？　……健在なのか？」

「今どこにいるかは知りません……一緒に暮らしていたわけではないし、俺は……」

カイルは迷ったが、言った。

「彼女が望まずにできた子らしいので。捨てられて孤児院育ちです。その紋章《もんしょう》は、彼女に最後に会った時に、もらいました。……父親のものだった、と」

キトラが言葉を失い、なんとも気まずい沈黙が数十秒、二人の間に落ちる。

美貌《びぼう》の魔族はバツが悪そうな表情を浮かべてため息をつくと、カイルに紋章《もんしょう》を差し出した。

「……お前に、返す。持っていろ。事情はわかった。これはお前のものだ」

「……いえ……」

「いい、持っていろ。職務中に呼び止めて悪かったな」

強めの口調なのに謝罪をされて、カイルは、はあ、と頷いた。

話は終わった、ということなのだろうか。では失礼します、と言いかけて……カイルは、どうしても聞きたかったことを……おそるおそる尋ねた。

「キトラ、一つ聞いてもいいですか」

「なんだ？」

「あなたは……二十数年前の、動乱の際はこの都にいましたか？」

キトラが、目を瞠《みは》り、若干うろたえた。

「ま、待て、今の流れでどうしてそういう質問になる？　ま、まさかとは思うが、私を父親だと思っていないだろうな？」

「どうなんですか？」

カイルが意を決して真顔で尋ねると、キトラは首をブンブンと横に振った。

「どう見ても年齢が違うだろう！　私をいくつだと思っているんだ!!」

「あー……魔族の方の年齢はよく、わからないので……」

キトラがむむ、と口を曲げた。美貌《びぼう》の青年の外見は、カイルとあまり変わらないように見える。

「お前、魔族と会ったことは？」

「すれ違った程度ならば」

「そいつらから、魔族について何か教えてもらうことはなかったのか！」

「ありません」

これだけ長く会話した魔族はキトラが初めてだし、カイルを見かけた魔族は皆「雑種」と口を極めて罵《ののし》ってきたし……と思い出しながら、カイルはキトラを見つめる。キトラは眉根を寄せて、カイルに問うた。

「お前、いくつだ？」

「二十五です」

「ふぅん、それだけ我らの血が濃いのに、見た目は人間と変わらないんだな。――いいか、単純な計算だ、純血の魔族は人間の二倍生きる。人間の五歳は、魔族の十歳と同じだということだな。覚えておくといい。私はお前が生まれた頃、まだいたいけな少年……なんだ、その目は」

自分でいたいけな、とか言うんだな、と感心したとは言いづらい。

カイルは「何も」と慌《あわ》てて首を横に振った。

ということは、キトラは多く見積もっても、その頃人間の年齢で十三か、十四だったというわけか……ありえない話ではないが。

「私は、その時王都にはいなかったし、そもそもここに来るのは初めてだ。だから、お前の母親の恋人ではない。期待に応《こた》えられず悪いがな」

「……そうですか」

美貌《びぼう》に似つかわしくなく、人間くさく否定したキトラに、カイルは好感を持った。

――コンスタンツェはその魔族の恋人だったわけではないし、多分、この魔族の青年が思っているような流れでカイルは生まれていないのだが。

カイルはペンダントを握って、キトラに返す。

「やはり、俺が持つよりお返ししたほうがいいようです。元々、自分のものではありませんし。俺を産んだ女性がアル・ヴィースの人から直接いただいた、という確証もないのです」

「持ち主を捜そう」

「いいえ、お気持ちだけで結構です。渡したこと自体、覚えていないかもしれない」

キトラは釈然《しゃくぜん》としない表情でカイルを見た。

「そう言うならば、受け取るが。カイル、お前は……どうして母君のことを、母と呼ばない？」

何故かと言われても、とカイルは少し苦笑した。コンスタンツェはカイルが彼女をそう呼んだらきっと嫌がるだろう。そう思うと、呼べない。ただの名称だとしても。

「……お邪魔を、しました。失礼いたします」

どう応《こた》えていいかわからずに、カイルは一礼して退出した。


キトラに連れて行かれたのは王宮内の彼の部屋だったようで、カイルは一人で持ち場に戻った。

クルーゼたちに合流してしばらくすると、国王付きの近衛《このえ》騎士が様子を窺《うかが》いに来る。

カイルがいるのを確認して戻ったのを見ると、ハインツが国王に先ほどの件を報告したのかもしれない。少しばかり悪いことをしたな、と思わないでもない。

それよりも、ハインツはどこでコンスタンツェを見たのだろうか。それを聞きただしたい。

宴《うたげ》が終わり、王女殿下を部屋に送ると、去り際に可愛らしい王女はカイルを呼び止めた。

「今日はよく勤めてくれました」

あどけない声でしっかりした口調なのが愛らしい。カイルは王女の前に跪《ひざまず》く。

「もったいないお言葉です」

「カイルは、キトラ様とお話をしたの？　どんなお話をされていました？」

王女は、国王からカイルが彼と会ったことを聞いたのだろう。カイルは言葉を選びながら、口を開いた。

「……ええと、王都で暮らす魔族の縁者の暮らしにご興味がありそうでした」

全くの嘘ではないが、本当でもないことを伝えると、王女はどこか夢見る口調で言った。

「とても素敵な方ね」

王女は頬を染め、恥ずかしそうに侍女と部屋に戻っていく。その後ろ姿を見ながら、カイルとクルーゼは思わず顔を見合わせて小さく笑った。

「こういうことを言うと……不敬だけど、殿下も女の子なんだなあ」

「そういえば、殿下は昔、テオドール班長のことがお気に入りだったな……」

カイルが呟くと、クルーゼが苦笑いをする。

「ああ……なるほど、二人ともなんか、きらきらしいな……」

王女殿下は面食いなのか。将来心配だな、悪い男に騙《だま》されないといいな、と他人事《ひとごと》のようにカイルが思っていると――

「……殿下に対して不敬だな。そして、どこかの誰かを思い出す趣味だ」

アルフレートがそう言いながら、一人で背後に立っている。

「閣下」

クルーゼが何故か微笑んだのを、カイルは見ないフリをして、アルフレートを見上げた。すると、彼もカイルを見下ろす。

「今日の任務は終わりか？　では、帰るぞ」

「え、はい」

辺境伯やその側近と同じ馬車に乗るのはまずいだろうから、だいたいカイルは借りた馬で帰るのだが、アルフレートは有無を言わせずに馬車へと引っ張る。ユアンとテオドールもいるものだと思っていたのに、二人きりだった。

少しばかりアルフレートが不機嫌《ふきげん》なのは、キトラに勝手に会ったのを知っているからかもしれない。連れ去られたのだと報告しようとカイルが口を開く前に、アルフレートは言う。

「思えば……お前だって昔から、キラキラした髪の奴が好きじゃないか。テオドールにも懐いていたし。王女殿下のことを言えるのか？」

「は？」

「そういえば、キース神官も金髪だな」

「いや、キースは違うだろ。髪も小麦色だし、キラキラしてな……」

慌《あわ》てて弁解しそうになって、カイルはあほらしさに脱力した。なんの話かと思えば。

見事な赤毛の辺境伯は、ふん、と鼻を鳴らす。カイルは少し考えてアルフレートの髪に触《ふ》れた。

「赤毛も好きですよ、閣下」

「赤毛も？」

「赤毛、が」

「それなら、いい」

くだらない会話の応酬《おうしゅう》に笑ってしまう。三年前のように、気の置けない会話をできるのが嬉しい。

肩を揺らしていると、「笑うな」と軽く小突かれた。緊張がほぐれたと感じて、カイルは魔族の青年との邂逅《かいこう》に自分が緊張していたのだと今更ながら知る。

アルフレートはカイルの髪を引き寄せて、口付けた。

「連れ去られたと聞いて、心臓が止まるかと思った。無事で何よりだが、何を話した？　その前に、何故、ハインツが陛下に伝言を持ってきた？」

問われたカイルは、ハインツとのやり取りを説明した。コンスタンツェを見かけたとハインツが不自然に話してきたことも。

ふん、とアルフレートはカイルの前髪を弄《もてあそ》びながら思案した。指が当たり前のように頬に触《ふ》れてくる。

「……探るしかないな。しかし、あいつとは尽《ことごと》く対立する」

「昔から仲が悪いもんな」

飛龍騎士団に所属していた時も、アルフレートはハインツと、事あるごとに反目していた気がする。カイルが言うと、アルフレートの指がぴくり、と止まった。

「……原因は、ハッキリしているんだが」

アルフレートはちょっとだけ遠い目をしたが、カイルは「原因？」と首を傾げる。

「……それは、まあいい。それで、キトラはなんだと？　どうしてお前を呼び出した？」

アルフレートに聞かれて、カイルはいつもペンダントを提《さ》げていたあたりに指を這《は》わせた。

そこにあったものは、今はない。

「ペンダントが、アル・ヴィースのものだと気付いたみたいだ」

「魔族は同族の気配を感じられるというから、それでわかったのかもな……ペンダントは、どうした？」

アルフレートはカイルの首に鎖《くさり》がないことに気付いて、首筋に触《ふ》れる。

「キトラに返した。そもそも、アル・ヴィースのもので、俺のものじゃないしさ。それに、キトラも俺の父親には心あたりがないみたいだったし……」

「聞いたのか？」

アルフレートが目を見開く。カイルは視線を逸《そ》らしつつ、答えた。

「まあ、流れで、つい……父親ですか、と聞いてしまった」

「呆《あき》れた命知らずだな」

キトラは気難しくて残酷《ざんこく》な人として有名なのだという。カイルには、そうは見えなかったが。

「親切な人だったよ。多分。気難しくて地位のある人には慣れているし」

「…………誰のことだ？　それは」

「どこかでいけすかない大貴族やってる人だよ」

カイルが笑って……アルフレートの肩に額《ひたい》を載せた時、ガタン、と馬車が揺れた。

「カイル？」

アルフレートは心配そうに首を傾げる。カイルは苦笑した。

「……いい加減に諦めないとな。俺には父母がいないけど、孤児院の爺《じい》ちゃんもいたし、キースもいたし。アルフにも会えたし……仕事もあって、頑丈《がんじょう》な身体もある。得られない何かを恋しがっても仕方ないんだ。だから……父親のことは、忘れる。年端《としは》もいかない少女に乱暴するなんて……どう考えたって最低な奴だ」

——お前が欲しがっていたものは、はじめからなかったんだと。その代わりに、大事な人と出会えたからいいんだ、と。

そう思うのに、キトラに父親ではないとはっきり否定され、カイルは少しだけ落胆したのだ。

馬鹿だ、愚《おろ》かだと思うのに、どこかで自分にとって揺るぎない存在に会えることを期待している。

「アルフ。少しだけ、肩貸して……すぐ復活するから、今だけ」

微《かす》かに笑う気配がして、がしがしと髪を撫でられた。

「肩だけじゃなくていいぞ。全部貸してやる」

「いえ、お気持ちだけで」

「つれないな」

冗談めいた口調に、カイルも笑う。

……ひとまず、アル・ヴィースのことは忘れて粛々《しゅくしゅく》と王女の護衛をすべきだ。

あとはコンスタンツェの行方《ゆくえ》と、彼女が辺境伯家の家宰《かさい》の死に関わっていないかを確かめねばならない。それから先は……今は考えまい、と目を閉じる。

馬車が揺れたせいか、馬が不自然に嘶《いなな》く。御者《ぎょしゃ》が「申し訳ありません」と恐縮するのに、「大丈夫だ」とアルフレートが応《こた》えて、視線を周囲に巡らせた。

「アルフ、どうかしたのか」

「気のせいか？　見られている気がしたんだが」

カイルは剣の柄《つか》に触《ふ》れて馬車の窓から周囲の気配を探ったが、屋敷へ戻る道は人もまばらで、気になるような通行人はいない。

「……疲れているのでは？　辺境伯家が率先して、魔族たちをもてなしているんだろ？」

「そうかもな」とアルフレートが頷く。

――馬車の上で黒い影がひっそり笑って、それから姿を消したのには、二人とも気が付かなかった。

「キトラ様はね、お屋敷で何頭も飛竜を所有しているのですって。私もドラゴンとお話ができるとお伝えしたら『純血の魔族でも会話をできる者は少ない。それは素敵なことですね』と褒《ほ》めてくださって――」

キトラと会って数日が経ち、カイルは今日も、王女の護衛をしている。

竜厩舎でドラゴンのユキを撫でながら、王女は微笑む。

王女の愛らしい声を、カイルも微笑みながら聞いていた。

魔族たちの滞在は、もうしばらく続くらしい。毎日彼らと交流している王女は、頬を染めて嬉しそうに魔族たちとの話をカイルに教えてくれた。

「王都に来ているドラゴンは皆、可愛い子だったのよ。カイルも次は行きましょう?」

「殿下のご命令であれば、どこへなりと」

「……カイルのことも教えたかったのだけど……私が勝手に伝えてはだめだと思って、言っていないの」

別にカイルの情報など取るに足りないものなのだが、一介の護衛まで気にかけてくれる小さな主人の優しさが尊く、嬉しい。フィオナ王女は、心根まで美しい。

国王陛下や兄たちが溺愛するのもわかるな、とこっそり苦笑する。

国王には息子は三人いるが、娘は彼女一人。掌中《しょうちゅう》の珠《たま》の嫁《とつ》ぎ先の選定には苦労しそうだ。

王女の自由時間が終わったので、クルーゼたちと共に王女を母親のダンテ夫人の離宮まで送り届けた。

「お母様!」

元気な母親の姿が嬉しいのか、王女は小走りで母親のもとまで駆けて、無邪気に抱きつく。

王女は母親と何かを喋《しゃべ》ると、再びカイルのもとへ戻ってきた。

「キトラ様が、お母様と一緒に午後にお茶を飲みにおいでと誘ってくれたの。ユキも連れて行きますし、カイルもニニギかヒロイを連れて同行するでしょう？」

「……わ、私もですか？」

「ええ！　楽しみね？」

カイルはクルーゼに助けを求めたが、彼は諦めろと首を横に振り、小声で茶化した。

カイルが王女に付き添って魔族たちの宿舎に行くと、その場はちょっとしたパニックになる。魔族たちが、ではない。ドラゴンたちが喜んだのだ。

『可愛いの見つけた!!　ねえ、皆!!　ここにアル・ヴィースがいる!!』

『でも、お肌がまっちろいよ！　お耳も変な形だよ!!　変なの……』

大きな黒竜はカイルの襟首《えりくび》を咥《くわ》えてぷらんぷらんと振り、仲間たちに見せた。

ドラゴンは、魔族の血の気配がわかるらしいのだ。

王都にいる飛竜よりも一回り大きなドラゴンたち四頭に囲まれ、じぃっと見つめられて、カイルの背中に冷や汗が流れる。可愛いは可愛いが、襟首《えりくび》を掴まれているせいで喉《のど》が苦しい。

「トゥ、トゥーリが食われてる！」

クルーゼの悲鳴と同時に、首への圧がふっと緩む。

「何をしているんだ、お前は」

げほ、と咳《せ》き込《こ》むと、見上げた先に呆《あき》れたようなキトラがいた。

『ねえ、キトラ様、この子、アル・ヴィースだよ。アル・ヴィース！　連れて帰ろう？　僕たちの言葉がわかるみたい、ねえ、連れて行こう。持って帰りたい!!』

「アオ、クロ、静かに。客人の前で騒ぐな。いい子だから、お喋《しゃべ》りはそこまでだ。それに、これはものじゃない。持ち帰れない」

『はぁい……』

『僕たち、お口、閉じておくね』

キトラにアオとクロと呼ばれたドラゴンたちはがっくりと肩を落とし、他の三頭もすごすごと竜厩舎に戻っていく。キトラに叱《しか》られてしょんぼりする様《さま》は、幼児のような風情《ふぜい》で愛らしい。

人間のドラゴンでも、魔族のドラゴンでも、彼らの賑《にぎ》やかな気質に違いはないらしい。

カイルがドラゴンを微笑ましく眺めていると、キトラに視線を向けられる。

「カイル・トゥーリ、ここで何をしていた？」

「私の任務は王女殿下の護衛ですので、ここに控えておりました」

「護衛がドラゴンに襲われて身動きが取れないのでは、役に立たないな」

辛辣《しんらつ》な意見だが、ごもっともなので、カイルは「はい」と素直に頷いた。

「助けていただき、ありがとうございました」

「我らのドラゴンが王都で殺人事件を起こしては、たまったものではない。気をつけろ」

「……面目《めんぼく》ありません」

一部始終を傍で眺めて楽しんでいたヒロイが、不機嫌《ふきげん》そうに尻尾《しっぽ》を振り回す。

『カイルは役立たずじゃない！　魔族のヒト、カイルに意地悪言うの、だめ！　めっ！』

ヒロイは割とやんちゃで怖いもの知らずなドラゴンである。だが……かぷ、とキトラの頭を甘噛みしたのを見て、カイルは内心でぎゃあああと声をあげた。近衛《このえ》の面々も声にならない悲鳴をあげている。

「……ひ、ひろい……」

『なあに、カイル。はむはむ』

なあに、ではない。「やめなさい！」「血の雨が降る！」と叫びそうになったが、意外にもキトラはドラゴンの暴挙に寛容《かんよう》だった。

「やめよ、ドラゴン。人間なら八《や》つ裂《ざ》きにしているところだぞ」

『えー、痛いの、嫌いだよー、いじめないでキトラ』

ヒロイがしゅんとした声を出す。

「お前は、トゥーリのドラゴンか？」

『ううん！　俺の相棒はアルフレートだよ。だけど、アルフがカイルを大好きだから、俺もカイルが好きなの』

「ふぅん、大好き、ね」

ものすごくいたたまれない。キトラはヒロイの手綱《たづな》をカイルに渡す。

「ドラゴンの扱いには気をつけろ、竜騎士。ドラゴンに愛されるのはいいが、従わせられないのはお前の力不足だ」

「精進《しょうじん》いたします」

キトラは無言で魔族たちのもとへ戻った。

「大丈夫か」とクルーゼが近寄ってきたので、カイルは面目《めんぼく》ないと頭を下げる。

「……お前を助けてくれたのかな、魔族の長殿《おさ》は」

「……なのかな。しかし……ヒロイ、お客様に、無礼を働くなよ？」

カイルがクルーゼに答えてからヒロイを見ると、きょとんと首を傾げた。

『ぶれいって、なあに？』

「知らない人の頭とか、腕とか、甘噛みしちゃだめだぞ、ってこと。いいな？」

『カイルなら噛んでもいいの？』

「……いいよ」

はむ、と頭を噛まれながら、カイルは苦笑した。

そのあとは何事もなく、王女とダンテ夫人は魔族たちとの交流を楽しんだようだった。今回の高位魔族たちの訪問は、おおむね和《なご》やかに行《おこな》われている。

両国の交流は緩やかに復活するのだろう。喜ばしいことだ、とカイルは思う。交易が容易になるのはいいことだし、カイルや王女のように魔族の血を引く者に対する風当たりが、ニルスの中でやわらぐならば、一層嬉しい。

ヒロイを竜厩舎に連れて帰り、カイルは彼の全身を拭《ふ》いてやった。最近、アルフレートが忙しくて構ってやれないので、拗《す》ねていたのだ。

「ヒロイ、ご機嫌《きげん》は少しはよくなったか？」

『うん！　でもねえ、アルフレートと遊びたいなあ。アルフに早く来て、って伝えて』

「わかった、アルフレートに早く会いに来るように伝えておくよ」

じゃあ、と竜厩舎を出た途端に、鋭《するど》い視線を感じてカイルは顔を上げた。姿は見えない。

「誰だ」

剣の柄《つか》に手をかけて低く誰何《すいか》すると、カイルの足元から笑い声がした。

カイルがその場から飛びのくと、伸びた影が立体になって、ひらひらと生暖かな風に揺れる。剣を抜きかけたカイルは——やがて影が見覚えのある青年を形作ったことに気付く。

先ほどいた魔族の一人でキトラの側近の、確かカムイといったはず。カムイは、へらりと笑ってみせた。

「ああ、怖い顔をなさらないで。あなたに危害を加えるつもりなんて全くないんです」

「……カムイ殿。いかがなされたのです、このようなところに」

「我が主《あるじ》に無礼を働いたドラゴンにお仕置きを……と。まったく！　美しい顔に傷をつけていたら歯を全部抜いてやろうかと思いましたよ！」

物騒《ぶっそう》な口調に、カイルは蒼褪《あおざ》めて頭を下げた。

「私が迂闊《うかつ》で申し訳ありませんでした。キトラ様はどこか怪我《けが》を？」

実体を露《あら》わにしたカムイは長い髪を掻《か》き上《あ》げると、ふふふ、と笑った。

「冗談です。ドラゴンを愛する私が、そんなことをするわけがないでしょ？　真面目な方だなあ。そういうところは、キトラ様と少しだけ同じ！　あの方はもっと綺麗ですけどね！」

「は、はあ……」

「カイル殿、今の発言には怒っていいんですよ？　あなたを小馬鹿にしているんだから」

どうも、感情が読みづらい人だと思いながら、カイルは距離を取った。

けれど、ずい、と距離を詰められて手を取られる。

「今日はもう仕事は終わりのようですね？　ならば、我らと共に夕食でもどうかな。王都の同胞《どうほう》がどのような暮らしをしているのか知りたいのです」

まるで氷みたいに冷たい彼の手に、カイルは困惑する。

「私は辺境伯の部下です。主《あるじ》の許可なしにお誘いに応じるわけには……」

カイルが断ろうとすると、カムイはにっこりと微笑んだ。

「けれど、カイル殿。私はあなたの母君を捜すことができますよ？」

訳知り顔のカムイに、カイルは目を見開いた。

「……なん、ですか……何故、それを」

「警戒しないで、と言っても無理でしょうか？　純粋にあなたへの興味と好意からいろいろ調べてしまいました」

カイルは警戒しつつ魔族の青年を見た。

自分の過去を見知らぬ人間に詮索《せんさく》されるのは、心地よいものではない。

「怒らないで。……でも、あなたも悪い。あなたはアル・ヴィースを騙《かた》ろうとしたではないですか。あの、キトラ様の前で。もの知らずは罪ですよ、カイル殿。アル・ヴィースを騙《かた》った輩《やから》がどうなったかあなたは知らないらしいが……」

カムイは赤い唇をニッと吊り上げて、指を右から左に滑《すべ》らせた。抹殺《まっさつ》される、ということらしい。

「ましてや、父親かと尋ねるなんて、あの場で殺されていても文句は言えない非礼ですよ。あなたがニンゲン側の貴族ならともかく、一介の名もない孤児なんでしょう？　なのによくもまあ、そんな無礼が言えたものだな、と感心しましたね」

「……それは」

言い訳をしようとしたカイルは、はたと気付く。

あの場所にはキトラとカイルだけしかいなかったはずだ。カムイはどこで聞いていたのか。

「盗み聞きしていたんですか？」

カイルの指摘に、カムイはしまった、と口元を押さえる。

「ばれちゃいましたか……！　あなたが我が主《あるじ》に危害を加えても困りますしね。こっそり見守っていました。ごめんなさい」

あっさりと謝られて、釈然《しゃくぜん》としなかったが……カイルも頭を下げた。

「いえ。至らなさを教えていただき、ありがとうございます。私が無礼でした」

反応がないので顔を上げると、カムイは口元に手を当てて、天を仰《あお》いでいた。

「……あの？」

「いいっ……！　たまらないっ！　新鮮だなあ、その反応っ！　もう一回、言ってくれませんかっ!!　その可愛いお口で！　ありがとうを、もう一度！」

腕を掴まれて、ちょっと鳥肌を立てつつ、カイルは小声で礼を繰り返した。

「それ！　はあっん！　キトラ様もそんな感じで、私にお言葉をかけてくださったらいいのに！」

ゾクゾクと震えが走ったらしい身体を自分で抱きしめる魔族から、カイルは離れる。

この人、変人なのでは……と怪しむカイルの視線に気付いたらしく、カムイは「失敬」と我に返って、コホンと咳払《せきばら》いをした。

「我らがニルスに立ち寄らなかった間の、あなたという同胞《どうほう》の苦境に心を痛めたのも本音ですよ。私には少し特殊《とくしゅ》な能力がありまして、先ほどのように誰かの影に紛《まぎ》れたり、遠くを見たり、あとは気配をたどって誰かを捜したり、ね……そういうことができるのです」

カイルは曖昧《あいまい》に頷きながら、理解した。それでコンスタンツェを捜す、ということか。

「よくないことをしでかした母君をあなたが捜している……というのを知りましたので、お力をお貸ししようかと。ああ、ご安心を！　別に吹聴《ふいちょう》しません。けれど、見つからないと困るんでしょう？」

「……それは、そうですが。カムイ殿になんの得があるんですか？」

困っている同胞《どうほう》を助けたいというのはどうも嘘臭い、とカイルは困惑した。それに気付いてか、カムイはにこりと笑う。

「主《あるじ》はニルス王家と懇意《こんい》にしたいとお望みです。だから忠実なる下僕《げぼく》の私には、あなた方に敵意なんてありませんよ。……ま、半分善意で半分、下心ですけどね」

「下心？」

カイルが聞き返すと、魔族は頷いた。

「私の主人があなたを気に入っているみたいだから、親切にして心証をよくしておきたいんですよねえ。キトラ様が気に入るなんて珍しい。やっぱり……だからかな？」

「え？」

「いやいや、こちらのことです。あとはあなたの上司の歓心を買いたいんですよ。辺境伯はあなたとずいぶん懇意《こんい》でいらっしゃるようですし。あなたに損はありませんから、あなたのお母様を捜してはだめですか？　悪事に関わっているなら止めてあげなくては。それに、もし、彼女が困っているのなら、助けてあげないと……ね？」

カイルはしばし考え込んで……青年に向き直った。

「どうやって、捜すのです？　俺は彼女の名前以外、何も知らないんです」

「簡単ですよ！　あなたの血を少し分けていただければ……私は彼女の行方《ゆくえ》を辿《たど》れます」

ひんやりと冷たい指に力を込められて、カイルはのけぞった。

「……血、血って」

「怖がらなくて大丈夫ですってば。ほんの数滴でいいんです。ヒトも魔族も血族は同じ味がするものです。あなたの血の味を覚えさせてくだされば、あなたの母君を捜しましょう」

カムイは優雅な仕草でカイルの無骨《ぶこつ》な手を持ち上げ、かり、と歯を立てて甘く噛む。

「……っ」

「……大丈夫ですよ、痛くしませんから、ね？」

「噛む必要が？」

カイルが一歩後ろに引くと、魔族の男は口を尖《とが》らせた。

「そのほうが、雰囲気が出ると思うんですが」

雰囲気ってなんだとカイルが再び困惑すると、カムイは仕方ないとばかりに肩を竦《すく》めた。

どうしてカイルのほうが聞き分けがない感じになっているのか、釈然《しゃくぜん》としないが。

カムイは小さなナイフを取り出すと、カイルに差し出した。

切ってみろ、ということだろう。——怪しい話だが、乗ると決めたのは自分だ。

意を決して線を引くと、人差し指に血が滲む。深く切りすぎたのかポタポタと落ちる赤い雫《しずく》を、カムイが舐《な》めとった。

「——っ、んっ……」

舐《な》められた瞬間、カイルはくらりとする。

倒れそうになるのを、竜厩舎の壁に押しつけられて阻《はば》まれた。

——背筋を這《は》う悪寒《おかん》に十数秒耐えていると、ようやくカムイが指から口を離した。

顔を紅潮《こうちょう》させて睨《にら》むと、カムイは全く悪びれない表情でカイルを見る。

「申し訳ありません。あまりに、美味《おい》しくて。つい」

「……魔族は、人の血が好きなんですか」

気を抜くとしゃがみ込んでしまいそうになるのを、耐える。カムイは首を横に振った。

「まさか！　血を好んで飲むのは、私の一族くらいですよ！」

「……好むんじゃないか！」

「そう怒らないでください？　カイル殿！　私の知りたいことは今のでわかったので、もうみだりにあなたの血液を欲《ほっ》しません。本当はあなたを閉じ込めて、ずっと啜《すす》っていたいけれど、あの方が許しそうにない。あ、あなたの調べ物は、ちゃあんとして差し上げますから」

「あなたの、知りたいこと？」

発言がすべて不穏《ふおん》すぎて、全く安心できない。カムイは上機嫌《きげん》に、ふらつくカイルの腰を支えた。

「全くの他人なら捨てておこうかと思ったが、あなたがキトラ様のそうだとわかった以上は、私はあなたの味方です。安心してください」

「なんのことかわからな……」

「今にわかりますよ！　ああ、王都に来てよかったなあ。キトラ様にも教えなきゃ」

上機嫌《きげん》な理由がわからないが、何かロクでもないことのような気がする。

カイルはすでに後悔し始めつつ、カムイに問う。

「それで、私の母親の居場所はわかるんでしょうか？」

「ああ、いけない。あなたの望みはそれでしたね」

カムイはケラケラと笑って胸元から鏡を取り出し、カイルの血をそれに垂らした。

すると濁《にご》った鏡は、カイルとよく似た面差《おもざ》しの女性を映し出す。

「……コンスタンツェ」

数年ぶりに見る母親の名前を、カイルは思わず、口に乗せた。

鏡の中の彼女は、怒《いか》りを露《あら》わにしながら男に叫ぶ。

『一体いつまでここにいればいいというの！　そして、私の息子はどこにいるの!!』

「母君ですか？　あなたによく似ていらっしゃる」

カムイの質問には答えず、カイルは暗い心地で産みの母を見た。彼女は自分を産んだとは思えぬほどに、まだ若々しく美しい。それは、つまり、彼女がまだ幼い頃にカイルを身籠《みごも》ったことの証《あかし》だ。

『この屋敷のどこかに私の子供がいるのはわかっているの！　早く出してちょうだい』

『奥様、ご子息は病《やまい》で伏《ふ》せっておられます。どうか今はお部屋でゆっくりなさってください』

『嘘をおっしゃい！　息子を返して！　私のたった一人の息子を！』

コンスタンツェはひどく怒っている。状況はわからないが、以前見かけた時、彼女には幼い息子がいた。その息子が危ない状況にあるのだろうか。

「カムイ殿。ここがどこかわかりますか？　そして、彼女には息子が……私と半分血の繋《つな》がった弟がいるんですが、居場所がわかりますか？」

カムイはううん？　と首を傾げる。

「わかりますが、会いに行くんですか？」

コンスタンツェが辺境伯の家宰《かさい》の行方《ゆくえ》を知っている可能性は高い。

カイルは鏡の中の母親をじっと見つめ、指を伸ばす。

カイルを殺そうとした彼女は、可愛い息子のためならば、あんな風に必死に怒る人なのだ。

カムイは少し面白そうにカイルを観察し、胸元から市中の地図を出した。ご丁寧《ていねい》に建物の持ち主の名前まで記載されている区画図だ。ずいぶん精巧《せいこう》な地図を持っているじゃないかと、カイルはやや防犯上の懸念《けねん》を抱《いだ》く。

「王都の地図を持ち歩く理由はなんですか？」

「高価な地図ですが、違法なものではないですよ！　……やだなあ。王都の偉い人たちを襲撃《しゅうげき》しようだなんて思っていませんよー。むしろ逆です。我が主人が襲撃《しゅうげき》されたらどこにどう逃げればいいか、避難経路を考えておく必要がありまして」

カムイはひょい、と肩を竦《すく》めて「あ、このあたりですねえ」と、ある一角を指し示す。

その屋敷が持ち主の名を見て、カイルは眉間《みけん》に皺《しわ》を寄せた。そこは、東部の貴族が好んで住む区画だ。

「カムイ殿、教えていただいてありがとうございました」

「捜しに行くならば、私もついていきましょうか？　この屋敷の方って高位貴族ですよねえ、お金持ちの！　私が同伴しましょう！　こう言ってはなんですけど、役に立ちますよ、私！」

親切な申し出だが、満面の笑みが怪しい。

「話をしに行くだけです。魔族のあなたが絡《から》んでいると知られてはまずいので……ご親切はどうか、ここまでで。失礼します」

カイルは身を翻《ひるがえ》し、目的地に向かったのだった。

◆

――素《そ》っ気《け》ない背中を見送って、カムイは、うーん、と首をひねった。

「そう言われてもなあ。私はカイル殿に恩を売って、持ち帰りたいし……。面白そうだからついていっちゃお！」

朗《ほが》らかに笑って、魔族は、どろり、と闇に溶けた。

◆

その屋敷の離れにいた衛兵は、ふぁぁ、と間抜けな生欠伸《なまあくび》をした。

彼が見張っているのは、一人の痩《や》せた子供だ。母親と引き離して見張る必要を感じないほど、無力な子供である。

欠伸《あくび》をするくらいだから、楽な仕事なのだろう。ただ、暇そうなのが難点のようだが。

男は何を思ったのか、少年のいる部屋の扉をわざとらしく音を立てて開けた。

子供がびくり、と肩を震わせる。

小生意気な顔をした少年が睨《にら》むのが楽しいのか、男は下卑《げび》た笑いを浮かべる。

「坊や、今日はいい子にできてたかな？　うん？」

「……やめっ……」

男が拳《こぶし》を振り上げると、少年は顔を隠してあからさまに怯《おび》えた。

衛兵はニタニタと笑って少年の胸倉を掴む。

「暇で仕方ねえ。ちょっと遊ぼうぜ？　なあ！」

殴《なぐ》られるのを覚悟したのか、少年はぎゅっと目を閉じ……衛兵がグエッと蛙《かえる》を潰《つぶ》したような声をあげたのに驚いたのか、恐々と目を開けた。

カイルは男を床に転がし、しーっと人差し指を唇に当て、静かにするように少年に指示をする。

少年はぽかんと可愛らしく口を開けたが――カイルの瞳を見て、近くに置かれていた箒《ほうき》を手に持って構えた。

「紅《あか》い瞳！　ま、魔族が何しに来たんだ。僕は魔族なんか怖くないんだからな！」

カイルは苦笑しつつ頬を掻《か》いた。

「俺は魔族じゃないよ。カイル・トゥーリという。ええと、騎士で、今君を悪い奴から救うという、秘密の任務の最中なんだ。だから怯《おび》えないでくれないか？」

少年が疑わしげにカイルを睨《にら》んだので、カイルは認識票を彼に握らせた。

——銅板に王家の紋《もん》が彫られているのに気付いて、少年は警戒を解く。

「魔族なのに、王家に仕《つか》えているの？　魔族は皆、悪い奴なのに……」

少年は驚きを隠せないようだった。魔族は悪辣《あくらつ》で、恐ろしい、汚《けが》らわしいものだと。そう教えられてきたのだろう。多分、母親から。

「魔族の血を引く高貴な方に仕《つか》える、半魔族なんだ。……詳しい説明はあとで」

カイルは倒れた衛兵を縛り、もう一度念入りに昏倒《こんとう》させてから、少年の手を取る。

少年は不思議そうにカイルを見つめた。

「……あなたは誰？　母上に似ているけれど……」

「あー、遠い親戚かな。……君の名前は？」

「ロシュイン。宝物、って意味の古い言葉なんだよ。母上がつけてくれたんだ」

「そうか、宝物か。いい名前だ」

カイルは目を伏《ふ》せ、そっと笑う。

「君の母君に、聞きたいことがあるんだ。……どこにいるかわかるか？」

「ここに来てから、ずっとお会いしてないんだ」

答えたロシュインに、そうか、とカイルは頷く。

この屋敷は、王都の郊外にある。やや古い屋敷で他の家とは道を隔《へだ》てているので、ここにか弱い女一人と小さな子供が軟禁《なんきん》されていても気付かないだろう。不自然に衛兵が出入りしている小屋にロシュインがいたのは幸いだった。

それにしても、三年前、コンスタンツェにカイルとアルフレートの関係を囁《ささや》いたのは、誰だろう。

コンスタンツェと再会した夜会に偶然居合わせたのは、飛龍騎士団の幹部の一人と――ハインツ・ネルだ。

ばらばらだったピースが嵌《は》まっていく。

ハインツは飛龍騎士団時代からアルフレートを嫌っていたし、カイルに妙な執着もしていた。さされた嫌がらせでコンスタンツェに二人の関係を教えたとしてもおかしくない。

コンスタンツェは――母親は、どんな風に関わっているんだろう。

カイルは胸元から鏡を取り出した。先ほど、カムイが使っていた探索《たんさく》用の手鏡だ。

カムイがくれた、カイルの血を吸った鏡はまだ仄青《ほのあお》く光っている。

鏡の中の彼女は窓際に立って月を睨《にら》んでいた。

月の方角と建物の灯《あか》りを確かめて、彼女の部屋の位置に見当をつける。

「ロシュイン、ここに隠れていて。すぐに母君を見つけるから」

「う、うん」

いい子だな、と肩を叩くと、ロシュインは複雑そうな表情を浮かべた。

……嫌っていた魔族が助けてくれることに驚いているのだろう。

「俺は、元だけど飛龍騎士団の一員で、荒事には慣れているし、困った人を助けるのが仕事だったんだ。母君も必ず助けるから。ほんの少しの間だけ我慢できるか？」

「うん」

「母君が、君からの伝言だとわかる何かがあれば教えてくれないか？　手料理とか」

「……母上の焼いてくれたクッキーが食べたい」

「甘いものが好きなんだな。……俺もだよ」

父親の違う弟の髪を撫でてから、カイルは小屋を出て、音を立てないように屋敷に忍び込んだ。

目星をつけた部屋の鏡台の前で俯《うつむ》いているコンスタンツェを認めて、剣を抜く。

「――お静かに、夫人」

「誰⁉」

コンスタンツェは振り返って、鋭《するど》く誰何《すいか》した。

彼女はカイルの顔を見て驚愕《きょうがく》し叫ぼうとしたが、カイルの手にある長剣を視界に捉《とら》えて沈黙する。

「手短に言う。あなたに危害を加えるつもりはない。あなたの息子にも。だが、ここにいてもらっては困る。俺と一緒に逃げてくれ。そして、話を聞かせてほしい」

コンスタンツェは険《けわ》しい表情のまま、疑いを声に乗せた。

「息子ですって？」

「ロシュインは、あなたの焼いたクッキーが食べたい、と言っていた」

息子からの伝言を聞いて、コンスタンツェの瞳に薄く膜《まく》が張る。

嗚呼《ああ》、と淑女はしばし感じ入って目を閉じた。

「――無事でいたのね、ロシュイン。ああ、神よ感謝します」

「祈りならあとにしてくれ。早くロシュインのところに行って、ここから逃げるぞ」

カイルは平坦《へいたん》な声で言いつつ、視線を逸《そ》らす。彼女を救いに来たのは神ではなく、彼女が嫌うカイルなのだが。一瞬でも彼女の口から感謝の言葉を期待した自分が、厭《いと》わしい。

カイルがコンスタンツェを連れてロシュインの隠れた場所に戻ると、少年は物陰から飛び出してきて母親と固く抱き合った。

「ロシュイン！　ああ、あなた、少し痩《や》せたのではない？」

「母上！　ご無事で！」

親子の抱擁《ほうよう》から目を背《そむ》け、カイルは二人を屋敷の裏道から誘導した。

胸元から竜笛《りゅうてき》を出して吹くと、上空からドラゴン——ニニギが下りてきた。

カムイと別れたあと一度辺境伯邸に戻り、ユアンに貸してもらったのだ。

『カイル、秘密のお仕事はもう終わりなの？』

「来てくれてありがとう、ニニギ。俺たち三人を乗せてくれるか？」

『いいけど、この人たち、だあれ？　カイルとそっくりね』

「あとで話すよ」

ロシュインは少年らしくドラゴンの出現に顔を輝かせ、コンスタンツェは無表情のままだ。

カイルは二人を乗せると辺境伯邸の近くまで飛んだ。

「ここは、どこなの」

ドラゴンから降りて不安そうにあたりを見回すコンスタンツェに、カイルは告げた。

「ここは辺境伯の王都での仮住居です、夫人。閣下はあなたに聞きたいことがあると仰《おお》せだ」

「聞きたい、こと？」

「あなたは辺境伯家の家宰《かさい》と会ったことがあるのではないですか？　——これ以上のことは、あとで詳しく説明するし、あなたにもすべてを説明してもらおう」

コンスタンツェは青褪《あおざ》めたが、数秒間沈黙し「わかりました」と頷いた。「その前に」とカイルに近づく。

「お礼を言ってもよろしいですか。カイル卿。私と息子を救っていただき、感謝します」

優しい表情で息子を見たコンスタンツェは、そのままカイルを見上げた。

コンスタンツェが慈愛《じあい》に満ちた目で微笑むので、カイルはたじろぐ。

これは、息子に向ける愛情の類《たぐい》ではない。

ただ「自らの苦境を救ったカイル卿」への感謝の念だ。

だからカイルは、何故か込み上げる悲しみを押し殺して、騎士の顔をしたまま頷いた。

「任務だっただけです、夫人。あなたと息子さんが無事で嬉しく思います」

そう言うと、コンスタンツェがさらに一歩近づいてくる。カイルは握手を求められているのかと思って、ぼんやりと警戒を解いた。

すると細身の女の二本の腕が、蛇《へび》のように絡《から》みついてくる。

「――――あ、ぐ」

次の瞬間、カイルは下腹部に熱さを感じて、彼女を突き飛ばした。

途端にボタボタと落ちていく赤い雫《しずく》を止めようと、傷口を押さえる。

コンスタンツェは手についたカイルの鮮血《せんけつ》をショールで拭《ぬぐ》うと、驚愕《きょうがく》の表情を浮かべたロシュインの手を引いて身を翻《ひるがえ》し……逃げ出した。ニニギが金切り声をあげる。

『カイル！　カイル！　なんてこと！　誰か来て、カイルが死んじゃうっ』

膝《ひざ》を地面につきながら、カイルは笑いそうになった。止めようとしても、血が、止まらない。

――コンスタンツェはいい腕をしている。いや、自分が間抜けなんだろう。

「ばか、だな。俺は……」

アルフレートの顔が浮かぶが、言葉すら残せそうにない。

地面に倒れる、と思った時、誰かの腕がカイルの身体を支えた。

「——これは、どういうことだ。カムイ」

「お、長《おさ》！　先ほど申し上げた通りですっ！　刺されちゃってですね!!　いや、助けてもらった相手をいきなり刺すとか、思わないでしょ！　人でなしだ！」

「お前の説明は全くわからん。お前を八《や》つ裂《ざ》きにするのはあとだ。カイルを屋敷に運べ。今すぐ！」

「……きと、ら？」

どうして、美しいこの魔族の青年が目の前にいるんだろう？　ぼんやりとした頭でそう思う。

「喋《しゃべ》るな。安心しろ。もう、大丈夫だから」

キトラの大丈夫という言葉に反して、急激に寒くなっていく。

寒い。それなのに熱くて、たまらない。

キトラがカイルを抱き上げ、ばたつくドラゴンに視線を投げた。

「ニニギといったな、そこのドラゴン。辺境伯に伝えろ。この者の身柄《みがら》は私が預かると」

『わかったわ、あなた、誘拐犯なのね!?』

ニニギの言葉に、何故かカムイは目を輝かせる。

「キトラ様っ！　なんだかとっても悪党っぽいです!?」

「違う！　誰が悪党だ！　いいから、屋敷に運べ。今すぐだ」

朦朧《もうろう》とした意識のまま、カイルはキトラにしがみついた。

視界が揺れて、すぐに目の前がどこかの豪華な部屋に変わる。

「どうなさいました！　キトラ様！　まさかお怪我《けが》を……」

「説明はあとだ。止血しろ。一刻も早く」

駆け寄ってきた魔族の青年に、キトラは指示を出す。それをどこか他人事《ひとごと》のように聞いていると、青年がカイルの傷口に手を当てた。傷は、瞬《また》く間に癒《い》えていく。

しかし、青年は硬い声でキトラに問うた。

「血が流れすぎましたね。キトラ様、楽にしてやりましょうか」

「助からないか？」

「人間は脆《もろ》いものですから、おそらく……」

キトラはため息をついて、カイルを抱え上げる。

「では、人ではない部分に期待するしかないだろう。あとは私が介抱する、下がれ」

配下らしき青年は、キトラに深々と頭を下げた。

キトラにベッドに横たえられ、カイルはぼんやりと彼を見上げた。覗《のぞ》き込《こ》まれて、銀色の髪がさらりと頬にかかる。

「……きと、ら？」

「喋《しゃべ》るなと命じただろう。魔族同士で生気を分け合うなら手っ取り早いのは性交だが、さすがに、私にも倫理観というものがある。お前に手を出すのは、まずいだろうな」

キトラは持っていたナイフで指を切ると、カイルの口元に近づけた。

滴《したた》る紅《あか》い雫《しずく》からは、ひどく甘い香りがする。

「……飲め」

「……んっ……あ……」

寒さと熱さの果てを順番に辿《たど》りながら、カイルは呻《うめ》いた。

震えが止まらなかったのに、優しい手が触《ふ》れると、嘘のようにおさまっていく。

だけど、喉《のど》の渇《かわ》きが止まらない。

——喉《のど》が渇《かわ》いた、お腹が空《す》いた、ご飯が食べたい。

キースと子供の頃にひもじさで泣いていた感覚と同じだ。

子供の頃、飢《う》えを満たしてくれたのは優しい神官だった。

彼が亡くなり、そのあとにカイルを温めてくれたのは、紅《あか》い髪をしたひどく綺麗な男。彼の手が触《ふ》れるだけで、カイルは幸せな心地になる。そういう風に慣らされてしまった。

——カイル。

呼ばれた気がして目を開いたのに、近くにあるのは、大好きな蒼《あお》い瞳ではなかった。

この、綺麗な人は、誰だっただろう。

優しくて、心地よいのに、いつもの指と違う……彼じゃ、ない。

「あるふじゃない……」

子供のような言葉が、零《こぼ》れ落《お》ちる。

銀色の髪をした綺麗な人は笑って、カイルの頭を撫でた。そして、服を剥《は》ぎ取《と》っていき、素肌《すはだ》を合わせる。心地よい冷たさにしがみつきながら、カイルは酩酊《めいてい》するように、意識を遠くに遊ばせた。

「なるほど、あのいけすかない辺境伯とお前は、本当にそういう仲なわけか？」

綺麗な人が、笑ってカイルに口付ける。

「……あ、あ……や、だ」

「甘い、血の味がするだろう？　それを飲め、死にたくなければ。アルフレートとかいったな、恋人以外と寝るのは嫌か？　ずいぶんと義理堅い」

「……ちが、う……恋人じゃな……おれ、じゃ、つりあわない」

カイルは瞳を潤《うる》ませ、声を絞《しぼ》り出《だ》した。

「どうして、そう思う？」

口をこじ開けられ、舌を絡《から》ませられて、何かが、流し込まれる。

甘露《かんろ》。喉《のど》が灼《や》けるような甘いものが絡《から》みついて、胃の腑《ふ》に落ちた。

たちまち、飢《う》えが満たされていく。カイルはうっとりと目を閉じた。くちゅ、と水音がして糸を引くまで口内を蹂躙《じゅうりん》され、思考はまたとろりと蕩《とろ》ける。心地よさに浸《ひた》りながら、カイルはぽつりと呟いた。

「おれは、きたない……無理やり……誰からも、望まれずに生まれた……から……だめだ」

優しい指が、一瞬止まる。

「——そんなことはない」

その手は髪を撫でて、再び口付けてくれる。カイルが頑《かたく》なに逃げようとすると、綺麗な人は苦笑した。指を噛まれ、小さな痛みに、んっ……とカイルが肩を震わせる。

「無自覚か？　お前の拒絶は甘えに映るな……罪作りな奴」

キトラがカイルの指を握ると、カイルは首を横に振る。

「……い、やだ。やだ」

「安心しろ、意外にもお前を可愛く思うが、性的な意味はない。治療だ」

「……ちりょ、う？」

「痛いことはしない。お前が悲しむこともしない。ただ優しくしてやるだけだ。わかるな？　私はお前の敵じゃない。怯《おび》えるな。いい子だから」

うん、とカイルが子供のような返答をして目を閉じると、優しい声が、瞼《まぶた》に、落とされた。

「だから、安心して眠れ――弟」

そう言われて、カイルはその人にしがみついた。


半魔の竜騎士は、朝食の匂いに目を覚ました。

射し込む朝日を浴《あ》びながら見慣れぬ天井《てんじょう》に困惑して身を起こし、隣で眠る男に言葉を失った。

褐色《かっしょく》の肌、銀色の髪、紅《あか》い瞳。魔族の貴族である、キトラだ。

「も、申し訳ありませんが、これは……どういう状態です、か？」

「目が覚めたのか？　まだ眠いのに、起こすな」

欠伸《あくび》をしながら背伸びをするキトラを、上から下まで見てしまう。

全裸だ。疑いなく潔《いさぎよ》く全裸である。ついでに自分も、全裸である。

「な……何を、俺は、しました？」

さっぱり記憶がない。しかし、この魔族に何か迷惑をかけただろうことを予測して蒼《あお》くなっているど、キトラはニヤニヤと笑ってカイルを引き寄せた。

何、と思う間もなくキスをされて当たり前のように舌を捻《ね》じ込《こ》まれる。

逃《のが》れようとしたのに、ふにゃりと力が抜けて、キトラの腕の中に倒れ込んだ。

「した、というより、お前はされたほうだがな」

くつくつと、美貌《びぼう》の男は肩を揺らした。すると、混乱するカイルの耳にノックの音が聞こえる。

「誰だ？」

「カムイとミツハです！　入っても？」

キトラが短く許可を出すと、二人の魔族が部屋に入ってきた。

カムイの姿を見て、カイルは何故ここに自分がいるかを思い出す。

まずは、とキトラはガウンをぞんざいに羽織り、カムイを蹴《け》飛ばして床に転がした。

「ぎゃっ！　何するんですか！　我が君っ！　ヒドイ！」

カイルは目を白黒させながらカムイを見る。キトラは機嫌《きげん》悪そうに口を開いた。

「黙れ、うつけ。……カイル・トゥーリ」

「……はい！」

「ここに転がっている愚《おろ》かな男のせいで、お前は実の母親に殺されかけたわけだが、どうする？　お節介《せっかい》なこの男を殺すか？　殺すのが哀《あわ》れなら腕の一本か二本落とすだけでもいいぞ。お前の流れた血と同じだけ失血させて、咎《とが》を贖《あがな》わせてやろう」

ひいいとカムイが半泣きになっている。

カイルは床に転がった魔族と、彼を踏む魔族を呆気《あっけ》に取られて見比べた。なんだか修羅場《しゅらば》だ。

カムイは子犬のような潤《うる》んだ目で懇願《こんがん》してくるし、可哀想な気がする。

カイルはキトラに向かって首を横に振った。

「カムイ殿には私の捜し物を手伝ってもらいましたし、それに、もう……血を見るのはうんざりです」

カイルの言葉を聞いて、キトラは実に残念そうに、チッと舌打ちして足を退《しりぞ》けた。

「つまらん。八《や》つ裂《ざ》きにしたかったのにな」

物騒《ぶっそう》な呟きに多少引いていると、カイルはガバッと起き上がったカムイに、抱きつかれた。

「わーん、カイル様はお優しいっ！　それに、死なないでくださってありがとうございます!!　八《や》つ裂《ざ》きにされるところでしたよー！　八《や》つ裂《ざ》きっ」

「死なないでくれて」と言われて、カイルは記憶を巡らせた。コンスタンツェに刺されたのは覚えている。それを多分、カムイが報《しら》せて、キトラが助けてくれたのだ。

助けてくれた理由はなんだろうかと思った時、廊下が少し騒がしくなった。そして一人の青年魔族が室内に入ってきて、チラリとキトラとカイルを見る。

「――何事だ？」

「それが、その、人間の……辺境伯が来ています」

「へぇ？　訪問予定はなかったはずだが。愛人を返せとでも言ってきたか？」

キトラがニヤニヤと笑い、カイルは思わず半身を起こした。

愛人、と言われて、カイルは思わずキトラを見た。報告に来た青年魔族は首を横に振る。

「いいえ。機嫌伺《きげんうかが》いと、賊《ぞく》がこのあたりに逃げ込んだ痕跡《こんせき》があるので注意喚起に、と」

「お通ししろ、ここに」

部下たちを見回しながらキトラは言った。

「では、お着替えを？」

「予告もなしに現れた無礼者に礼を尽くすことはない。それに……面白いじゃないか」

部下の提案を拒《こば》むと、美貌《びぼう》の魔族は爪を噛んで、実に楽しそうにカイルを見る。

「あの、何か服をいただくことは……」

カイルは人生で一番間抜けな質問をし、それは「却下《きゃっか》」の一言で退《しりぞ》けられた。

それから、間を置かずに、アルフレートが部屋に現れた。

背後に付き従うユアンはカイルを見るなり、あからさまに「あちゃあ」という表情を浮かべる。

「違います！　誤解です！」と叫びたかったが、カイルは沈黙を守った。

何せ、ベッドの上に全裸なのだ。しかも、全裸の自分の傍にはガウン一枚の、しどけない様子の青年が立っている。説得力がないどころか火に油なのは目に見えていた。

「うわあ。間男《まおとこ》と夫の遭遇《そうぐう》って感じですよね……修羅場《しゅらば》ですね！　ね、ミツハ」

「しっ！　お前は永遠に黙っていなさい」

カムイの呟きは小さかったが、残念ながら沈黙が支配するこの部屋では実に明瞭《めいりょう》に響く。それをミツハと呼ばれたもう一人の魔族が窘《たしな》めた。

キトラがベッドサイドに座って足を組んで、口を開く。

「お招きしたつもりはないが、よく来た。着替える間《ま》がないので、このままで失礼」

アルフレートの後ろで、ユアンが苦虫を百匹くらいは噛《か》み潰《つぶ》した顔をしている。

カイルはさすがに説明しようと声を出そうとして……

「…………っ？」

声が出せないことに気が付いた。

何やら楽しそうにキトラがこちらを見たので、おそらく彼の仕業《しわざ》なのだろう。

アルフレートは秀麗《しゅうれい》な顔を崩さずに静かに告げる。

「危急の用事がありましたので、ここへ」

「それは穏やかではないな？　どのような？」

アルフレートがちらりとカイルを見た。笑顔なのが余計に怖い。

「うちにやってきたニニギというドラゴンが、大変怒っておりまして。彼女が言うには『自分の息子が悪党に攫《さら》われた』と」

カムイがピクリと反応し、小声で言う。

「やっぱり捨てゼリフが悪党っぽいのがよくなかったんじゃないですかね、キトラ様。て、痛っ！何をするんですかミツハ！」

「本当にお前は黙っていなさい！」

アルフレートは魔族のやり取りを一瞥《いちべつ》し、キトラを見た。キトラは余裕そうに笑みを浮かべている。

「それで？　その悪党とやらを捜しに来たわけか？」

「――そこにいる私の部下を、あなたが攫《さら》ったのに間違いはない、と？」

キトラは立ち上がると、アルフレートに近づき、人の悪い笑みを浮かべて顔を無遠慮に覗《のぞ》き込《こ》む。

「そうだとも。アルフレート・ド・ディシス。そこの騎士崩れが道に落ちていたのでな。拾って愛《め》でていた。カイルは半分は我らの同胞《どうほう》だ。……何か問題があるのか？」

キトラはベッドに戻ると、やけに悩ましい手つきでカイルの顎《あご》をくい、と持ち上げた。

「何をするんですか！」というカイルの抗議は、残念ながら声にはならない。

「礼なら本人からたっぷりとしてもらった。なかなか、楽しませてもらったぞ？」

ひどく綺麗な顔に微笑まれ、そんな場合ではないのに、カイルはちょっと見惚《みと》れてしまう。

薄い形のいい唇が、カイルの頬に微《かす》かに触《ふ》れて離れる。

嫌などころか、ちょっといい匂いがするな、と思ってしまったカイルは、慌《あわ》てて距離を取った。

視界の端ではユアンがものすごくソワソワし、カムイは大変楽しそうである。

アルフレートの額《ひたい》に青筋が立ったような気がして、カイルは斜《なな》め上に視線を泳がせた。

「この男は、貴殿の愛人らしいな？　なかなかよく躾《しつ》けてある。感度がいい」

感度ってなんの話だ!?　と否定したいのに声が出ない。

アルフレートは首を傾げ、面白がるように言った。

「瀕死《ひんし》の男に悪戯《いたずら》をするのが、魔族の流儀か？　ずいぶん趣味がいい。私には真似《まね》できない。ああ、それとも――素面《しらふ》だと相手を満足させられる自信がないので？」

「……ほぉ？」

「ああ、失礼。私にはわからない悩みなので、つい。ははっ、意外に奥ゆかしい面がおありだな、キトラ殿」

微笑むアルフレートを見据《みす》えながら、立ち上がったキトラの背中が、殺意に満ちている。カイルは叫びそうになったが、やはり声が出ない。アルフレートは構わずに続けた。

「それに、一つ言っておこう。カイル・トゥーリは私の愛人ではない。伴侶《はんりょ》だ。勝手に立ち位置を改竄《かいざん》しないでもらおうか？」

ユアンが天井《てんじょう》を仰《あお》ぎ、カイルは頭を抱えてベッドに倒れ込みそうになった。

——今、この時に！　何を言うのかこの人は！

キトラが鼻で笑う。

「思い込みが激しいのが辺境の気質か？　貴殿こそ勝手に我が同胞《どうほう》を攫《さら》うな。そもそも、カイルはお前なぞ恋人でもないと言っていたぞ！　可哀想に……」

ユアンが「まじですか!?」と言いたげな視線を向けてきたので、カイルは首を横に振った。

全く覚えがない！　ついでに伴侶《はんりょ》になった覚えもない。

煽《あお》り合《あ》いが続くかと思ったが、アルフレートは静かな声で言う。

「カイルがあなたに絆《ほだ》されても、心を移しても構わない。生きてさえいれば」

アルフレートはじっとキトラを見ていたが、その場で膝《ひざ》をついて頭《こうべ》を垂れた。

カムイがギョッと驚き、ミツハも無言で目を剥《む》く。

キトラは鼻白《はなじろ》んでアルフレートから距離を取った。

「なんの真似《まね》だ」

「カイルをあなたが救ってくださったのでしょう？」

眉を顰《ひそ》めるキトラに、アルフレートは淡々と続ける。

「カイルが攫《さら》われた、とニニギは言った。現場にはおびただしい血痕《けっこん》があったと」

カイルは思わず自分の腹を押さえた。灼熱《しゃくねつ》の感触が、今もありありと思い出される。

「だがニニギは、カイルはあなたではなく、女に刺されたと言う。ニニギは早とちりなドラゴンなので、王女殿下に話をすべて通訳していただいて、あなたが、瀕死《ひんし》のカイルを連れ帰ったのだとわかった。そして今、やけに血色がいいのは、あなたの介抱のおかげでは？」

「やけに血色がいい」のあたりにチクチクとしたものを感じて、カイルが「うっ」と渋面《じゅうめん》になると、アルフレートは微《かす》かに苦笑したようだった。

キトラは、面白くなさげにベッドに戻ると、フンと鼻を鳴らす。

アルフレートは隙のない所作で立ち上がり、キトラはその姿を睨《ね》めつけながら言い放った。

「礼を言われる筋合いはない。我が同胞《どうほう》を助けたまで。これは預かる。貴殿は帰れ」

「恩人の言葉には個人としては従いたいが、公人としてはそうはいかないな」

アルフレートは笑みを崩さない。キトラは怪訝《けげん》そうに彼を見た。

「何が言いたい？　辺境伯」

「フィオナ王女殿下から、親書を預かっている。彼女の気に入りの騎士、カイル・トゥーリを救っていただいた、親愛なるキトラ様への感謝を認《したた》めてある親書です」

キトラは、う、と口を曲げた。……どうやらいけすかないアルフレートへは塩対応ができても、幼い同胞《どうほう》の行為を無下にはできないのだろう。

「……なるほど、これは私が失礼をした。カムイ」

「はい！　主《あるじ》！　なんでしょう」

「イルヴァ辺境伯とその同行者を客間に通せ」

カムイが「はい、喜んで～」と二人を先導する。

キトラはため息をつくと、今度はミツハに命じて自分の衣服を整えさせた。

声が戻っていることに気が付いたカイルは、ふらつきながら立ち上がると、シーツを巻きつけて美貌《びぼう》の魔族に懇願《こんがん》する。

「あの……大変申し訳ないのですが、私の服をいただけませんか？」

「お前の服は焼いたぞ。血だらけで使えなかったからな」

カイルは遠い目をした。あの隊服は近衛隊《このえたい》からの支給品なので、弁償代がかかるんじゃないかなという些末《さまつ》なことだが、カイルにとっては非常に重要なことだ。

渋面《じゅうめん》になったカイルの頬に触《ふ》れながら、キトラはじっと顔を覗《のぞ》き込《こ》む。

「仕方ない、ミツハの服を貸してやる。私の服だと色味が違うしな」

確かに、キトラは褐色《かっしょく》の肌に銀の髪で、髪が映えるような服を着ているから、カイルの黒髪には似合わないだろう。すぐに黒色の髪のミツハが服を用意してくれて、やけに嬉しそうに着付けてくれる。

着替えると、キトラはふむ、と顎《あご》に手を当てた。

「人間の服より似合うのではないか」

「……ありがとうございます？」

カイルにはさっぱりわからないので、頭の上に疑問符を飛ばしながら答える。何故か美貌《びぼう》の魔族は笑い、「行くぞ」と腕を掴まれた。

それからカイルたちも客間に移動したが、魔族側のアルフレートとユアンへの接待は友好的なものだった。

カイルは身の置き所がなく、ただキトラの傍に座っているだけだったが。

王女の親書をアルフレートが渡し、キトラは確かにそれを受け取った。

しばらく歓談したあと、アルフレートがキトラに言う。

「我々にはかつて不幸な歴史がありました。だが時は過ぎ、互いの努力で歩み寄ろうとしている。互いの領地の通行が昔のように自由になれば、双方に有益なはずだ。以前のように魔族側の特使を我が辺境領に置くことも考えていただきたい」

一般的な話題から政治的な話になってきたので、カイルはじっと耳を澄《す》ませた。キトラはアルフレートを見つめる。

「暴動前のように？　無理があるな。半魔族のカイルでさえ苦労している。我らが同胞《どうほう》が人間の領土に住めば、どのような扱いを受けるか目に見えている」

「我々が必ず特使をお守りすると、家名に懸《か》けてお誓いしましょう。今まで我々はただ領土を往来するだけの無関心な他人だった。だが、領土が近く気質も似た北部と魔族の民は、もう少し近づいてもいいのではないですか？」

「近づく、ね？　単に我が領土に棲息《せいそく》するドラゴンが欲しいのでは？」

キトラの皮肉にアルフレートは苦笑した。魔族たちが養うドラゴンを定期的に手に入れられれば、国防の面でニルスは他国よりも先に行けることは事実だ。アルフレートはそれを否定せず、続ける。

「下心はあるが、あわよくば程度のもので、絶対ではないですよ。むしろ我々があなた方に多くのものを提供できるでしょう。安定した食料、衣料、医術……」

「我々は必要以上に交《まじ》わらないほうがいい。……不幸の元だ」

キトラが注意をこちらに向けた気がしたので、カイルは美貌《びぼう》の魔族を見た。

不幸だと言われるとそうかもしれないが、少しだけ反論したい気持ちもある。

生まれは確かに不幸だが、カイルは決して不幸ではなかった。キースもいたし、何より――

顔を上げると、アルフレートと真正面から視線がかち合ってしまったので、慌《あわ》てて逸《そ》らす。

「異なる文化が交《まじ》わろうとする時、軋轢《あつれき》は生まれますが、それがすべて不幸だとは限らないでしょう。私は何度も調停の場で申し上げた通り、北に住む同胞《どうほう》として、あなた方と新しい関係を築きたいと思っている。上辺《うわべ》ではなく、真の絆《きずな》とするために」

アルフレートの言葉に、キトラが十数秒沈黙し、ややあって頷く。

「辺境伯。あなたの言う通りにしよう。私が和議の場に赴《おもむ》き、特使についても検討する」

カイルはほっとしたし、ユアンが僅《わず》かに頬を緩めた。だが、キトラは表情を変えずに続ける。

「ただし条件がある。大したことではない。それさえ叶えていただければ、我が非礼を詫《わ》びて調印式に臨《のぞ》もう。我が父が四半世紀前に王都に忘れていたものを、持って帰りたい」

「忘れ物？」

アルフレートが身構え、美貌《びぼう》の魔族は薄く微笑んだ。

「カイル・トゥーリを。私の弟を返してもらおうか」

キトラの言葉に、部屋の中にいる人間三人は完全に固まった。一方の魔族たちは平然としている。

「何を驚いている？　全く予測していなかったわけではないだろう？」

キトラは鼻を鳴らすと、胸元からペンダントを取り出す。カイルが持っていた、コンスタンツェの持ち物だった紋章《もんしょう》だ。

「紋章《もんしょう》を持てるのは、アル・ヴィースでも一部の者だけ。これは父のものだな。名が刻まれているし、気配が残っている。……父の遺児を引き取るのは私の役目だろう」

カイルはそんなことを望んではいない、と言おうとしたが、キトラに目線で黙らされる。

「我らの和平がなったとて、半魔は人間の世では生きづらいだろう。何せ、産みの親から疎《うと》まれるくらいだ。ならばいっそ我らが庇護《ひご》してやろう」

キトラの言葉に困りきってアルフレートを見ると、意外なことに彼は激高《げっこう》もせず、静かに言った。

「断りはしませんし、了承もしませんよ。キトラ殿」

「何故？」

「……カイル・トゥーリは私の部下だが、私の所有物ではない。たとえ国の大事でも、彼の意思なしに私が決められることなど何もないので」

キトラの鼻に皺《しわ》が寄った。

「お利口《りこう》な答えだな、気に食わん！　では、カイルが我らの里に来ると言えばどうだ？　人間の冷遇に倦《う》んで、魔族の庇護《ひご》を求めたらどうする？」

「構いませんよ」

キトラはともすれば冷たいアルフレートの言葉に黙し、どういうつもりかと窺《うかが》った。

カイルは意外なことに——自分でも気付かないうちに唇を軽く噛んでいた。

……離れる、と言うのはいつも自分のほうなのに、構わないと言われてしまうと、ひどく寂しい。

勝手だな、と思っていると、アルフレートはカイルを見た。

「半年か、一年か、数年か。飽きるまで魔族の里にいてもいい。だが、私のところに彼は帰るでしょう。長い旅行くらいは別に構わない。待つ」

後半はカイルに向けられた言葉だ。カイルは呆気《あっけ》に取られ、キトラはチッと舌打ちする。

「たいした自惚《うぬぼ》れだな」

「帰ってこないなら、迎えに行くので。カイルが降参するまで、何度でも。しつこいだけですよ」

「……閣下、しつこい自覚はあったんですね」

ユアンが思わず漏らした呟きに、アルフレートは僅《わず》かに頬をピクリと震わせた。

（……他人の目から見ても、アルフってしつこいんだな）

とカイルが苦笑したところで、キトラが大きくため息をつく。

「惚気《のろけ》など聞きたくもない、馬鹿馬鹿しい。——わかった。特使のことは考えてやる。ミツハ、席を外せ。そちらの騎士殿と共にな」

「はい、長《おさ》」

ミツハがユアンを誘導する。カイルはキトラの背後をそっと離れて、アルフレートの後ろに立った。何事もないだろうが、辺境伯を一人で客人と対峙《たいじ》させるわけにはいかない。

「……まったく、不快だな」

キトラが口を尖《とが》らせた。怒っているというより……なんだろう、これは。

カムイがにこにこと笑って、キトラの背後に立つ。

「キトラ様は拗《す》ねてもお美しくていらっしゃるぅ！」

「……お前は！　永遠に！　黙っていろ!!!」

ぎゃん！　とカムイが鳴いて、姿が溶ける。アルフレートはギョッとしたが、カイルは一度見たことがあるので冷静に観察した。溶けた黒い塊《かたまり》は黒いもふもふとした犬の姿に変わる。

キュンキュンと鳴いた黒犬は何故かカイルの傍に寄ってきたので、撫でてやった。

すると、まるで『キトラ様がいじめるんですぅ』と言いたげな目でカイルを見上げる。

犬にもなれるとは、なんとも不思議な能力だなあと感心しながら、カイルはキトラを見た。

「キトラ……あの、先ほどの真意を伺《うかが》ってもよろしいですか？　俺が、あなたの弟だと」

「ああ、言った」

キトラは躊躇《ためら》いなく頷く。アルフレートに促《うなが》され、カイルは彼の隣に座った。そして、ゆっくりと口火を切る。

「……俺の母は、その紋章《もんしょう》の持ち主の名前も知らないと言っていました……紋章《もんしょう》が真実、あなたの父のものでも……別の誰かが騙《かた》ったかもしれません」

何せ、まだ若い娘を犯すような男なのだ。まともな神経ではない。

そう言外に告げると、キトラはハッと忌々《いまいま》しげに笑った。

「お前は欲がないな。安心しろ。そこの駄犬が、私とお前の血縁を確かめた。血をとられただろう？」

『わふ!!』

カイルが足元を見ると、黒犬は誇《ほこ》らしげに胸を張った。

執拗《しつよう》にカムイがカイルの血を狙ったのは、そういう意図もあったらしい。

カイルが戸惑《とまど》うのに構わず、キトラは続ける。

「お前の母親を犯して……身籠《みご》らせた挙句に捨てたのは、私の父親と同一人物で間違いないな。私が長《おさ》になる前に、息子に刺されて死んだが」

なんと言うべきかわからずカイルが呻《うめ》くと、キトラは皮肉げに笑った。

「父は、暴虐《ぼうぎゃく》な男として有名だった。彼の圧政を終わらせるために我が兄は謀反《むほん》を起こし、相討《あいう》ちで死んだ。もしお前が父親に会いたかったなら残念だが、奴には墓もない」

「……そう、ですか」

カイルはぼんやりとコンスタンツェの言葉を思い出した。

彼女が言った通り、ろくでもない男だったのだろう……

「兄が生きていたら、お前の存在を喜んだだろう。愛情深い方だったから」

キトラの言葉に、わふぅ、と黒犬も耳を寝かせて鳴く。キトラが美しい瞳で、カイルをまっすぐに見た。

「……知りたくなかったか？　父親への夢を砕《くだ》いたか？」

「いいえ、教えていただいて、ありがとうございます」

頭を下げたカイルに、キトラが握っていた紋章《もんしょう》を差し出す。

「私は自分のものを持っている。二つはいらない。お前に返そう。何かの役には立つだろうから」

カイルは首を横に振った。元々己《おのれ》のものではないし、呪《のろ》いの言葉と共に投げつけられたものだ。

コンスタンツェに刺されたことを思い出すのも、苦しい。

「ならば、これは私がもらう。そして、私の紋章《もんしょう》をお前にやろう」

「――え？」

キトラは立ち上がると、自らの紋章《もんしょう》が刻まれたペンダントをカイルの首にかけた。

「親に恵まれない痛みは、私も知っている。だが、お前の誕生を喜んだ血縁もいると覚えておけ。……気が向けば領地に来るといい。姉もいるし、彼女もきっと歓迎する」

くしゃり、と髪を撫でられ、耳が赤くなるのがわかる。カイルは俯《うつむ》いた。

指が離れるのが惜《お》しくて上目遣いで美貌《びぼう》の魔族を見つめると、彼は悪戯《いたずら》っぽく微笑む。

「とりあえず、お前の男の趣味が悪いのはわかった。忠告だが、嫉妬《しっと》深い男はやめておけ。嫌になったらいつでも実家に来るんだな」

今度はアルフレートが鼻白《はなじろ》む番だった。その顔を満足げに眺めたキトラは、扉に向かって「客人のお帰りだ」と告げ、颯爽と去っていった。カムイがご機嫌《きげん》にその後ろを駆けていく。

アルフレートは腕を組んで呻《うめ》き、さらに、眉間《みけん》に皺《しわ》を寄せてカイルを見た。

「……小姑《こじゅうと》が、増えた。神官だけでも面倒なのに……」

彼はため息をつくと、困っているカイルの頬に手を添えて素早《すばや》くキスをする。

「小言が山ほど、あったんだがな……まずは無事でよかった。頼むから、危険な場所に一人で行くな。……頼む」

ごめん、と呟いた吐息が、アルフレートに拾われた瞬間……

「他人様《ひとさま》の家でいちゃついてないで帰りますよ！」

ドアを開け放って現れたユアンを見て、カイルは慌《あわ》ててアルフレートとの距離を取った。

屋敷に帰るなり、カイルは客間のベッドに押し込められた。

もうどこにも身体の異常はないという自己申告はあっさりアルフレートに却下《きゃっか》される。

カイルはふわふわとしたまま眠りに落ち、目が覚めると深夜だった。

いろいろなことがありすぎて、なんとなく落ち着かない。母子はどこに逃げたのか。そもそもハインツが何故親子を軟禁《なんきん》していたのか。

「考えても仕方ない、か」

カイルが窓の外に目をやると、王宮の方角から三騎の飛竜が飛んできた。

先頭にいるのはヒロイだ。ということは、乗っているのはアルフレートだろう。帰ってから今まで職務だったのかと見ていると、こちらの気配に気付いた様子のヒロイが高く鳴いた。

そのまま、アルフレートごとこちらにやってくる。

ヒロイは屋根の上に着地すると、アルフレートを降ろして、にゅ、と窓から首を出した。

『馬鹿！　カイルの馬鹿！　また勝手にどっか行って、俺に心配かけた！』

カイルは下を向きつつ「ごめん」とヒロイの首に抱きついて、ぽんぽんと叩く。

『反省だけじゃだめなんだからな！』

「うん……」

しばらくそうしていると、気が済んだらしいヒロイは、地上でニニギと待っていたテオドールのところへ下りる。そのあと、トン、とアルフレートが窓から部屋に入ってきた。

外套《がいとう》と騎乗用の靴《くつ》を脱いだアルフレートはカイルに近づくと、額《ひたい》に手を当てる。

「熱が引いたな。だが、死にかけたんだ。まだ無理をするな」

ベッドに引き戻されそうになり、カイルは慌《あわ》ててアルフレートの手を掴んだ。

「いろんな、報告をしたい」

「それは明日だ。だいたいのことは推察できている。明日お前と答え合わせをすればいい……回復したら、山ほど文句を言ってやる。覚悟しておけ」

カイルは、う、と言葉に詰まった。

「特別な事情があったにせよ、今、お前は王女殿下の騎士だ。職務を放棄《ほうき》するな」

ぐうの音も出ないので、カイルは項垂《うなだ》れる。アルフレートは真剣な顔のまま、続けた。

「生きて会えないかと思った。本当に」

静かな声音で言われて、言葉を失う。謝るのも簡単すぎる気がして、カイルは黙ったまま、胸の上に置かれたアルフレートの左手に指を添えた。

「ごめん……」

「ここ最近、結構な頻度《ひんど》でこういう思いをしたせいで……寿命が縮む。勝手な奴だ。お前が謝れば、私は結局お前を許さざるを得ない」

拗《す》ねる口調のアルフレートの手を両手で引き寄せて、口付ける。

「俺、アルフの手が好きなんだ」

「手だけか？」

「声も好きだ」

アルフレートは耳の後ろに口付けて、カイル……と低く名を呼ぶ。それだけで、ゾクゾクと震えが走った。

「今日は、しないぞ。本調子じゃないお前を抱きたくない。それに、言っただろう。私は怒っているんだ。抱いて、なし崩しに許したりしないからな」

宣言というより、自分に言い聞かせているようでつい笑ってしまった。アルフレートの手が離れるのが嫌で、カイルはまた引き寄せる。

「髪も好きだよ」

「キトラの髪と違って、キラキラしてはいないけどな？」

まだ少し拗《す》ねた様子なのが、おかしい。無言のまま口付けられ、柔らかな舌を受け入れながら、アルフレートの肩を抱く。

「──全部、好きだよ」

額《ひたい》に、鼻の頭に、上唇に、顎《あご》に。唇でなぞりながら、甘い吐息を落としていく。

「……アルフが、世界で一番好きだ。誰より──」

頭を抱き込むようにして呟く。この熱を、どうして三年もの間、失って生きていられたんだろう。

「お前が、またどこかに行くんじゃないかと、不安になる」

「……んっ」

再び口付けられながら流し込まれたのは、多分薬湯だろう。とろりとした眠気が襲ってくる。抗《あらが》うようにカイルはアルフレートの肩を抱きながら、彼を臥所《ふしど》に引き込んだ。

「──カイル、もうどこにも行くな。ずっと、私の傍にいろ」

どうか、と。蒼《あお》い瞳が不安げに揺れる。

不安になる要素なんか、もうどこにもないと告げたかったのに、睡魔に絡めとられて言葉がうまく紡げない。

「……アルフ」

ただ、存在を知らしめるために、カイルは緋色《ひいろ》の髪に指を潜《もぐ》らせる。

アルフレートもカイルの背中に手を回して、力を込めた。

第五章　あなたじゃない

王宮に出仕したのは五日ぶりだった。カイルは病気で出仕できなかったということになっている。

「心配しました」

挨拶《あいさつ》に赴《おもむ》いた先で、ぎゅっと眉根を寄せた王女に詰《なじ》られ、カイルは深く頭を下げた。

王女がニニギの言葉を訳してくれたおかげでアルフレートが迎えに来てくれたこともあり、王女は多分、いろんな事情を知っている。幼い少女に何を心配かけているのかと、さすがにカイルも反省した。王女はなかなか機嫌《きげん》を直さず、ぷう、と頬を膨《ふく》らませる。

「カイル卿は私の護衛なのです！　護衛が私を守らずに、私の知らないところで危ない目に遭《あ》うのは、許しがたいことです。私の許可なく危険なところに赴《おもむ》くのを禁じます！」

「申し訳ありません……」

「傷は、もう大丈夫なのですか？」

「はい、すっかり」と王女に腹を見せそうになって、カイルは我に返った。

そんなものを見せようものなら、国王が怒《いか》りで首をはねにくるかもしれない。せっかく助かった命をどぶに捨てることになる。

「ええ、と。親切にも……キトラ様に癒《いや》していただき、もう跡形《あとかた》もありません」

王女は頬を赤く染めた。

「キトラ様はお優しいお方ですね」

「ええっと、はい。そうで、すね？」

誰にでも優しい人ではないだろうと思うが、小さな王女の綺麗な夢は壊さないでおこうと、カイルは曖昧《あいまい》に頷く。そして、胸のペンダントに触《ふ》れた。

彼らは調印が終われば北へ帰るだろう。それまでに、また会えるだろうか？

そんなことを、チラリと思った。

王女の私室を辞して離宮から続く石の回廊を歩き、鍛錬場《たんれんじょう》を横切る。近衛《このえ》騎士が鍛錬《たんれん》しているのを遠目に懐かしく見ていると、ちょうど離宮に行くところだったらしいアルフレートと会った。すれ違いざまに聞かれる。

「カイル、お前は騎士団に戻りたいか？」

「ん？　飛龍騎士団に、ってこと？」

近くに誰もいないので砕《くだ》けた口調で聞くと、アルフレートが頷く。

「どうだろうな。騎士団は楽しかったけど、入団したのは騎士になりたかったからというより……お腹いっぱいご飯が食べたかったからだし、アルフレートがくれる甘いものに釣られていたし」

「現金な奴」

「食べ盛りだったんだよ！　それにドラゴンの近くにいたかったんだ。せっかく魔族の血を引いているんだ。いつか、それを活《い》かしたい」

カイルの言葉に、アルフレートはなるほど、と意味ありげに呟いた。

「覚えておく」

カイルは、「ん？」と首をひねる。覚えておく、とはどういう意味なのか？

アルフレートはカイルを見た。彼の視線が少し険《けわ》しくなったので、昔の癖で姿勢を正す。

「お前の母親が、何故あの屋敷にいたのか聞きにいかないといけないな」

「……ネル伯爵の屋敷に監禁されていた理由を？」

ネル伯爵……つまりは、ハインツだ。彼に会いたくはないが、手がかりは欲しい。アルフレートは首肯《しゅこう》する。

「コンスタンツェがどこにいるか知っているか、と聞いたら、奴は認めると思うか？」

「証拠《しょうこ》はないし、認めてハインツに利益はないし……」

カイルが口籠《くちごも》ると、アルフレートはさらに深く眉間に皺《しわ》を刻む。

「金を貸したことはある、とは認めていたんだろう？　だが、とぼけるだろうな。……借りはあまり作りたくないが、カムイ殿にコンスタンツェの居場所をもう一度捜してもらおう」

アルフレートのぼやきに、はい、とカイルは従う。

「……コンスタンツェが見つかれば、会いたいか？」

静かな声で問われ、カイルは首を横に振った。

「残念だけれど、縁《えん》は途切れてしまったから。閣下にお任せします」

アルフレートは儀礼的な声で「承知した」と呟き、身を翻《ひるがえ》す。

カイルも無言で自分の持ち場に向かった。

辺境伯邸に戻ると、アルフレートはユアンに呼ばれて慌《あわ》ただしく執務室に籠《こも》った。

魔族たちが王都に滞在するのは、あと数日。

調印式を終えて和睦《わぼく》を結んでしまえば、彼らは一度北の領地に戻るのだという。

調印式の準備でアルフレートは忙しい。魔族との和睦《わぼく》については国王陛下と外務卿、そして北方の領主イルヴァ辺境伯アルフレート・ド・ディシスが主《おも》に担《にな》っている。

……本人はそう見せないが、アルフレートは忙しいのだ、本当に。

「閣下はお忙しそうなのに。側近のあんたは寛《くつろ》いでいていいんですか？」

「私は今日は休みです、キース神官。君はいつも暇なようですし仕事を回しましょうか？」

「お断りします。聖職者は特定の特権階級の方々と癒着《ゆちゃく》してはならないので」

「……働きたくないだけでしょうに」

客間にはテオドールと、珍しいことにキースがいた。二人は何やら言い合っているようだ。テオドールは呆《あき》れ顔で言ったが、キースはどこ吹く風だ。

カイルが妙な取り合わせだなと眺めていると、「お帰りなさい」と微笑んだテオドールが、手ずから茶を淹《い》れてくれる。

「テオドール班長、茶なら俺が淹《い》れます」

カイルが代わろうとすると、テオドールは「構いませんよ」と肩を竦《すく》めた。

「疲れているでしょう？　たまには私の淹《い》れる茶も飲んでください」

「そういうことなら……ありがたくちょうだいします」

そういえば、ユアンにも茶を淹《い》れてもらったなと思い出す。

貴族の男性は普通自分で給仕などしないだろうが、辺境伯の側近はやはり変わっている。

「あー、そういや茶を飲む前に、やることあったわ」

と、キースが立ち上がった。

そして「身体が鈍《なま》って仕方ねえ」と首に掌《てのひら》を添えてぽきぽきと鳴らし、カイルを手招いた。

「おい、馬鹿カイル。ちょっと来い。お前に話があった」

「誰が馬鹿だって？　改まって、なんだよ」

身長がほぼ変わらない幼馴染はいつになく真剣な目で、カイルの顔を覗《のぞ》き込《こ》んだ。

「いちおー聞いておいてやるけど、馬鹿カイル、お前、刺された腹の傷は？」

「ん？　跡形《あとかた》もなく、治療してもらった」

カイルはぺらりと上着をめくった。

鍛《きた》えた腹筋にはもう傷一つない。魔族の青年に治療してもらったおかげだ。

それをしげしげと眺めて、キースは「そりゃよかったなあ」と頷き……

「この、あほんだらっ!!」

「ぐはっ!!」

思いきり力を込めて拳《こぶし》を叩き込んだ。

予想外の衝撃に、カイルは腹を押さえて無様《ぶざま》に床に尻もちをつく。

「……ぐあっ!!　……な、にしやがる、このっ馬鹿キースっ」

見上げて呻《うめ》くと、キースは盛大に舌打ちをした。

「馬鹿はお前だろーが、考えなしの脳筋野郎が！　自分を殺しかけた女をノコノコ助けに行く馬鹿がどこの世界にいるんだよ！　しかもあっさりポヤポヤ殺されかけやがって！」

「いてぇっ！」

ゴツン、と今度は頭突《ずつ》きをされて、カイルは悲鳴をあげた。キースの乱心をテオドールは一瞥《いちべつ》すると、テーブルの上に置いた砂時計をひっくり返す。

「茶を淹《い》れ終えるまで私は動けないので、その間に終わらせてくださいよ」

金髪の美青年は、元部下のカイルを助けてくれる気がないらしい。

キースは邪悪な顔で「三分っすね」と笑い、再度、力を込めてカイルに頭突《ずつ》きをした。

そしてカイルは幼馴染の前に正座させられ、口汚く罵倒《ばとう》された。

貧困街の俗語《スラング》で罵《ののし》られて、カイルは渋面《じゅうめん》になる。

カイルは生憎《あいにく》と聞き馴染んだ罵倒《ばとう》だが、生粋《きっすい》の貴族のテオドールには意味が理解できなかったのか、優雅に足を組んで、面白そうにこちらを見ている。

「俺様の意見になんか反論があるなら言ってみろよ、この死にぞこない」

一通り言い終えて満足したのか、キースは腕を組んでカイルを見下ろした。

「……ない」

「このどあほが」

回復してからキースとじっくり話すのは、よく考えたら初めてかもしれない。

キースは正座したカイルの前に仁王立ちになって見下ろしている。これは相当怒ってるよな、と思いつつ、カイルは頬を掻《か》き、素直に謝った。

「……心配かけて、悪かった。キース。ごめん……」

「お前の心配なんか誰がするか。考えなしの行動に苛々《いらいら》するだけだっての！」

「……本当に、ごめん」

カイルが繰り返すと、キースはチッと小さく舌打ちをする。

「二度とやるなよ」

「ん」

小さく頷くと、キースは乱暴にカイルの髪をぐしゃぐしゃと掻《か》き乱《みだ》した。

犬じゃねーぞと思いつつ、カイルはキースの秀麗《しゅうれい》な横顔を見つめる。

……心配をかけた。少年の頃、コンスタンツェとカイルを再び引き合わせたのはキースだから、何かあれば彼が苦しむのは自明の理だったのに。

「冷めないうちにどうぞ」

カイルが黙り込むと、テオドールがカップをテーブルに置いてくれる。

椅子に戻って大人しく紅茶を楽しんでいると、テオドールが悪戯《いたずら》っぽく微笑んだ。

「キース神官のありがたい薫陶《くんとう》でしたが、難解な言語すぎて理解できませんでした」

「大体聖書に書かれている説教っすよ」

カイルは「んなわけあるか」とぼやく。キースの紡いだ罵詈雑言《ばりぞうごん》が聖書に列挙されていたら、信者は絶望するしかない。

テオドールは二人を見ながら、楽しげにキースに言う。

「言葉はわかりませんが、私もおおむねキース神官に同意ですよ。……カイル。自分のことを粗末《そまつ》に扱わないように」

慈愛《じあい》に満ちた表情で、よしよしと頭を撫でられては、カイルとしては恥じ入るしかない。

頷いたところで、アルフレートが戻ってきた。テオドールに愛《め》でられているカイルを見て動きを止めると、自らの腹心を軽く睨《にら》む。

「どういう状況だ？　これは？」

「あなたの目を盗んで、カイルと仲良くしていただけですよ」

テオドールは嘯《うそぶ》いて、もう一度くしゃりとカイルの髪を撫でる。

キースはアルフレートを振り返ると、平坦《へいたん》な声で尋ねた。

「……カイルの馬鹿のことはともかく、殺人未遂の容疑者については、閣下はどうするご予定で？　なんなら俺に捕縛を命じていただけませんか。咎人《とがにん》のあとを追えと命じてくだされば、教会にも協力を仰《あお》ぎます。危険人物を野放しにしていてはまずいでしょう」

アルフレートは僅《わず》かに口の端を上げる。

「君は物騒《ぶっそう》だな、キース神官。気持ちはわかるが、法を遵守《じゅんしゅ》してくれないのは困る」

「遵守《じゅんしゅ》すればいいと？」

キースは「まるで天使のような」と形容される笑顔でにこりと微笑むが、アルフレートは肩を竦《すく》めた。

「君が辺境伯家の客人である以上、勝手な真似《まね》は困る。君が無茶をすればカイルだけでなく、君の大切な孤児たちにも累《るい》が及ぶのを忘れないでくれ」

キースは軽く舌打ちしたが、アルフレートは苦笑するだけで許すことにしたらしい。

アルフレートは「明日は朝早いから各自休むように」と告げて、ユアンとテオドール、キースを退室させる。

アルフレートは残されたカイルの髪に、指を潜《もぐ》らせた。

二十五にもなって、よく頭を撫でられる日だなとカイルがきまり悪げに身をよじると、苦笑したアルフレートに引き寄せられた。抱き込むようにして、ソファに押し倒される。

「私以外に触《ふ》れさせるな」

「……キースとテオドールだよ」

「お前はきらきらしい人間が好きだからな、安心できない」

アルフレートは何を思ったのか、半眼《はんがん》になってカイルを眺め、ぺらりとシャツをめくってきた。

突然の奇行に、ぎゃ、とカイルの肩が跳ねる。

「っ、な、にすんだよ！　いきなり！」

「よく鍛《きた》えた、いい腹筋だなと思って」

「……変態……。大体、改めて言うことかよ。いつも見てるだろ……」

アルフレートの行動は、たまにわけがわからない。ぼそりとカイルがぼやくと、辺境伯は表情を消した。指が腹を撫ぜて、つい、ふぁっと妙な声が漏れる。

「そうだとも。私はいつも見ている。楽しむ権利があるからな？」

「……そんな権利あってたまるか。俺の腹筋は俺のだろ」

偉そうに言ったアルフレートへのカイルの抗議は、黙殺された。

「他の男に見せるな」

キースに傷を確かめられたことを言っているらしいと気付いて、カイルは呆《あき》れた。

「……いつから見ていたんだよ」

「見ていたものか！　キース神官に言われただけだ。……『腹を触って確かめましたけど、傷が残んなくてよかったっすね』だと……ふざけている！」

眉間に皺《しわ》を寄せて吐き捨てたキースの口真似《くちまね》があまりにも似ていて、カイルは半笑いになった。

こんな時にまで、謎の器用さを発揮《はっき》しないでほしい。

「キースはまあ……やんごとなき人々の神経を逆撫《さかな》でするのが好きなんだよ……性格の悪さは直りそうもないから諦めてくれ」

アルフレートは不機嫌《ふきげん》に鼻を鳴らすと、カイルを抱きしめて首筋に顔を埋《うず》めた。

「……最後のほうは見ていたぞ」

「……覗《のぞ》き魔」

「テオの言う通りだ。……キース神官が殴《なぐ》ってなければ、私が殴《なぐ》りかねん。無茶ばかりして、心配をかける」

抱きしめられたまま半《なか》ば強引にアルフレートの部屋に連れ込まれるなり、慌《あわ》ただしく服に手をかけられる。

「ちょっと待って、って」

抗《あらが》おうとする動きは、口付けで封じられた。

柔らかな舌があっさりと口内に侵入してきて、カイルのそれを嬲《なぶ》る。

「ふ……んっ、アルフ。……明日は朝早いんじゃなかったっ……け？」

「早いとも。だから頑張って起きろ。お前は体力はあるだろ？」

勝手なことをほざくアルフレートを軽く睨《にら》むと、「怒るな」と笑ってベッドに押し倒される。

手早くシャツのボタンを外されて、臍《へそ》のあたりに揶揄《からか》うように唇を落とされるのがくすぐったい。

先ほど、キースに腹を見せたのをよほど根に持っているな、と気付いて、アルフレートの額《ひたい》を小突《こづ》いた。

「腹ばっかり触んな……ってば、くすぐったい」

「他の男が触ったのが気に入らない」

「また……妙な嫉妬《しっと》をして……っ……」

下着も剥《は》ぎ取《と》られる頃には、だんだん仕方ないかという気分になっていた。

臍《へそ》のあたりを舐《な》めていた舌が、徐々に下りてくる。アルフレートがすでに勃ち上がりかけていたカイルの先端を飴《あめ》のように舐《な》めると、気持ちよすぎて、すぐに腰が逃げたくなる。

「……んっ、あ」

「ずいぶん堪《こら》え性《しょう》がないな」

「あんたのせいだろっ」

じゅっとわざとらしく音を立てて先走りを吸われ、カイルは背中をしならせた。

甘い感覚が爪先へ下りていく感覚に耐えるために、足指を伸ばす。

アルフレートの器用な指で先端と竿《さお》をしごかれるだけで、腰が動きそうだ。どこで調達したのか、柔らかな香りのする香油《こうゆ》がソレに絡められて、輪にした指で忙《せわ》しなく上下される。

「んっ……あっあ！」

カイルは呆気《あっけ》なくアルフレートの手だけで射精した。簡単に達してしまったことに恥じ入って横を向いていると、アルフレートが間を置かずに後ろに指を遊ばせる。つぷり、と簡単に中指が入ってきて、いいところを蹂躙《じゅうりん》され、カイルはびくりと肩を震わせた。

「……ここ？」

「聞かなく、たって……アルフが一番よく知ってるだろ……っ！　俺より……」

「そうだな、カイルがどこを好きなのかは、私しか知らない」

焦《じ》らすように指が抜かれ、思わず不満で呻《うめ》くと、宥《なだ》めるように再び挿入される。じゅぽじゅぽと香油《こうゆ》の滑《すべ》りも手伝って、卑猥な音と香りが鼻腔《びこう》をくすぐった。

指が増やされ、抽送が速くなり、カイルは喉《のど》をのけぞらせた。

けれど、またすぐに引き抜かれ、そこが物足りなくてヒクつく。

「……んっ、く……」

やられっぱなしなのが面白くなくて、カイルは上半身を起こすと、アルフレートの首に腕を巻きつける。そして乱暴に噛みつくようなキスをした。

面食らったようなアルフレートに小さく舌を出す。

そして、わざと乱暴に彼の股間に手を伸ばし、硬くなりかけた陰茎を握って僅《わず》かに力を込める。

これにはアルフレートが少しばかり呻《うめ》き、カイルはにっと笑った。

「もったいぶらずに、コレを拙《せつ》めにさっさといただけますか、閣下」

「っ――！」

予想外の動きだったのか、アルフレートが眉根を寄せる。間抜けな表情まで色男でずるいなと笑いながら、カイルは彼の眉間《みけん》に唇を落とした。アルフレートは熱い息を吐いて、カイルの後孔に自身をあてがった。待ち兼ねたそこがヒクと動くのがわかる。

カイルはベッドに手をついてゆっくりと腰を下ろし……下唇を噛んだ。隘路に大きなものがめり込んでいく感覚は、いつまで経っても初めての時のように慣れない。苦しさが一瞬勝《まさ》って、低い声が出てしまう。

「……ぐ、うっ」

アルフレートがカイルの腕を引いて、一気に奥へと押し入れられる。

ナカが彼の形に沿って拡がっていく快感に悶《もだ》えながら、カイルはアルフレートの上に跨《また》がって騎乗位の体勢をとった。あまりとらない体勢に羞恥《しゅうち》が湧《わ》き上がり、余計にナカを引き絞って、アルフレートを締めつけてしまう。

いつものようにぐちゃぐちゃに、太いソレで胎《はら》の中を掻《か》き乱《みだ》してほしい。

そう思うけれどカイルは息を吐いて、耐えた。

「……俺が、動くから。アルフレートはそのまんま、動かないで……あっ」

ゆすゆすと緩く上下すると、アルフレートが堪《こら》えるように小さく声を漏らし、ナカのソレが大きく硬くなった。彼も気持ちがいいのだと気付いて嬉しくなる。

「も、イキ……そ？　……はやいんじゃ……あ！　あんっ……」

「馬鹿を言えっ……」

憎《にく》まれ口を叩くと、アルフレートが腰を突き上げた。

カイルのイイところを的確に攻めてくるので、嬌声《きょうせい》をあげてしまう。

攻守を代わろうと上半身を起こすアルフレートの肩を押さえて、阻止《そし》する。緩慢《かんまん》な動きで上下しながら、声を絞《しぼ》り出《だ》した。

「俺が、やるから、だめ……だってば」

「……お預けを食らっている気分だな……」

拙《つたな》い動きが刺激としては物足りないのだろう。

アルフレートは、くっ、と珍しく呻《うめ》く。内部を快感で蹂躙《じゅうりん》されているのはいつもと同じくカイルだが、この体勢は攻めている気分になって楽しい。

「……んっ、んっ、は、あ、あ、これ、気持ちいい……あ、あ、あっ」

「……ずいぶんと美味《おい》しそうに咥《くわ》え込むな、カイル……私のコレが好きか？」

カイルが沈み込む動きに合わせて、アルフレートが腰を動かす。ぐり、と一段奥に熱が押し込まれると情けない声が漏れて、カイルの陰茎がヒクつく。

軽く達したカイルは数呼吸分動きを止めた。そして、ゆっくり首を横に振って快感をやり過ごす。

「おいし……い、んっ、アルフレートの、すき、あっ。すき……」

いつもよりも高い声を細切れに発しながら、腰を動かす。

アルフレートが苦しげに目を細めて、カイルのそそりたった陰茎に指をかけた。

前後からの刺激がよすぎて、辛《つら》い。カイルはたまらずに動きを止め、アルフレートのものを咥《くわ》え込《こ》んだまま彼の胎《はら》の上に腰を深く下ろした。


翌日、カイルは重い身体でキトラが宿泊する王宮の一室に向かった。

魔族の青年カムイに、コンスタンツェ母子の捜索を手伝ってもらうためだ。

事情を話すと、カムイは気前よくそれを請け負《うお》ってくれた。

「カイル様が私の可愛らしいお願いを一つ叶えてくだされば問題ありません」

「可愛らしい？」

カムイの言葉に、カイルは首を傾げた。

「本当に簡単なことです。一度、私の屋敷に遊びに来ていただけませんか？　王都ほどではないですが、いい場所ですよ」

「――それは」

カイルはたじろいだ。魔族の里に来いということだろうが、魔族の里に人間が足を踏み入れて、果たして許されるものだろうか？　カムイはふふふ、と笑った。

「本当はあなたを魔族の里に招きたいのは私ではなく、他の方なんですけどもね。素直じゃないのでお誘いできないんですよ」

カムイは舌を出す。銀髪の美しい人を思い浮かべてカイルは微笑んだ。

「そういうことでしたらぜひ。きっと、いつか――」

カイルがそう答えると、カムイは鏡を使って母子の居場所を捜す。

そしてコンスタンツェとその息子を保護したのは、夕暮れ時のことだった。

母子は追手を逃《のが》れて貧民街にひっそりと身を隠していたらしい。息子のロシュインは少しばかり体調を崩していたので、ユアンが保護し、医師に診《み》せている。

コンスタンツェは辺境伯邸の一室で、椅子に座っていた。

「……なんの用なの」

低く問われ、カイルは襲われないように距離を取りつつ、彼女の前に立った。そして産みの母親を窺《うかが》う。

これまでの人生で、彼女と会うのは何度目だろうか。四回目か？　五回目か？

会うたびに一方的に何かを期待して、コンスタンツェから得たものは傷だけだった。もう、自分の中には彼女に対する期待も罪悪感も残っていないことに安堵《あんど》して、カイルは彼女を見下ろす。

部屋の中にはテオドールとアルフレートしかいない。自分とコンスタンツェだけで話すのは、さすがに許されなかった。カイルはゆっくり口火を切る。

「なんの用とはずいぶんな言い草だ。あなた方を軟禁《なんきん》から解放したのは俺なんだから、礼を言ってくれないか？　……まず、自分が刺した男が生きていることに驚いてほしいが」

「なんて悪運が強いんだろう！　きっとお前には、悪魔が憑《つ》いているんだわ！　……生まれたあの時に、やっぱり殺しておけばよかった！」

血走った目で唸《うな》るコンスタンツェに、カイルは頷いた。

「そうだな、あなたの幸せのためにはきっと、そうすべきだった。……だがあなたは失敗した。もう次の機会はないし、俺への呪詛《じゅそ》はもう、聞き飽きた」

コンスタンツェが憎悪《ぞうお》に満ちた目で見上げてくるが、カイルは凪《な》いだ心地で応じる。

それから彼女の眼前に二枚の用紙を突きつけた。

一枚は辺境伯家の家宰《かさい》からの金をカイルが受け取った、という証書。

もう一枚は、コンスタンツェが同じ金額を翌日に銀行に返済したという署名だ。

――貧窮《ひんきゅう》していた彼女がこんな大金を一度に返せるわけがない。

コンスタンツェの顔色が変わった。

「数ヶ月前、辺境伯家の家宰《かさい》が殺された。彼は辺境伯家の金銭を横領していた。……その一部は俺が受け取っていることになっていたが……受け取った覚えがない」

「知らないわ」

即座にコンスタンツェは否定したが、カイルは聞き流した。

「驚いたことに、あなたの筆跡は俺と似ているんだな。こういうのって血が影響するのか？　俺のサインを知っていれば、真似《まね》するのはたやすかったんじゃないか」

「知らないと言っているでしょう！」

「……あなたは俺の筆跡を知っていたはずだ。三年前、俺は辺境伯家の家宰《かさい》にもらった金をそのままあなたに渡したし、受領書もあなたが持っていった」

受領書があったところで法的な効力は何もない。悪用されるとは夢にも思わなかったが、渡すべきではなかったと、今は後悔している。

「銀行の職員が、あなたを覚えていた。考えてみるといい。トゥーリという苗字は孤児のものだと、この国の人間なら誰もが知っている。孤児の男に大金が受け渡されること自体がおかしい。さらに代理だと言って貴族の女が現れたら、怪しさしかない。それに気付かないとは、やはりあなたはもの知らずだな」

「嘘よ！」

コンスタンツェは蒼褪《あおざ》めたが、これは、はったりだ。

この国の銀行は貴族とも神殿とも距離を置く独立機関だから、金銭授受の履歴や有無の問い合わせには答えたとしても、授受時の詳細を明かしてくれるはずがない。それを彼女も知ってはいるだろうが――

カイルが振り向いてアルフレートを見ると、彼は意味ありげに頷いた。

コンスタンツェの拳《こぶし》が震える。イルヴァ辺境伯の依頼で、銀行が特別に顧客《こきゃく》の個人情報を明かしたと、コンスタンツェが今この場所で勘違いしてくれれば、それでいい。

カイルはまっすぐ前を見据《みす》え、産みの母に告げる。

「正直に言ったほうがいい。どちらにしろ、あなたは投獄《とうごく》される」

「なんの罪で！」

声を荒らげる彼女とは対照的に、カイルは淡々と言った。

「愚《おろ》かだな。先ほど自白しただろう、俺を殺したかったと。目撃者だっている。王女殿下の護衛に対する傷害の罪が軽いと思わないほうがいい」

コンスタンツェは大きく目を見開き、わなわなと震えた。

カイルは彼女の怒《いか》りを無視して、小さな手鏡を彼女の目の前に置く。

コンスタンツェはのろのろとそれを見て――凍《こお》りついた。カイルは口の端を吊り上げる。

「あなたの息子は可愛いな。ロシュイン、いい名だ。宝という意味だと彼が教えてくれた」

鏡にはユアンと、それからキースがにこやかにロシュインと話をしている姿が映っている。声は聞こえないが、談笑している様子だ。冷たい声で、カイルは続ける。

「あなたは覚えているだろうか？　……子供の頃、あなたの慈善《じぜん》事業に俺は紛《まぎ》れ込《こ》んだことがある。

すぐに追い出されたけども。ロシュインの目の前にいる男と、一緒に行った。彼は、幼馴染なんだ……あの慈善《じぜん》事業の数日後、俺は誰かがくれた毒入りの菓子のせいで死にかけた……今、生きているのは、あそこにいる幼馴染が神殿に助けを求めてくれたおかげだ」

「何をするつもり!? 私のロシュインに何を……!」

立ち上がってカイルに掴みかかろうとしたコンスタンツェを、テオドールが羽交《はが》い絞《じ》めにする。

カイルは自分とよく似た面差《おもざ》しの女を見ながら、静かに……静かに、囁《ささや》いた。

「何もしない」

ただ、と静かに付け加える。

「菓子を……ロシュインに、菓子を食べてもらおうと思っている。ロシュインは、あなたが作った菓子が好きだと教えてくれた。甘いものが好きだと。俺もそうだ、と答えたよ」

カイルの言葉に、コンスタンツェは小さく悲鳴をあげた。

手鏡の中では少年が無邪気に笑う。ユアンは人のよい男だから、少年も話しやすそうだ。

ロシュインは別室で母親が尋問を受けていることなど知りもしないだろう。

安心しきって、目の前に置かれた焼き菓子やケーキに目を輝かせている。

「ロシュイン！ やめなさい！ それに、手を付けてはだめ!! やめて!!」

手鏡からは声が聞こえない。こちらからの声も届かない。

「やめてもいい。この手鏡はイルヴァ辺境伯の持ち物だ。閣下が命令すれば、あそこにある菓子は取り下げられるだろう」

「……何が、言いたいの」

「取引だ。あなたが何故家宰《かさい》と会っていたのか教えてくれ。どうして彼はあなたに二度も金を渡した？　……どうして死んだ。あなたが殺したのか？」

カイルの問いに、コンスタンツェが首を横に振る。

「約束するわ！　……すべて話すから、あの子には危害を加えないでちょうだい！」

涙目で懇願《こんがん》されても心は動かない。アルフレートを振り返ると、彼は黙って手鏡を持ち、部屋を出た。

「繰り返すが、あなたの処遇は決まっている。どうあがいても監獄送りだ。だが、あなたの息子までどうにかしたいわけじゃない。取引したいのは、あなたの証言と息子の安全だ」

コンスタンツェは再びへたり込んで頷いた。それを確認して、カイルは問う。

「どうして家宰《かさい》から金を受け取ることができた？」

「……夫の事業がうまくいかなくなったあと……死に物狂いで金策に走ったわ。でも、誰も貸してくれる人がいなくて……けれど、ネル伯爵だけが、融資《ゆうし》をしてくれた。あの当時はまだ、団に所属する一介の騎士に過ぎなかったけれど。あなたと辺境伯との仲を教えてくれたのも、伯爵だった。……母親が苦境にある時に、息子がのうのうと生きていていいのかと言われて、その通りだと思ったのよ……辺境伯家の家宰《かさい》も、閣下をたぶらかす半魔族を苦々しく思っていた」

利害が一致して、コンスタンツェは唆《そそのか》された、というわけか。コンスタンツェの目論見《もくろみ》通り、カイルはアルフレートのもとを離れ、それだけではなく手切れ金を手にすることまでできた。

当座はしのげたが、夫が亡くなり、再びコンスタンツェとロシュインは苦境に陥《おちい》った。

万策尽きた彼女は、以前、金を貸してくれた裕福な騎士が富貴《ふうき》の身分になっていることを知ったのだという。ネル伯爵になんとか会えないかと彼の屋敷に赴《おもむ》いては門前払いをされ、諦めきれずにあとをつけた際、ネル伯爵が人目を避けて初老の男と会っているのを目にした。

「忘れもしない。辺境伯家の家宰《かさい》だったわ……二人が話しているのが、聞こえて……話の内容を辺境伯に話すと脅《おど》してお金をもらいました。けれどそれだけでは足りなくて……」

「それで？ ……再度金をせびって、挙句に殺したと？」

テオドールが嫌悪を露《あら》わにコンスタンツェに詰問《きつもん》すると彼女は首を横に振った。

「違う！ 私は悪くないわ！ あっちが私を殺そうとしたのよ！」

金の無心で食い下がるコンスタンツェと家宰《かさい》は言い争いになった。いい加減頭に来ていたのか、家宰《かさい》は短剣を抜いて彼女ともみ合い、自らに刺してしまった。

テオドールは唖然としている。

「愚《おろ》かな殺され方をしたものだ」

「私は医者を呼ぼうとしたのよ！ だけど、居合わせたネル伯爵がそのままにしておけと」

そしてハインツに連れ帰られ、そのまま母子は監禁されていたというわけだ。

「……悪いのは、ネル伯爵だわ。私じゃない。……私は医者を呼ぼうと、したのに」

震えて泣きながら、コンスタンツェは譫言《うわごと》のように繰り返している。

「ネル伯爵は、何故……すぐにあなたを害しなかったんだ？」

「そんなこと、私が知るわけがないでしょう！」

カイルの質問にコンスタンツェは叫ぶ。

すると、いつの間にか戻っていたアルフレートが、複雑な表情を浮かべた。

「利用できると思ったのか……単に殺せなかったのか」

「ハインツが？　どうして？　そんなに甘い男とは思えないけど」

カイルが首を傾げると、アルフレートは苦々しく呟いた。

「……似ているからな」

何が、とカイルが聞き返そうとしたのを、アルフレートは「それはあとで」と遮《さえぎ》る。そして持っていた手鏡を再びカイルに差し出した。

そこではコンスタンツェの愛息ロシュインとユアンが、先ほどと同じく談笑している。

キースは席を外しているようだ。カイルは手鏡の中でケーキを幸せそうに頬張るロシュインを見つめながら、それをコンスタンツェの前に置いた。

「ロシュイン！　坊や！」

コンスタンツェは悲鳴をあげ、カイルの胸倉を掴み、壁に押しつける。

「嘘つき！　すべて話したのにロシュインに毒を！　人殺し！　悪魔！　このっ……きゃ！」

カイルは彼女の手を取ると、素早《すばや》く床に押さえつけた。

いかに激高《げっこう》したとしても、コンスタンツェがカイルに敵《かな》うはずがない。……そう、彼女はか弱い。

恐れることなどなかったのかもしれない……昔から。

カイルは手鏡を手に取り、彼女に示した。

ぽたりと涙粒が鏡面に落ちて、ロシュインの姿がにじむ。

「落ち着いて見ろ。あなたの息子が食べているのは、ただのケーキ。菓子だ」

カイルは平坦《へいたん》な声で告げた。

「俺が言った通り――ただの菓子なんだ」

「……あ」

コンスタンツェの呆《ほう》けた声が半開きの口から転がり落ちる。

「あんな小さな子供に危害を加えない。どんな理由があっても、子供に毒を盛るなんて最低の人間がすることだ。……だから、俺は、しない。過去にあなたが俺に何をしたとしても、あなたの息子に罪はないし恨《うら》みはない。俺は、それを彼にぶつけない。俺は騎士だ。弱者を傷つけるような無様《ぶざま》な生き方はしない」

カイルがきっぱり言うと、押さえた細い肩が震えているのがわかって、力を緩めた。

「俺を、見ろ。あんたは……俺を見るべきだ」

「……え？」

カイルはコンスタンツェからそっと手を離す。のろのろと顔を上げた女は、記憶の通りに美しかったが、昔よりも……ずいぶんと窶《やつ》れて老《お》いていた。

「俺を産み落としたのはあなただが、俺はあなたの一部じゃない。俺は俺だ。だからあなたが衝動《しょうどう》のままに傷つけていい存在じゃない。別の人間なんだ。あなたは自分の代わりに俺を傷つけて、自分の不幸を何度も再現して嘆《なげ》くことをやめてほしい。あなたの不幸はあなただけのもので、俺が背負えるものじゃない」

何を言われたのかわからなかったのか、コンスタンツェは途方に暮れたような顔をする。

目線を合わせたまま、子供に言い聞かせるようにカイルはゆっくりと言葉を続けた。

「カイル・トゥーリは不幸な生まれで、どぶに捨てられた。だけど可哀想なだけの子供じゃなかった。ちゃんと愛されて育った。悪戯《いたずら》をしたら叱《しか》ってくれて抱きしめてくれる爺《じい》ちゃんがいたし。冬の日は兄弟みたいな奴と温め合って、眠ることができた」

不幸じゃなかった。確かに手を繋《つな》いでくれる人がいた。

視線を上げると、テオドールが複雑な表情を浮かべていたので、カイルは頬を緩めた。

「あなたがくれた、人にはない異能のおかげで騎士にもなれた。感謝している。……今は大切な人だっている。それは、あなたが知り得ないことだ。知りたくもないだろうけど」

カイルは立ち上がって、コンスタンツェを見下ろす。彼女は流れる涙を拭《ぬぐ》おうともせず、カイルを凝視《ぎょうし》して唇を戦慄《わなな》かせた。

初めて……彼女とまともに視線を合わせた気がする。

「……耐えがたい暴力を受けた十四歳の少女に同情する。時間を巻き戻せるなら救ってやりたい。だが、それはあなたの事情で、俺には関係がない。もう、完全に関係がなくなってしまった。俺にも意思があって、今まで歩んできた道がある。あなたが息子を愛するように、俺にも愛する人がいる。だから……」

近くでアルフレートがこちらを窺《うかが》っているのに気付いて、カイルはつい微笑んでしまう。アルフレートは昔から、心配性だ。

優しい表情のまま、カイルはコンスタンツェに対峙《たいじ》して、囁《ささや》く。

「だからもう、あなたのことは二度と思わないよ。いいことも悪いことも。金輪際《こんりんざい》、何も。――さようなら、コンスタンツェ」

コンスタンツェは言葉を失い、うっ、うっ、とひきつけを起こしたかのように全身を震わせた。

いつの間にか部屋の中にいたキースが鼻を鳴らし、「甘いな」と吐き捨てる。そして絶望の最中《さなか》にいる女に向けて低く言い放った。

「俺は、あの能天気なガキに殺鼠剤《さっそざい》でも食わせて、泣《な》き喚《わめ》くあんたの顔を見物しながらせせら笑いたいと思っているけどな。そう思っている奴がいることを、死ぬまで忘れるな。……俺は決して忘れねえ」

カイルは困ったように幼馴染を見たが、彼はふん、と鼻を鳴らしてまた部屋を出ていってしまう。部屋の中にコンスタンツェの嗚咽《おえつ》が響いたが、誰も彼女を慰《なぐさ》めはしなかった。それはもう、カイルの役目ではない。

「行こうか」とアルフレートに促《うなが》されて、頷く。

「待って！」という声がしたが、カイルは振り返らずに、背中で扉が閉まる音を聞いた。


そのあと、コンスタンツェはテオドールが客間へと連れて行った。

辺境伯家での尋問が終わってから、王都の警備隊に身柄《みがら》が引き渡されるらしい。

「彼女の罪は、お前への傷害だ。息子と二人で困窮《こんきゅう》していたところに通りかかったカイル・トゥーリから金品を奪おうと思って……刺した、と。それでいいんだな？」

「はい」

アルフレートが確認した事項にカイルが頷くと、ユアンが罪状をまとめる。

「私から警備隊に、そのように申告しておきます。我が家門の騎士を傷つけた女を捕まえた、と」

ユアンが去り際、ぽん、とカイルの肩を叩く。

「カイル君が彼女に関わるのは、ここまで。あとは任せてくれる？　すべて公平に執《と》り行《おこな》われるようにするから」

カイルはユアンに「お願いします」と頭を下げた。

カイルと彼女の間に何があったのかは、公文書には一切記載されないだろう。

この国では血族間の傷害は一等級罪が重くなる。それはカイルの本意ではないし、コンスタンツェも哀《あわ》れだ。ロシュインはどうなるのか、と無邪気な横顔を思い出したが、カイルは思考するのをやめた。考えるのは自分の役目ではない。

もしも遠い将来、万が一、ロシュインがカイルの助力を乞《こ》うことがあれば手を貸せばいい。それまでは彼のことも忘れる。

「カイル・トゥーリ」

「なんでしょう、閣下」

アルフレートにフルネームで呼ばれると、つい仕事モードで答えてしまう。アルフレートはカイルの生真面目《きまじめ》さに苦笑しつつ、頭を下げた。

「君を疑ってすまなかった。私の不明を詫《わ》びる。私が部下の監視を怠《おこた》ったせいで君を危険に陥《おちい》らせた。重ねて、詫《わ》びる。すまなかった」

「……えっ……と」

そもそも疑っていたのは再会して少しの間だけだったろうし、改めて謝罪されると戸惑《とまど》う。

アルフレートが頭を下げるなんて、槍《やり》でも降るのかと思うし——正直に言えば、ものすごく居心地が悪い！

そう思いつつ、カイルは苦笑した。

「疑いが晴れて……よかったです。俺とキースと子供たちは、これで無罪放免？」

「勿論だ。私を許してくれるだろうか？」

「最初から、許すも何もないだろ。……ついでに聞きたいんだけど、俺のことを、どのくらい本気で疑っていた？」

アルフレートはカイルを手招いてソファに座り、カイルの髪に触《ふ》れた。

「証書が出たその日は疑ったが……お前の近況を聞いた時には、違うだろうと推察していた。大金を得たはずのお前も神官も子供たちも、豊かとはほど遠い生活をしていたからな」

「じゃあ、そう言ってくれればよかったんじゃないか？」

そう聞くと、アルフレートはじとっとカイルを見つめる。

「恨《うら》み言《ごと》くらい、言いに行こうと思った……私は夢で魘《うな》されるくらい苦しんでいたのに、その原因は平穏に、楽しく神官と暮らしていたのに腹が立って……」

カイルは呆《あき》れながら、皺《しわ》が寄った眉間《みけん》をつついた。

「なんで、キースに嫉妬《しっと》するかな。俺たちはどうこうなりようがないってば。アルフレートとテオドールみたいなものだよ」

「わからんぞ、私にその気はないが、テオドールは私に懸想《けそう》していてもおかしくない」

アルフレートが嘯《うそぶ》くと、扉がノックされ、ちょうどテオドールが戻ってきた。

二人の話し声が聞こえていたらしいテオドールは、渋面《じゅうめん》になる。

「私にも選ぶ権利はあります。閣下は昔から自惚《うぬぼ》れが強くていらっしゃる」

「冷たいな、テオ」

テオドールは肩を竦《すく》めて、それからカイルに微笑みかけた。

「カイルの濡《ぬ》れ衣《ぎぬ》が綺麗に晴れたのは、本当によかった。しかし、死んだ家宰《かさい》が王都でコソコソと何かしていたのは聞いていましたが、よりにもよってネルと会っていたとは」

——死んだ男は、宗教上の理由で魔族を嫌っていた。

だから辺境伯領が国王陛下の意向に沿って魔族たちとの和睦《わぼく》に動くのを嫌っていた。しかし親戚筋にあたるため、あからさまに排除もできない。そういう事情があって、辺境伯家での役職や待遇はよいものにしながらも、アルフレートの王都の屋敷の管理業務のみ任せていたらしい。

「私が妾腹なのも気に入らなかったんだろう」

アルフレートは苦笑しながら言った。辺境伯家の血筋なら正嫡でも妾腹でも変わらないだろうと平民のカイルは思うのだが、そういうものでもないらしい。

亡くなった家宰《かさい》は、通り魔による犯行という報告になるだろう、とアルフレートは言う。

主家を裏切った挙句に平民を脅《おど》して返《かえ》り討《う》ちに遭《あ》ったとは遺族にも言えない、とのことだ。

遺族はさぞ無念だろうと思っていると、察したアルフレートがカイルを引き寄せて額《ひたい》に口付けた。

「遺族には配慮するから、忘れろ。私以外に無駄に感情を向けるな。減る」

「減るわけがないだろ……」

テオドールも呆《あき》れた顔でアルフレートを見つつ、ぼやく。

「なんとかなりませんかね、この人……」

多分、どうにもならないだろうなあと、カイルは諦念《ていねん》を込めて首を横に振った。

「それで、ハインツの関与はほぼ確実だけど……」

「ニルスと魔族が和睦《わぼく》を結んだら、ネルも困るからな。家宰《かさい》に手を貸したんだろう。まあ、あいつらの場合は、東国との交易の価値が下がることが問題なわけだが」

「アルフ、家宰《かさい》を見殺しにしたのがハインツなら……罪に問えないのか」

「証言以外の証拠《しょうこ》は何もない。難しいだろう。だが、コンスタンツェを保護したことだけはネル伯爵邸には伝えたぞ。……彼女はこちらで手厚く保護する、とな。……私が何を知っているか奴にはわからんだろうから、落ち着かない心地だろう」

調印式の間は大人しくしてくれていればいいが、とアルフレートがぼやく。

「いい加減、あの男に一度泡を吹かせてやりたいですけどね、物理的に立ち直れないように……飛龍騎士団時代から、腹が立つことばかりです」

テオドールは綺麗で穏やかな顔をしているが、昔から存外、気性《きしょう》が荒い。

「テオドール班長が何かされる時は俺もお供します」

カイルが言うと、テオドールは「勘弁してくださいよ」と顔を顰《しか》めた。

「君はあいつに関わらないように。視界に入ったらすぐ逃げなさい。絶対ですよ？」

「はい、絶対……」

念を押されては、頷くしかない。テオドールは「よろしい」と頷いてからアルフレートに書類を渡し、部屋を出ていく。アルフレートは書類に目を落として、やれやれ、と息をついた。

「お前の絶対はいまいち信用ならん。……調印式が終わるまでは私の傍にいろ、いいな」

「……承知」

カイルが小さく答えると、アルフレートはそれにしても、と話を変える。

「ハインツたちも、こうも早く私たちが彼女を捜せるとは思っていなかっただろう。どうやって捜したのかと訝《いぶか》しんでいるはずだ。あの魔族の青年に感謝、か」

「変な人だけどな。魔族っていろんなことができるんだな……血縁者を捜す、とか」

カイルが感心して言うと、アルフレートは薄く笑う。

「何を他人事《ひとごと》のように」

「俺はなんもできないよ。ドラゴンの言葉を聞くことと、ドラゴンの精神に関与することくらいしか……って、何！」

突然ぺし、と額《ひたい》を指ではじかれたカイルは、アルフレートを見た。

アルフレートの綺麗な蒼《あお》の瞳が少し濃くなっている。怒っている時の瞳の色だ。

「あれは二度とするな。……お前が死にかけたのを二度も見た。三度目はごめんだ」

カイルはさすがに罪悪感を覚えて殊勝《しゅしょう》に頷いた。そして、魔族の青年に思いを馳《は》せる。

「……カムイは俺を招くと言っていたけど、魔族の里に、俺なんかが訪問していいのかな」

キトラたちと会う前にも、カイルは魔族と偶然会ったことがある。しかし、彼らはカイルを「雑種」だと罵《ののし》り、敵意を露《あら》わにされた。

だが、許されるなら彼の邪魔にならない程度に訪問してみたい。話せなくてもいいから、キトラの姉だという人を一目見てみたい。キトラの姉ならばさぞ美しい人だろうな、と思う。

「魔族の里は王都の人間が彼らに振る舞う以上に排他的《はいたてき》だと聞くし、歓迎されないかもしれないけど……一度、見てみたいな」

アルフレートは目を細めてカイルを引き寄せた。まるで犬同士の挨拶《あいさつ》のように軽く音を立てて、鼻の頭に唇を落とす。「くすぐったい」とカイルが焦《じ》れると、「逃げるなよ」と抱きしめられた。

「私は魔族の里にはやりたくないな。彼らに帰してもらえなくなりそうだ。それは、困る」

「そんなわけあるか！」

「わからんぞ。キトラはお前をずいぶんと気に入っているようだったし、お前は……昔から、妙な奴に好かれるから」

アルフレートのあまりの言いように、カイルは苦笑いする。

「今から和睦《わぼく》を結ぼうという相手にひどい評価だよな」

「はは。キトラにはどうか秘密にしておいてくれ」

「……なあ、その妙な奴の中に、あんたも含んでいると思っていい？　アルフレート様？」

悪戯《いたずら》っぽく聞くと、アルフレートは実に大真面目《おおまじめ》に肯定した。

「私は妙な奴筆頭の座を譲る気はないぞ。出会った時からずっとお前にいかれている」

「ばぁか」

とぼけた口調がおかしくてカイルは目尻を下げた。そして、アルフレートにこつん、と額《ひたい》をぶつける。「馬鹿だろう？」とアルフレートがカイルの顔を下から覗《のぞ》き込《こ》むようにして、優しいキスをした。カイルはアルフレートの髪の毛を触りながら「馬鹿だな」と微笑む。

逞《たくま》しい背中に腕を回して、アルフレートを引き寄せた。カイルよりも高い体温に安心する。

「……俺だってそうだよ。出会ってからずっとあなたが好きだ」

なんか照れるな、と目を逸《そ》らすと、アルフレートが揶揄《からか》うように耳たぶを撫でた。

「耳が赤い」

「慣れていないんだよ！　こういう……素の時に、ちゃんと、何か言うの」

熱に浮かされた睦言《むつごと》なら何千回と口にしているだろうが、今までは昼間から告げる機会を得られなかった。アルフレートは蒼《あお》い目を細めながら、カイルの耳朶《じだ》に唇を寄せた。

「調印式が終わっても、私たちと魔族の交流は続く。交流というか……和睦《わぼく》の微調整をする必要があるわけだが。……カイル。いつか、一緒に行こうか……魔族の里へ」

「え？」

「お前が行きたい場所なら私も一緒に行きたい。だめか？」

「だめ、じゃないけど……アルフレートも一緒だと、警護が大変なんじゃないか？」

カイルの懸念《けねん》に、アルフレートは言う。

「その時には、もう姪《めい》に爵位を譲っているだろうから、問題ない。それとも……辺境伯ではない私は嫌か？」

カイルはまさか、と首を横に振る。

「肩書なんか、なんだっていいよ。あなたが……あなたでいるなら、それでいい」

「今度は、そう長くは待たせないから。どうか、カイル――」

アルフレートの指が、カイルの顎《あご》をそっと掴む。僅《わず》かに震えている気がするのは、カイルの気のせいだろうか。……それとも、震えているのは自分のほうか。

「一緒に、北へ来てくれ」

吐息と共に口付けが与えられる。アルフレートの言葉は、懇願《こんがん》よりも祈りに近い。

間近に美しい蒼《あお》を見ながら、カイルは彼にだけ聞こえる声で囁《ささや》き返した。

「――あなたの望むままに。どこへでも行くよ。それが、俺の、唯一の望みだから」

第六章　その手に掴むもの

――調印式が行《おこな》われたのは、よく晴れた朝だった。

豪奢《ごうしゃ》な玉座に身を預け賓客《ひんきゃく》を待っていた国王と王妃は、近衛兵《このえへい》が先導する三人の魔族の青年が現れたのを認め、立ち上がる。その動きに合わせて、臣下《しんか》たちもいっせいに席を立った。

人間にはさして心を動かした風もなく、三人の魔族たちはゆっくりと前へ進む。

貴族たちはその中心をゆったりと歩く魔族の青年に目を瞠《みは》った。

魔族を嫌う東国派貴族は、つい先ほどまで敵意を露《あら》わに扉を睨《にら》んでいたが、彼を目にした途端、視線に別の色が混じる。

キトラが……あまりにも圧倒的に美しかったからだ。

三人が纏《まと》うのは、魔族の正装である黒く染めた絹《きぬ》。夜を模《も》した黒を飾るのは、金銀の精緻《せいち》な刺繍《ししゅう》だ。

金と銀の蔦《つた》が漆黒《しっこく》の中で絡《から》み合い、肩先から手首まで伸びて、袖《そで》のあたりで美しく花を咲かせている。

先頭を歩く青年の髪は漆黒《しっこく》を彩《いろど》る刺繍《ししゅう》よりもずっと美しい銀で、月光を集めたかのように淡く輝いていた。

国王以外には心を動かさぬように訓練されている近衛騎士《このえ》たちでさえ、魅入《みい》られている。

性別を問わず、美しさはそれだけで力だ。為政者《いせいしゃ》であれば、特に。

周囲の者が否応《いやおう》なしに焦《こ》がれるだけの美しさがこの青年にはある。

国王は玉座を離れると、自ら美しい男の前に足を進めた。四半世紀に及んだ軋轢《あつれき》が今日で終わることを望みながら、自ら手を差し出して彼の細い指を両手で握り締める。

「あなたが我が国においでくださったことを感謝していますよ、キトラ・アル・ヴィース」

「私もニルス国王の温かな招きに感謝する。願わくは、両国の友情が……永きにわたって続くよう……祈っている」

青年の言葉に、国王の傍に控えていたイルヴァ辺境伯は安堵《あんど》の息をそっと漏らし、国王は威厳に満ちた声で、魔族の王の言葉に応じた。

「我らの願いが同じで嬉しく思う。友よ。子々孫々《ししそんそん》、友情が続くよう祈ろうではないですか」

「喜ばしいことだ。人の王の提案に従おう」

国王はキトラの手を引いて調印式の広間へと誘導する。

イルヴァ辺境伯の前を通り過ぎる時、麗人《れいじん》はほんの一瞬、辺境伯に……いや、その背後の魔族の血を引く青年に視線を走らせ、珍しいことに少しだけ微笑んだ。

王は、ペンを執《と》る。

——調印式は驚くほどあっさりと進行し、恙《つつが》なく終了する。

いがみ合っていた二つの国は、ようやく——お互いの過去を許し合うことを、認めた。

調印式が執《と》り行《おこな》われたあと、陽が落ちた王宮では祝賀会が華やかに行《おこな》われた。音楽隊が音楽を鳴らし、招かれた貴族たちも思い思いに談笑し――東国贔屓《びいき》の貴族たちも、表向きはにこやかに酒を酌《く》み交《か》わす。

国王とキトラは広間の上席に並び、会場の人々を睥睨《へいげい》している。

カイルはアルフレートと共にバルコニーに出た。珍しく乱れているアルフレートの髪にそっと触《ふ》れて耳にかけてやり、彼にだけ聞こえる声で尋ねた。

「お疲れなのでは？　閣下」

「さすがに、少しな……早く眠ってしまいたいが」

アルフレートの指がカイルの顎《あご》に添えられる。この場は人の目があるだろう、とカイルが一歩下がると、アルフレートは舌打ちした。油断も隙もないなとカイルの眉間《みけん》に皺《しわ》が寄る。アルフレートは不服そうだ。

「ケチだな、減らないだろう。別に」

「ケチってなんだよ！　そういうのはあとで……不謹慎だろ！」

「少し浮かれるくらいは許されるだろう？　労《ねぎら》ってくれないのか、冷たいな」

「……昨夜、十分……労《ねぎら》っただろ……あんだけ……」

「足りん」

カイルは昨夜のことを思い出して僅《わず》かに赤面しながら、咳払《せきばら》いする。

「あほか！」

カイルがアルフレートの肩を押し退ける。アルフレートは口を曲げたが、渋々頷いた。

いつものように無理強《むりじ》いされないということは、やっぱり疲れているんだろう。

アルフレートが目線を広間に走らせて、様子を窺《うかが》う。カイルもそれに倣《なら》った。

遠目に、ハインツが飛龍騎士団の幹部と談笑しているのが見えた。

「東国贔屓《びいき》の貴族たちも、さすがに今日ばかりは大人しいんだな」

「まさか表立っては何もしないと願いたいが……」

心配そうに言うアルフレートに「考えすぎだよ」とカイルは笑う。まさか、この状況で何かを起こすような愚《おろ》か者《もの》ではないだろう——

「それより、この晴れの日に、辺境伯がこんなところで饗応《きょうおう》役をさぼってもいいのか」

「もう私がやることはないぞ……誰も気付かないだろう」

アルフレートは悪戯《いたずら》っぽく微笑む。夜風が気持ちいいので目を細めていると、広間から賑《にぎ》やかな声が聞こえてきた。テオドールが誰かを案内してこちらに来る。

「二人がいないこと、私はちゃんと気付いています！　姿を隠したらいけません」

「王女殿下！」

王女が侍女の後ろから愛らしい顔をひょっこりと覗《のぞ》かせて、口を尖《とが》らせた。

広間の方角に王女の護衛騎士二人と侍女がもう一人いるのを確認して、カイルは彼女の前に跪《ひざまず》く。

「殿下。広間へお戻りにならなくてよいのですか？」

王女はもじもじと首を横に振り、侍女を見上げた。侍女は苦笑し、王女を促《うなが》す。

「殿下。竜騎士殿に、伝えたいことがあるのでしょう？　どうか、ご自分で」

王女は不安げな顔をしたが、うん、と頷いた。

「お父様に頼んだら、自分でお願いしてみなさいって言うのです」

「はい」

「カイルは私の護衛をやめたあとは、北へ行ってしまうのだと聞きました」

「……はい」

カイルは何を王女が言うのか気付いたし、その場にいた誰もが……アルフレートも気付いただろうが、何も言わなかった。

「私がユキと逃げた時、追いかけてきてくれて嬉しかったです。危ない目に遭《あ》わせてごめんなさい……。だけど、あの……私と同じ、ドラゴンの言葉がわかるカイルがこのまま王宮にいてくれたら、心強いと思います。どうか、これからも、私の護衛として傍にいてくれませんか。……言葉がわかるからだけじゃありません！　カイルはいつも礼儀正しくて優しくて立派な騎士でした。信用できる人です。どうか、私の騎士になってもらえませんか！」

王女は白い頬をバラ色に染めて、緊張のあまり唇を噛みしめている。

なんという誉《ほまれ》だろうか、とカイルは幼い少女を見た。家門も何もない己《おのれ》をわざわざ王女が捜しに来て、栄誉《えいよ》を与えようとしてくれる。勇気を出して、一人で。

――この願いを断れる人間はいるのだろうか。

テオドールもアルフレートもじっと二人を見ている。カイルはしばし考えて頭《こうべ》を垂れた。

「殿下、臣に対して身に余るお言葉、光栄に存じます」

「カイル！」

王女の瞳が輝き、カイルは一層、頭《こうべ》を深く垂れた。

「ですが」

王女の顔が曇《くも》るのを感じながら、カイルは続けた。

「ですが、殿下。私は北方へ共に行くと、我が主《あるじ》に誓いました。殿下のお傍を離れるのは名残惜《なごりお》しく思います。けれど、行くと決めてしまいました。ご厚情をいただいたというのに、期待に背《そむ》くことを……お許しください」

王女はカイルの瞳を見て、目に見えてシュン、と萎《しお》れる。

「殿下」と声をかけると、王女はふるふると首を横に振ってから視線を上げた。

そしてくるりと振り返って、アルフレートを仰《あお》ぎ見る。

「カイルは、アルフレート様のもとへ行ってしまうの？」

「ええ、攫《さら》っていこうかと」

「そうですか……」

アルフレートの言葉に王女はしょんぼりとしたが、息をふう、と吐いてカイルを見た。

それからふふ、と可愛らしく笑う。

「アルフレート様はずるいです。カイルを、連れて行ってしまうのね」

「殿下」

さすがにアルフレートが気遣わしげに王女を見たが、彼女は、ツンと横を向く。

ちょっとだけ何かを堪《こら》えるようにしたあと、小さくはにかんで舌を出した。

「お行儀《ぎょうぎ》が悪い！」と侍女が小言を言いそうな仕草だが、たまらなく可愛らしい。

「父上にも言われたのです。『きっとカイル卿は断ると思うが、直接聞いてみなさい』って……その通りでした。……残念ですが、仕方がありません。どうか、北へ行っても元気で過ごしてくださいね、カイル卿。アルフレート様と喧嘩《けんか》をしたら、私のところへ……戻ってきてもいいですよ！」

「ありがとうございます」

強がってわざと明るい声を出す王女を、カイルは優しい心地で見つめる。

「カイル卿がまた王都に来る頃には、半魔族でもいじめられないような王宮になっているはずです。私が頑張れば、きっと皆の目も変わります……いつか、招待させてくださいね」

——カイルは可愛らしい王女に、再度、頭を下げた。

様子を見守っていたテオドールが、王女に聞こえないように少しだけ声を潜《ひそ》める。

「閣下！　陛下が捜していらっしゃいましたよ。『カイル卿とはあとでいくらでも友好を深められるだろう、今夜はこちらに来い』と」

アルフレートが咳払《せきばら》いをする。——どうやら照れたらしい。それを察して、カイルはくすぐったい気持ちで秀麗《しゅうれい》な横顔を見つめ、目を細めた。

「どうぞ、陛下のお傍に行ってください」

「……主命とあれば、逆らえん。……あとでな、大人しくしておけよ？」

カイルはアルフレートとテオドールを見送って、まだその場にいた王女に問うた。

「王女殿下、そろそろ広間へ戻られなくてもよいのでしょうか？」

「もう少しここにいます！　だって、祝賀の最中に花火が上がるんですよ」

花火は華やかだが火薬の取り扱いは危険だし、高価だ。なかなか夜空を彩《いろど》ることはない。

東国からの輸入品でもあり、あまり火器を使用しないという魔族の里にはおそらくなさそうだから、キトラは喜ぶかもしれないなとカイルは頬を緩ませた。

よく見れば、次々と貴族たちがバルコニーに顔を出し始めている。

「花火はさぞ美しいでしょうね」とカイルが言うと、王女は微笑んだ。

「東国から花火だけではなくて、職人たちも呼び寄せたんですよ」

王女の視線を追って、カイルは花火を打ち上げるらしい場所をなんとはなしに眺めた。

……見て、ふと、眉を顰《ひそ》める。

カイルは目がいい。貴族たちの視線の先にいる東国の人々の体つきも、よくわかる。ニルスの人間に比べて彼らは線が細く背の低い者たちが多い。そんな東国の職人たちの中に、やけに体格のいい者が交《ま》ざっている。一人ではなく、二人、三人と。

あれでは職人というよりも、むしろ武人と形容したほうがよいのではないか。

そして、彼らと何やら話している貴族らしき青年に見覚えがあり、カイルは胸騒ぎがした。

何故、東国の花火職人たちが、ニルスの貴族と親密な様子で話をしている？

……先ほどの青年貴族は、王女を卑《いや》しい生まれと罵《ののし》った彼女の元護衛だ。確か、近衛兵《このえへい》の任務は解かれて別部隊に行ったと聞いたが……

カイルが王女の侍女に彼のことを聞くと、彼女は首を傾げた。

「あの騎士があそこに……？　この距離ですしカイル卿の見間違いでは？　配置換《が》えも陛下の恩情で、半ば栄転《なか》のようなものでしたのに……。彼は腹に据《す》えかねて、病気療養の名目で領地に戻ってしまったのですよ」

「テオドールかユアンが戻ってきたら、近衛《このえ》を辞した騎士を見かけたと伝えてもらえませんか？　私の見間違いかもしれませんが、妙に気になるのです」

カイルは「少し席を外します」と告げ、侍女の制止を軽い会釈《えしゃく》で振り切り、衝動《しょうどう》のまま広間を出た。

東国から呼ばれた花火職人が祝いの席で何かするとは、考えすぎかもしれない。だが、どうにも落ち着かない。

「……確認してみるだけ、だ」

何もなさそうなら、また戻ってくればいい。

人の流れに逆らうように広間のある離宮から足早に出たところで、人波が急に少なくなる。

「そんなに急いでどこへ行く、トゥーリ？　せっかく祝いの花火が上がるというのに」

聞き覚えのある声にカイルは足を止めた。ハインツの姿を認めて、舌打ちをしそうになる。人気《ひとけ》のないところでこの男に会うと、毎回、ろくなことにならない。

面白そうにニィと笑った口元から、意外なほどに白い歯が覗《のぞ》いた。灰色の目に追いつめられると、カイルはいつも猟銃《りょうじゅう》を突きつけられた獣《けもの》になった気がする。彼のそれは捕食者の牙《きば》だ。

ぞわぞわと這《は》いあがる悪寒《おかん》に耐えながら、カイルは彼の目を見つめ返す。

「夜風にあたりに来ただけだ。あんたこそ、広間を離れるべきではないんじゃないか？　主要貴族が、めでたい席から姿を消していいのか？　……どうか、さっさとお戻りを」

「めでたい？　魔族のクソどもに国王がしっぽを振るのを見て楽しめと？　自分の主《あるじ》の威厳が侵《おか》されるのは、気分が悪いな。陛下は聡明《そうめい》な方だが……嘆《なげ》かわしいことだ！」

ダン、と肩を押され、壁に追い込まれる。痛みに顔を顰《しか》めつつ、カイルはハインツを見上げた。手首をひねられて頭の上に縫《ぬ》いつけられる。

「……っ！　何が嘆《なげ》かわしいだ。忠臣ぶるなよ。北の交易路が復活して利益が減るのが嫌なだけだろ……」

自分より目線が高い男は、灰色の瞳に浮かぶ愉悦《ゆえつ》を隠そうともせずハハッと笑った。

「田舎《いなか》に引きこもっていた割に、ずいぶんお利口《りこう》なことを言う。寝物語に、あの野郎に教えてもらったか？　ずいぶんいい生徒なんだろうな？」

揶揄《からか》う口調に憎悪《ぞうお》がちらりと覗《のぞ》き、首筋に唇が寄せられる。

「気色《きしょく》が悪い、離れろ……」

「そう嫌がるなよ、旧交を温めようとしているだけだ」

「何が旧交だ！　んなもんあるかよ、放せって」

ハインツはにやつきながら、なおも続ける。頬に手が触《ふ》れて優しくなぞられるたびに身震いした。

「魔族といえば……お前はあの魔族の長《おさ》とずいぶん親しくなったのか？　やけにお前を気にしていたが……お前、あのお綺麗な人形に何を言った？」

キトラは綺麗だがお人形ではない。ハインツの言葉に、カイルの頭に僅《わず》かに血が上る。

「……世間話だよっ、王都にいる同胞《どうほう》を気にしてくれただけだ。放せって」

「それにしては、ずいぶん奴はお前を気にしているな？」

話を続けようとするハインツにカイルは苛立《いらだ》ちつつも、ふと違和感を覚えた。……何故、ハインツは白々しく会話を繋《つな》ぐ？　カイルをここに足止めしようとしている？

カイルは目に力を込めてハインツを見上げた。

「……何を企《たくら》んでいる？　花火職人に交《ま》ざった騎士と、関係があるのか？」

「……なんの話だ？」

ぴくり、と僅《わず》かにハインツの眉が動く。やはり――何かあるのではないか。

カイルがそう思った時、背後からドラゴンの鳴き声と、誰何《すいか》する声が聞こえた。

「君たち、そこで何を揉《も》めているんですか」

声の主《ぬし》はユアンだった。彼はニニギから降りて、諍《いさか》いの主《ぬし》がハインツとカイルだと気付くと、一呼吸おいてハインツを睨《にら》む。

「我が家門の者が、何か伯爵に失礼を？」

ハインツが小さく舌打ちする。しかし、カイルへの拘束《こうそく》は緩めない。

「ああ、そうとも。この男が無礼を働いたので、少し説教を――」

……遠くで小さな花火が、合図のようにバチバチと鳴った。それを聞いて、ニニギがくん、と火薬のにおいをかぐ。カイルは……ぎゅ、と唇を噛んだ。

意識を、焦点を……ニニギに合わせる。

「それはだめだ、カイル」と、キースが、あるいはキトラが、アルフレートが、脳裏《のうり》で怒っているような気がしたが、どうしてもそうせねばならないような気がする。

（ニニギ、ニニギ）

『カイル？　どうしちゃったの？』

語りかけると、キュイ、とニニギが鳴く。

（ニニギ……お前の身体を今だけ貸してくれ！　そして花火の方向へ飛ぶんだ！）

その途端、ぐにゃりと自分の身体が沈んだ気がして、意識が溶ける。

「ユアン！」

ニニギに引っ張られる意識をぎりぎり「カイル」に残したまま、カイルは叫んだ。

「ごめんなさい、俺の身体を頼みますっ！　少しの間だけだからっ!!」

何事かと驚愕《きょうがく》するハインツの腕の中にぐたりと身体が倒れ込む。慌《あわ》てたようにハインツはカイルを抱きとめた。

「まて、待ちなさい！　やめるんだカイル君っ!!」

制止するユアンの横をニニギの身体ですり抜け、カイルは空へ舞い上がった。

『カイル、どこへ飛ぶの？』

ニニギに聞かれ、カイルは先ほど見た職人たちの場所へ意識を向けた。カイルは目的地の近くまで風を切って飛ぶ。

カイルは職人たちから僅《わず》かに離れたところに着地した。

「準備はできたのか？」

「ええ、勿論。夜空を彩《いろど》る美の競演です。国王陛下にも喜んでもらえるでしょう。弓矢で順々に火をつけて……打ち上げるんですよ」

職人たちの多くは、黙々と花火の準備を楽しんでいる。彼らの会話から察するに、打ち上げにも手順や方法があるらしい。暗闇の中、打ち合わせをしながらああだこうだと言い合う様子からは、全く危ない様子は窺《うかが》えない。

やはりカイルの杞憂《きゆう》か。それならば祝賀も問題なく終われそうだ——と思った時、視界の端で、二人の東国人が木の下で何やら話を始めた。東国人らしからぬ、武人といえそうな屈強《くっきょう》な身体つきの男たちだ。

近づこうか迷ったが、カイルはあえて羽をばたつかせた。二人は驚いたようにこちらを見る。

『キュイ』

ニニギは可愛いドラゴンだ。武人ならば、興味を示すだろうと思って、彼女を真似《まね》して鳴いてみる。東国人たちは一瞬呆気《あっけ》に取られて……恐々と近づいてきた。

「こんなところに飛竜が何故来ている？」

「王宮から飛んできたんだろう。ドラゴンに逃げられるとは間抜けな乗り手だ」

ぴょん、と飛んで甘えてみせると「人懐こい奴だな」と男の一人が破顔した。扱いに慣れているのか、男は手綱《たづな》を握ってドラゴンの喉《のど》の下を撫でる。

「美人だな、お前……悪戯《いたずら》して逃げてきたのか？　よしよし……今、厩舎にいなくてお前は運がいい。しばらくここにいろよ？　いい子だ、わかるな？」

『きゅ？』

カイルは動きを止めた。……ここにいるのが、運がいい、とはどういうことだ？

ニニギ姿のカイルが首を傾げると、もう一人の男は眉間《みけん》に皺《しわ》を寄せた。

「やめろ。誰が聞いているかもわからん」

「ドラゴンに人の言葉などわかるものか。しかし……気の進まない話だ。花火を暴発させて、竜厩舎に打ち込むなど！」

（竜厩舎に……花火だって？）

そんなことをしたら繋《つな》がれているドラゴンたちはどうなるというのだ！

あそこにはヒロイもいるし、ユキもいる。それに、キトラたちのドラゴンだっているだろう。

それに竜厩舎は木造だし、おがくずを敷き詰めてある。花火からおがくずに引火したら、あっという間に燃え広がるのではないか？　そこまで考えて、背筋がぞっとする。

急に動きを止めたドラゴンを、男が不審げに見るので、カイルは慌《あわ》ててなんでもない風を装《よそお》って彼の頬を舐《な》めた。男がよしよしとカイルを撫でながら吐き捨てる。

「あそこには魔族どものドラゴンもいる。今、そのドラゴンだけは逃げられないように、さっきの若造が鎖《くさり》で繋《つな》ぎ直しているはずだ……さて、魔族の長《おさ》は人間側の不手際を責めて……どうなるかな？」

カイルは身震いした。実際には羽をばたつかせただけだったが。

……自分のドラゴンが、火事で死んだら？　しかも、逃げ遅れた原因が誰かの悪意だとわかったら？

キトラはどんなに悲しむだろう？　それに……

（許さないに決まっているだろう！　そんな非道を！）

カイルは心の中で叫んだが、男たちは鳴き声をあげるドラゴンに首を傾げるだけだ。

「おい、こら！　どこへ行くんだ」

カイルはニニギの羽をはばたかせて、上空に舞い上がった。

男が制止する声が聞こえたが、構わずに羽ばたいて、夜の空へ高く飛ぶ。

（ニニギ、ニニギ、聞こえていたか？）

カイルが呼びかけると、勿論！　と言わんばかりにニニギが答える。

『聞いちゃったわ！　カイル、あいつらとんでもない奴ね!!　キトラさんのドラゴンなら私もお友達だわ!!　早く逃げるように、言ってあげなくちゃ！』

（うん――！）

一刻も早くとカイルは全速力で飛んで、竜厩舎まで戻った。

ニニギの登場に、ドラゴンたちが不思議そうにこちらを見る。

当番らしい厩務員が、持っていた掃除道具を壁際に置いて近寄ってきた。

「あれ？　お前確か……ニニギ。どうしたんだ？　一人か？　お前のご主人様は？」

ニニギという名前に反応したのか、厩舎の奥にいたアルフレートのドラゴンのヒロイが、首を傾げて自分のブースから抜け出す。

「こら、だめだぞヒロイ！」

厩務員が窘《たしな》めるが、ヒロイは知らんぷりでカイルに駆け寄る。

ひときわ身体の大きな無邪気なドラゴンはニニギの傍に寄ると、スンスンと鼻を鳴らした。

『あれ？　ニニギの中に、カイルがいる……カイル！　どうしたの？　お散歩？』

ヒロイには、どうやらカイルの気配がわかるらしい。

『あれ、アル・ヴィースの可愛い子が、ニニギの中にいる、どうしたの？』

一度会ったキトラのドラゴンたちも不思議そうにこちらを見ている。

彼らの足首には逃走防止用の鉄鎖《てっさ》が巻きつけてあった。

慣れないドラゴンを管理する時に足につけるもので、特段、珍しいものではない。

誰が嵌《は》めたのか、と竜たちに聞くと、彼らは『前に王女様と一緒に来た、いやな奴だよ』と口を尖《とが》らせる。例の元近衛《このえ》騎士が、悪意を持ってキトラのドラゴンに危害を加えようとしたのは間違いないようだ。

もしもここが火事になったら。カイルは身震いした。

どうしたものか、と考えて……無邪気なヒロイの馬鹿力と、ヒロイがこの厩舎のドラゴンたちに一目置かれていることに思い当たった。意を決して、頷く。

(なあ、ヒロイ……俺たち友達だよな？)

『うん！　俺とカイルは仲良しだよッ』

カイルはヒロイに懇願《こんがん》した。

(ヒロイ。頼む。……思いきり暴れて、皆でこの厩舎を、めちゃくちゃに壊してくれないか！　時間がないんだ。ヒロイ。お願いだ……今は何も聞かずに俺を助けてくれ！)

『カイル、俺がそれをしないと困る？』

(うん、ヒロイしか頼める奴がいないんだ)

ヒロイはきょとんと首を傾げていたが、気のいいドラゴンは、ぴょんぴょんと厩舎の中を確かめるように飛んで、ていっと厩舎の柱を尻尾で攻撃した。衝撃で、柱が揺らぐ。

「ななななっ！　ヒロイ！　何してんだーお前はあああ！」

突然の凶行に、厩務員が頭を押さえて絶叫する。

ヒロイは一瞬厩務員を見たが、キュイ、と鳴き『カイルのお願いだからごめんね』と再び破壊を開始する。ドラゴンたちもそれに倣《なら》って厩舎を破壊し、自分のブースから出始めた。

『おうち、こわしていいの？』

『ヒロイがこわせってー、あたらしいおうちに変えてくれるのかなあ？』

『じゃあ、ぼくのおへや、もっとふかふかにしてもらおー』

「な、な、なんなんだいきなり。悪魔！　悪魔の所業だ！」

職場を破壊してすみませんと思いつつ、カイルはニニギの身体で怯《おび》える厩務員の後《うし》ろ襟首《えりくび》をむんずと噛んで、ぽいっと外に投げる。厩務員はぎゃあと叫んで尻もちをついた。

『ねえねえ、北のお友達、お外に出る？』

キトラのドラゴンにヒロイが尋ねると、彼らは顔を見合わせて『うん』と頷いた。

『じゃあ、俺、この柱壊すねえ！』

ヒロイは彼らの鎖《くさり》が繋《つな》がれた柱をげしげしと蹴《け》り、彼らの拘束《こうそく》を無効にしてしまった。

それから褒《ほ》めてくれと言わんばかりの満面の笑みで、カイルを振り返る。

『カイルー！　お友達自由になったよお、次はどうするの？』

(皆が厩舎にいたままだと危ないいんだ……早く出てくれ！)

外では花火が打ち上がり始めた。間の抜けた音から数秒遅れて、人々の感嘆の声がする。

そんな中、ヒロイの誘導でドラゴンたちがそろそろと厩舎を抜け出して、広間のほうへ向かった。

騒ぎをいち早く聞きつけた兵士たちが、ドラゴンたちを制止しながら困惑している。

「……ドラゴンたちが、何故皆外に出ている」

厩務員はしどろもどろで、ヒロイとカイルを指差した。

「……妙なんです！　急にヒロイが厩舎を壊し始めて――」

「おかしなことを言うな！」

「本当ですよう」

泣きそうになっている厩務員の傍に、音もなく二つの人影が現れる。キトラと、カムイだ。

カイルは、ほっと息をついた。美しい異母兄は何事かと周囲を見回し……鋭《するど》い目でニニギの中にいるカイルを睨《にら》んだ。そして怒った顔のまま近づいてくる。

（キトラ！　――お願いです。どうか……ここを離れて）

「……何をしている！　お前は……！　それは危険だ、戻れ――」

大きな声で怒鳴られたせいか、カイルの頭がずきりと痛んだ。

（あとで……謝ります……っ、お願いだから……ここから、離れて……）

険《けわ》しい表情のキトラの背後から、アルフレートが現れる。彼は不思議そうにこの惨状《さんじょう》と『ニニギ』を見た。しかしキトラの怒《いか》りにも近い表情に気付き、『ニニギ』に駆け寄る。

「――お前、今、どこにいる。今すぐ、帰るんだ！　早くっ!!」

（……アルフ。ごめん、すぐ戻る……ユアンのとこにいる……から……）

アルフレートが何かを叫ぶのを聞いて――意識が切断される。

カイルは頭の中で、糸がぶつりと切れる音を、聞いた気がした。

◆

「全員厩舎から退避せよ！」

アルフレートは近衛《このえ》騎士に命じる。

戸惑《とまど》っていた彼らを氷のように蒼《あお》い目が一瞥《いちべつ》すると、彼らはすぐさま背筋を伸ばして辺境伯に敬礼し、迅速に厩舎からドラゴンも人も遠ざける。

アルフレートは、キトラの近くでキュイキュイと鳴くニニギに近寄って落ち着かせ、低い声で銀色の髪をした麗人《れいじん》に尋ねた。

「……ニニギはなんと言っている？」

「貴様らの無能を……アレが一人でなんとかしようと奮闘したらしい」

「愚《おろ》かでいい、私にはドラゴンの言葉がわからない。頼む。説明をしてほしい」

アルフレートが食い下がると、キトラはチッと舌打ちし、辺境伯の頭を小突《こづ》いた。途端にニニギの、そしてカイルの見たものが、頭に流れ込んでくる。

王女との会話、どこかで見た騎士の顔。ハインツ、ユアン、ニニギ……

――それから、花火職人の会話。東国の人間は愚《おろ》かにもドラゴンたちを害そうとしたらしい。

沈黙ののち、打ち上がる花火を見ながら、アルフレートは逡巡《しゅんじゅん》した。

アルフレートは先ほど、ハインツが広間を出ていくのを確かに見た。唇を噛んで顔を上げると、アルフレートは部下たちに命じてドラゴンを用意させる。

テオドールを手招いて、つい先ほど見たものを端的に説明する。腹心はにわかに蒼褪《あおざ》めた。

「まさか、この晴れの日に、そのような愚《おろ》かなことを……」

「するのだろうな。私があちらに行って、今見た人間たちを拘束《こうそく》してくる。――陛下に花火は中止するとお伝えしてくれ。お前たちは、私についてこい」

部下たちに命じると、彼らはアルフレートの命《めい》に従ってドラゴンに騎乗した。

だが、キトラが不機嫌《ふきげん》な声で辺境伯を制止する。

「待て。花火などどうでもいい。この場の人間どもがどうなろうと知ったことではない。お前は一刻も早く、我が弟を捜しに行け」

部下たちが「弟？」と顔を見合わせるが、アルフレートはそれには応じずに首を横に振った。

「カイルがこの事態を収束させようとしているのならば、私が動かないわけにはいかない。まずはこちらの面倒を片付けてからだ」

「……アレの身に何かあったら、貴様を八《や》つ裂《ざ》きにする」

アルフレートは肩を竦《すく》めた。

「そうはならないでしょう。カイルを連れ去ったのは……ネルですから」

ハインツがカイルを拘束《こうそく》しているのならば、命の危険はないという確信が、アルフレートにはある。ハインツにカイルは殺せまい。……アルフレートがそうできないのと、同じ理由で。

「行くぞ」

苦い確信を呑み込むと、アルフレートはドラゴンに乗って空へ舞い上がった。

疑いのある者を捕縛し終え、アルフレートは王宮へと戻る。国王に報告すると、彼は頭が痛いと首を横に振った。

「花火の音に驚いたドラゴンが暴れて厩舎を壊したために、花火は中止になった――そういう筋書きにせよ。祝賀の最後に花火が中途半端に終わったのは残念だが」

「御意《ぎょい》」

アルフレートが頭《こうべ》を垂れると、国王はため息をつく。

「それで？　職人たちはどうした」

「責任者はひたすら恐縮しています。何も知らされていなかったようですね。二名ほど、行方《ゆくえ》がわからなくなった者がおりましたが、そのあと捕らえて、今は薬で眠らせています」

アルフレートの言葉に、国王は眉を顰《ひそ》める。

「自死しないようにか？」

「はい。古い手ですが、奥歯に毒が仕込んでありました。目覚め次第、事情を聞こうと思います。祝賀を荒らそうとした愚《おろ》か者《もの》の名前を答えてくれるかはわかりませんが」

「竜厩舎のドラゴンたちに被害が生じる前でよかった」

国王は安堵《あんど》するように言う。竜厩舎が破壊されたのはよくはないが、ドラゴンたちは無事だった。キトラたちのドラゴンに何かあったならば、ぞっとする。言葉のわかる王女がドラゴンたちの『おうち破壊事件』に大層《たいそう》怒ったので、彼らは皆、しょんぼりと広間で大人しくしている。

「東部貴族の多くが、何故か領地に帰ろうとしているとか？」

「皆、何故か移動手段が絶たれているようで……明日以降の移動をお願いしたところです」

国王の問いに、アルフレートは綺麗な笑顔でにこりと微笑んだ。

イルヴァ辺境伯、アルフレート・ド・ディシスは、飛龍騎士団に所属していた時から容姿端麗《ようしたんれい》で有名だったが、あまり笑わないことでも有名だった。

ついでに言えば……笑っている時はろくなことがない。国王は再び口をつぐんで「わかった」と答えた。

「君に任せよう。だが彼らを裁くのは、あくまでも私だということは忘れぬように」

「御意《ぎょい》」

辺境伯は深々と頭を下げて退室すると、テオドールが扉の前にいた。

「……ハインツからの手紙だ。『貴殿の部下二人を預かっている。引き取りに来られたし』と」

ハインツはその手紙を、近衛《このえ》の一人に握らせていたらしい。簡素な走り書きに、アルフレートは目を細めた。

「私が飛龍騎士団で副団長をしていた時代、いろんな書類を見ていたが……ネルの字が綺麗なのが意外だったたな。あれでなかなか論理的な文も書ける」

「思い出話をしている場合ですか、アルフレート！　私が行ってまいります」

「粗暴《そぼう》な見た目に似合わず、繊細《せんさい》ということさ……。いいや、私が行こう」

「……アルフレート」

「いずれ決着をつけねばならんのさ。奴も私も、お互いにいい加減うんざりしている」

アルフレートはため息をつくと、テオドールに命じる。

「ハインツの屋敷に行く前に、キース神官に伝言を託《たく》したい。誰かを屋敷に戻して、この紙を渡すように言ってくれ」

テオドールは頷いて、騎士の一人を呼びに行く。アルフレートは窓辺に寄ると、懐《ふところ》から銀製の笛を取り出し、短く三度鳴らした。

バサバサと羽を揺らして、大型の飛竜が現れる。

何を言っているのかはアルフレートにはわからないが、ヒロイが喜んでいるのはわかった。

「ヒロイ。カイルの帰りが遅くて心配だから迎えに行こう」

「キュイ!!」

勿論と言うように、ヒロイは鳴いてみせた。

空を見上げたアルフレートは、窓辺に人影がいるのに気付いて目を瞠《みは》った。

夜空はお誂《あつら》え向きの満月でひどく明るく、佳人の銀の髪を美しく輝かせている。

「あなたは——」

佳人は音もなく窓から部屋に入ってくると、不機嫌《ふきげん》そうにアルフレートを睨《にら》んだ。

「ようやく、弟を救いに行くのか。遅い」

「……どうか、キトラ殿は部屋にお戻りください。必ず連れて帰りますから。魔族の長《おさ》たるあなたが、貴族の屋敷を荒らせば、問題が大きくなります。今日までの和議の苦労が水の泡だ。それは——カイルも望まないでしょう」

チッとキトラが舌打ちをした時、テオドールが戻ってきた。

テオドールが驚いて声をあげようとしたのを、アルフレートは制す。二人の緊張を嘲笑《あざわら》うかのように、キトラの影からぬらぬらと蒼白な肌をした人物——カムイが現れた。

彼は主《あるじ》を守るように、佳人の背後に薄く笑って立っている。

「私が弟を攫《さら》いに行ってもいいが、問題を起こすのは朝まで待ってやる。朝までにカイルを救出できなければお前も——国王も首を晒《さら》してやる」

キトラの言葉にテオドールは若干蒼褪《あおざ》めた。心配そうにヒロイが、キュイ、と鳴く。

「失敗して城壁に偉い方々の首が並ぶのも面白そうではあるんですが、弟君が可哀想ですしねえ。ま、せいぜいご武運を！」

カムイはにこにこ笑うと、アルフレートの前に進み出た。

「主《あるじ》に従って私も明け方まで待ちましょう。――しかし、少しばかりご助力を」

カムイは虹色に光る石がついた首飾りを、手品のように取り出して掌《てのひら》の上にのせた。

「――それは？」

尋ねるアルフレートと同調するように、ヒロイがカムイの掌《てのひら》を覗《のぞ》き込《こ》む。

「イイ子ですねえ」とヒロイを撫でながら、カムイは片目を瞑《つぶ》った。

「一時的にドラゴンの言葉が理解できる輝石《きせき》です。役に立つでしょうからお持ちください」

アルフレートとテオドールは顔を見合わせたが、ありがたくそれを受け取る。

ヒロイとニニギを連れて王宮を飛び立つと、並んで飛んでいるテオドールがやれやれ、とぼやいた。

「どうも……魔族の方々は変わっている。今後、うまく渡り合える自信がないですよ」

「付き合いは長くなるだろうから、慣れてくれ。さあ、ヒロイ、あとで私が合図をしたら呼びに来てくれ」

『いいよ！　まかせて！　えへへ。アルフと喋《しゃべ》れて嬉しいな』

ドラゴンと会話できるのは便利だな、と微笑みつつ、アルフレートは前方を見つめた。

「ハインツもどうせ私たちを歓迎する気はないだろう。それならば仕方がない。私たちも好きにさせてもらうか」

「と、いいますと？」

「忍び込んで、二人を捜し出して連れ戻す」

「鍵はどうするんです」

アルフレートは笑って、胸元から細い金属の棒を取り出した。

「……子供の頃は悪戯《いたずら》をしては、父や兄に部屋に閉じ込められていた。そのたびに抜け出すため……鍵を開けるのが得意《とくい》になってな」

「呆《あき》れた……！」

「素晴らしい特技だと、褒《ほ》めてもらおうか」

アルフレートは呆《あき》れるテオドールに軽口を叩きながらも、目指す方角を睨《にら》んだ。

どんな手段を使っても連れて帰る。……どんな手段を使ってでも。

◆

ネル伯爵の王都の私邸の一つは、王都の中心から少し外れた閑静《かんせい》な区画にある。

造られた小道を抜け、重い門扉《もんぴ》を開いて現れた馬車に乗っていたのは、ネル伯爵とその護衛、それから二人の青年だった。

黒髪の背の高い青年は、意識を失っているのか、微動だにしない。ハインツは意識を失った青年を抱きかかえて馬車から慎重に降ろすと、老練な執事に短く言いつけた。

「客だ。医者を呼んで診《み》させろ」

誰であるかは聞かぬほうがいいと判断した執事は、慎《つつ》ましく一礼する。

執事は侍従たちを片手で呼び寄せ、青年を運ばせる。主人のらしくない押し黙った横顔をちらりと見て、「丁重に」と付け加えるのを忘れない。――黒髪の青年の連れらしき者が侍従たちのあとを追おうとしたのを、護衛の一人が剣の鞘《さや》で牽制《けんせい》した。

「お連れ様の介抱は私どもにお任せを。――あなた様は客間にお連れしますよ」

「……っつ……結構だ。伯爵、どういうつもりです」

ハインツは気怠《けだる》げに肩に手を当て、連れの青年――ユアンの咎《とが》めるような視線を流した。

「目の前で知人が倒れた。介抱してやろうとしているだけだ」

「立《た》ち眩《くら》みです、すぐに目覚めるはず。……馬車を貸していただければ屋敷に戻りま――」

ユアンの反論は眼前に突きつけられた白刃《はくじん》に遮《さえぎ》られて、彼の喉《のど》の奥に呑み込まれた。

「立《た》ち眩《くら》み？　馬鹿な。この頑丈《がんじょう》なクソガキがそんなヤワなものか」

「あなたが、カイル君の何を知ると？」

ハインツはユアンの皮肉を白い歯を覗《のぞ》かせて楽しげに笑い飛ばすと……前動作なしにユアンに近づき、鳩尾《みぞおち》を膝《ひざ》で強く蹴《け》り上げた。

「がっ……」

ユアンは騎士だが、体術が得意《とくい》なほうではない。体格のいいハインツに敵《かな》うはずもなく、たまらずに、蹲《うずくま》って呻《うめ》く。

「貴公は幾分、喋《しゃべ》りすぎだな。舌が惜《お》しければ沈黙を友とせよ」
ハ、とハインツは酷薄に笑って、地面に這《は》いつくばったユアンの手を革靴《かわぐつ》で踏みにじり、ギリギりと体重をかける。青年の苦悶《くもん》の声音を心地よさげに聞くと……護衛に命じた。

「怪我人《けがにん》が一人増えた。——辺境伯の大事な配下だ、カイル・トゥーリと同じ部屋のどこかに縛《しば》りつけて差し上げろ。目覚めた時に、あいつの視界にすぐ入るようにな」

「かしこまりました」

ユアンは護衛たちに半《なか》ば引きずられるようにして連れられていく。

ハインツは表情を消して一行《いっこう》を見送ると、自室へ戻った。

◆

カイルはうっすらと目を開き、視界に広がる見知らぬ天井《てんじょう》を見て瞬《しばた》いた。

——ここは、どこだ？　己《おのれ》は一体、何を……

「……っ」

カイルが僅《わず》かに上半身を起こすと、頭痛がする。

頭《かぶり》を振って数秒考えて——ようやく自分が何をしたのか思い出した。どうやらここはどこかの部屋で、カイルは倒れて、服のままベッドに寝かされていたらしい、と悟る。

人の呻《うめ》き声《ごえ》がしたので、カイルは反射的にその方向を見た。

「……ユアン？」

部屋の中央の人影はアルフレートの麾下《きか》であり、ニニギの主《あるじ》のユアンだった。彼は部屋の中央に置かれた豪奢《ごうしゃ》な椅子の添え物のように、縄で括《くく》りつけられている。

「どうしたんです、ユアン――！」

カイルは寝かされていたベッドから飛び降り、ユアンの傍に駆け寄った。

ユアンの両腕は椅子の脚に縛りつけられていて、手の甲が不自然に膨《ふく》らんで鬱血《うっけつ》している。カイルは先ほどまでの出来事を鮮明に思い出していた。

王宮で、ハインツに足止めされていたところにユアンが現れた。カイルはユアンにあとを託《たく》してニニギに憑依《ひょうい》した。だとしたらこの状況は――

「ユアン、わかりますか？　カイルです」

カイルが声を潜《ひそ》めて尋ねると、イテテと呻《うめ》きながらもユアンから答えがあった。

「……聞こえているよ、意識もちゃんとあるし。骨が折れたってこともなさそう。……ちょっと吐き気がして、くらくらしてるけどね……荒事は専門じゃないんだ」

「ここは、ハインツの私邸ですか」

おそらくハインツに痛めつけられたのであろうユアンに問うと、弱々しく頷く。カイルは思わず俯《うつむ》いた。

「俺が……ニニギの中に入ったからですね？　すみません」

「……本当だよ。僕に任せないでほしい！　……と言いたいところだけど、まさか王宮内で拉致《らち》されるとはね。あっさりと君ごと攫《さら》われるとは。もう騎士を名乗れないな」

「早くここから出ましょう、戻って……」

カイルが言いかけると、背後で扉が大きな音を立てて開いた。

二人で視線をやると、案の定……ハインツが、護衛を二人引き連れて立っていた。

「おやおや、お目覚めとは。急に倒れるとは竜騎士殿には何か持病が？」

カイルはユアンをかばうように立ち上がって、ハインツに対峙《たいじ》した。

「……寝不足だ。介抱してくださったことに感謝する。俺たちをここから帰してくれないか」

「馬鹿げた理由だな？　おい、捕らえろ」

ハインツはカイルを鼻で笑い、護衛たちに命じた。屈強《くっきょう》な男たちに両腕を拘束《こうそく》されて、まだふらついているカイルは身動きが取れなくなる。

「……っ、放せ」

「――断る。さて、聞こうか。さっきのアレはなんだ？　お前、ニニギに何をした？」

「……何か、なんて」

ハインツは無表情でユアンの腹を蹴《け》った。椅子ごと吹っ飛ばされて、ユアンが「がっ」と呻《うめ》く。

「――やめろっ！　彼は辺境伯の麾下《きか》だぞ。何をするんだ!!」

カイルは暴れるが、左右の男たちはびくともしない。

「辺境伯の麾下《きか》の男爵と騎士が私と言い争いになり、挙句に私に害を為《な》した。だから応戦した。言い訳はなんとでもなる」

「やめろ！　俺を直接殴《なぐ》ればいいだろうっ！」

ハインツは肩を竦《すく》めて腰に提げた長剣を抜いた。そして横向きに床に転がったユアンの首筋に刃《やいば》を当てる。

「お前に危害を加えても楽しいだけで、何も白状はしないだろう？　人質《ひとじち》を取ったほうが効果的なのは知っている。さて、この上品な騎士様の何をどうしようか。俺も面倒は嫌いだ。この柔らかい耳を削《そ》ぐか？　片目を潰《つぶ》すか？　指の先をうっかり切り落としてもいい。案外、なくても困らないものだ」

ユアンがさすがに暗い表情で目を閉じた。恐怖を堪《こら》えるように唇を噛む。

カイルは蒼《あお》くなる。ついで自分を拘束《こうそく》している男の一人の指先が欠けていることに気付いて……ぞっとした。──誰に、どういう理由でやられたものなのか。

ハインツならば、本当にユアンへ危害を加えかねない。

「知っているだろうが、俺はあまり気が長くない。もう一度聞く。お前……先ほどニニギに何をした？」

嘲笑《あざわら》うハインツを見上げ、カイルは声を絞《しぼ》り出《だ》した。

「……話す。だから、その人に危害を加えないでくれ。お願いだから」

カイルは後ろで両手を縛《しば》られて跪《ひざまず》かされたまま、事情を口にした。椅子に悠然《ゆうぜん》と腰掛けたハインツは無表情でカイルを見下ろし、ユアンは部屋の隅で帯剣した護衛に拘束《こうそく》されている。

「それで？　お前はドラゴンを操《あやつ》ることができると？」

「ただ意識を同調させられるだけだ。それに、長時間できるわけでもない」

カイルが端的に説明すると、ふん、とハインツは笑って、爪先《つまさき》でカイルの顎《あご》を突《つつ》いた。

「やはりお前は化け物だ、カイル・トゥーリ。ドラゴンの言葉を理解して、憑依《ひょうい》ができるだって？　その異能があれば、陛下の乗ったドラゴンに乗り移って、空中から落とすことも可能だ」

「そんなこと……しない！」

「可能性の話だろう？　危険だな。危険すぎるお前の馬鹿みたいな異能を欲しがる奴は、ごまんといるだろうよ。この国じゃなくても」

　ハインツがカイルのシャツに触《ふ》れた。ぞわ、と粟立《あわだ》つ肌を認めて、灰色の目が笑う。カイルは低い声を出した。

「……やめろ」

「北に行かずとも、東国でもお前のその異能は重宝されるぞ？　東国の連中も竜が好きだからな。あの国はなかなか……居心地は、悪くない」

　下肢に手を伸ばされて、カイルの肩が跳ねた。

「……っ、触るな」

「そう嫌がるな。たまには別の味を試してみるのも悪くないぜ？　……なあ？」

　カイルが睨《にら》みつけるほどに、灰色の目が楽しそうに歪《ゆが》む。

「その目だよ。くそ生意気な目をしやがって。飛龍騎士団にいた時から――その生意気なツラをぐちゃぐちゃにしてやりたかった。ハハ、たまんねえな……」

　距離を置こうとするのに、ハインツの護衛に羽交《はが》い締《じ》めにされて動けない。ハインツの指が遠慮なく下履きの中に潜《もぐ》り込《こ》んで、カイルはくぐもった悲鳴を押し殺した。

　背後の護衛が下卑《げび》た笑いを堪《こら》えたのがわかって、寒気がする。

　抗議しようとしたユアンが喉元《のどもと》に刃《やいば》を突きつけられたのを見て、カイルは動きを止めた。ハインツは満足げに言う。

「そうそう、お利口《りこう》に目を瞑《つぶ》っていろ。お前が抵抗するたびに、あの騎士の指を一本折ってやる。……なに、いつも閣下とやっていることをなぞればいいだけだ。なあ？」

「んっ……」

やわやわと膨《ふく》らみをしごかれ押し潰されそうになって、カイルは唇を噛みしめた。

痛い。だが、痛いだけならましだ。最悪なのは……

「嫌がる割にはずいぶん反応がいいな？」

緩く勃ち上がってこようとするカイルのそれに、ハインツは機嫌《きげん》よく指を絡《から》ませた。

もどかしげにズボンと下着を剥《は》ぎ取《と》られ、下半身が惨《みじ》めに晒《さら》されて、カイルは恥辱《ちじょく》で顔を熱くした。……衆人監視で犯されようとしている。それは恐怖なのに、己《おのれ》は呆気《あっけ》なく感じてしまっている。

ハインツは香油《こうゆ》をこれ見よがしに上から垂らし指に絡めて、いやらしく上下にしごいた。じゅぷ、と粘《ねば》りけのある水音が聞こえて、カイルは首を横に振った。

先端に爪を立てられて背筋にぞわりと刺激が走り、顎《あご》を仰《の》け反《ぞ》らせる。

「やめ、や……アアッ」

「反応が……よすぎるんじゃないか？　なあ？」

好きな相手でもないのに、上りつめて射精する時の快感は一瞬だ。

達したあとは妙な倦怠感《けんたいかん》と嫌悪感《けんおかん》に苛《さいな》まれる。ハインツの指に絡《から》んだ己《おのれ》の精液からカイルはぎこちなく視線を逸《そ》らし、痛ましげなユアンに気付いて俯《うつむ》いた。

「伯爵、この男は皆で楽しんでもいいので？」

カイルを押さえつけていた騎士の男が下卑《げび》た声で笑う。ハインツは舌打ちすると護衛を睨《にら》んだ。

「これは俺の獲物《えもの》だ。汚い手で触るな……そこの騎士を束縛して部屋の外に出ていろ」

護衛たちは顔を見合わせたが、素直に従う。男たちが出ていくのを確認して、ハインツは立ち上がると、カイルの陰茎を革靴《かわぐつ》で緩く踏みにじった。

「……うっ……」

「踏まれてもおっ勃てるのか？　淫乱め」

踏み潰《つぶ》されるのではないかという恐怖で、背中に冷や汗が流れる。

ユアンが「やめろ」と叫んだがそれは黙殺され、ハインツが目を細めた。

「可愛い声で啼くなよ。たまらねえな」

カイルの股の間がぐちゃぐちゃに汚れたのに満足すると、ハインツはカイルを抱えてベッドに押し倒した。自ら汚したそこを手巾で清めて、再び弄《もてあそ》び始める。指だけで亀頭をしつこく攻められ、カイルは身をよじった。ぬちゃりとした粘膜《ねんまく》の感触に腰が跳ねる。

「やっ！　やめ……やめろ！　あぁっ！　やだ、それ、や、だぁ」

……ハインツの、口に含まれている。ちゅぱ、と飴《あめ》を転がすように楽しんでいた肉厚の舌が、カイルを解放した。勃ち上がったそれが、温度差にひくつく。

先端から物欲しげに蜜が溢《あふ》れているのに気付いて、カイルは唇を噛みしめた。

「……やめろってツラじゃねえけどなあ？　本当に感じやすいな、お前は」

そう言うハインツに、両手で陰茎を包まれ、カイルは再び、達した。

荒い息をしていると、髪を掴まれ、ユアンのほうを向かされる。

「お友達に、イクところをちゃんと見てもらえ、淫乱……お前は誰でも感じる雌《めす》だってちゃんと自覚しろ。ユアンとかいったな？　目を開けていろ。じゃないとこいつを、さっきの奴らに輪姦させるぞ」

「……下衆《げす》め」

「なんとでも？　ほら、よ」

ハインツは睨《にら》むユアンを一瞥《いちべつ》すると、カイルの敏感になった後ろに再び指を遊ばせる。

じゅぷじゅぷと一本だったそれが増やされて、カイルが身悶《みもだ》えるたびにハインツは笑った。

「やめ……アルフじゃな、や……ひ、ぐ」

太い指がでたらめにアナルの中を蹂躙《じゅうりん》する。ぐちゅぐちゅという水音に耳も犯されて、意識が飛びそうになった。唾液《だえき》が口の端からこぼれて、顎《あご》を伝って、敷布に落ちる。

ユアンの視線を忘れた。気持ちがいい。もっと欲しい。もっと熱いモノが……

ぶるりと震えてカイルは達し……そのまま、ベッドに倒れた。

「うっとりした顔して寝るなよ？　ほら、見てもらえよ。どんな顔してイってんのか。気持ちよさそうだって褒《ほ》めてもらえ、なあ？」

カイルは荒く息をしながら、俯《うつむ》く。ユアンから軽蔑《けいべつ》の視線を向けられるのが恐ろしくて目が開けられない。羞恥《しゅうち》と倦怠感《けんたいかん》で死んでしまいたい。

——いっそ、シンデ。

途端に……ずきり、と頭が痛んで、カイルは呻《うめ》いた。

「痛い……痛っ……あ、ああっ。痛い！　痛い！　あっ……」

訝《いぶか》しげに見ていたハインツが、カイルの尋常でない様子に顔色を変えた。ユアンが叫ぶ。

「ネル伯爵！　医者を呼んでくれっ！　カイルが死んでしまう。……いいや、私でもいい、縄を解《ほど》いてくれ！」

「なんだと……？」

「あんたが無体《むたい》を働くからだろうっ！　ドラゴンへの憑依《ひょうい》は精神への負担が大きいと治癒師《ちゆし》が言っていた。危険な状態なんだ。……私は多少、医術の心得がある。介抱するだけだ。彼を置いては逃げないから、頼む……カイルが死んで困るのは、あなたも一緒でしょう、伯爵」

ハインツとユアンの視線が絡《から》む。チ、とハインツは小さく舌打ちした。

「……いちいちうるさい野郎だな。興が削《そ》がれた」

ハインツは腰の短剣を抜いて、ユアンに振り下ろす。彼を縛《しば》っていた縄が乱暴に斬られ、拘束《こうそく》が解かれた。

「お前に介抱を任せてやる。こいつが死んだらお前も切り刻んで殺す。せいぜい尽くせ。……そろそろ、あのスカした野郎が来るだろう。どういう反応をするか、楽しみだな」

そう言ってハインツが部屋から出たあと、ユアンはフラフラとカイルに近づいた。カイルは手で頭を押さえながら、小刻みに震えて呻《うめ》いている。

「……大丈夫だよ。すぐに閣下が来るから。……大丈夫」

ユアンは痛ましげに、カイルの髪を撫でた。


一時間もすると、カイルは目を覚ました。

カイルは頭の上のひんやりとした手巾に気付いて指で触《ふ》れる。すると、ユアンが覗《のぞ》き込《こ》んでくる。

「ユアン……」

慌《あわ》てて上半身を起こすと、身なりは綺麗に整えられていた。

ユアンがカイルの手首に指を当てて、うん、と頷く。

「脈は大丈夫みたいだ。頭痛は？　どこか痛みは？」

「よくなりました。どこも痛みはありません」

――頭痛は一過性のものだったのだろうと結論づけて、カイルは身を起こした。

ベッドから降りても気怠《けだる》さはない。ただ……先ほどの痴態を思い出して、陰鬱《いんうつ》な気分になる。よりにもよって、ユアンの前で、あんな……と思うと、消えてしまいたくなる。

「……見苦しいところを」

目を伏《ふ》せてカイルが言うと、ユアンは少し手を伸ばして、ポン、とカイルの肩を叩く。

「生理現象だから仕方がない。あーでも、ちょうどいいタイミングで頭痛が来てよかった。いや、ぜんっぜん、よくないか。まあ、その、君は悪くないからね、気にしないように」

ユアンは居心地悪そうに咳払《せきばら》いをした。

「伯爵がいまだに君に未練があるのは、よくわかった。――ここにいたら何をされるか。君は殺されないだろうけど……何をされるか……」

カイルは自分の足首を見た。逃げようにも、鎖《くさり》で繋《つな》がれている。

「ユアン、逃げる隙があったら俺を置いて逃げてください」

「馬鹿を言わないでくれ！」

「現実的な判断ですよ。ハインツは俺に執着している。俺は逃げられないが、多分、殺されはしないでしょう？　だけどあなたは……」

ユアンの手の甲は哀《あわ》れなほど腫《は》れ上《あ》がっている。先ほども八つ当たりで蹴《け》られていた。何かの拍《ひょう》子《し》に、ハインツの気に障《さわ》って殺されかねない。カイルは窓の傍に寄った。

「とにかく、逃げなくては……扉の前には護衛がいるし……ユアン、壁伝いに下りられませんか？」

「あー……残念ながら僕は君みたいに身軽じゃないからね。この高さだと落下して死ぬ」

困ったな、とカイルは窓の外を見て――彼女と目が合い、あっと声をあげた。

『見つけたあ！　ヒロイより私が先に見つけたわ！　ユアン、カイル！　こんなところにいたのね！　えへへ。私ねえ、ヒロイより先に二人を見つけたのよ！　えっへん』

窓の外でバサバサと翼をはためかせて飛んでいたのは、ドラゴンのニニギだった。ユアンが窓を開け放つ。

「ニニギ！　来てくれたのか！」

『えへへ。アルフとテオも連れて来てあげたわ！　一緒に帰りましょう⁉』

しかし、カイルが動いた瞬間に、チャリ……と鎖《くさり》が絡《から》まる。

カイルは手を伸ばすと、ニニギの鼻の頭に口付けた。

「ユアン、ニニギに乗って、とりあえず抜け出してくれませんか。アルフレートに、ここに来るように伝えてほしい。俺は、ここで待ちますから」

「カイル君、君を置いてはいけない」

カイルは首を横に振った。

「鎖《くさり》を外す道具もないし、俺は動けません。お願いです。ニニギの鳴き声を聞きつけて、誰かが来る前に逃げてください。あなたを人質《ひとじち》に取られたら、俺は何もできなくなる」

ユアンは逡巡《しゅんじゅん》したが、カイルの言う通りだと思ったのだろう。カイルを見て、首肯《しゅこう》した。

「わかった。どうか無事で」

「……なんとかします。ニニギ、ユアンを頼んだ」

『勿論よ！　すぐに迎えに来てあげるわね、カイル！』

ユアンは窓からニニギに飛び乗る。カイルはユアンの背中が夜の闇に紛《まぎ》れていくのを見守った。

気配はない。だが確実に彼はいるだろう。

ゆっくりと背後を振り返ると、予測通りに長剣を持ったハインツがそこにいた。

「……俺にしては気前がいいだろう。あの男を逃がしてやった」

「恩に着ろとでも？」

ハインツは笑ってカイルに近づく。

「どちらでも構わん、お前が何を思おうがどうでもいい。お前は俺と来てもらおうか」

伸ばされた手を払うと、胸倉を掴まれた。やすやすと手を拘束《こうそく》されて唇を噛む。普段ならこうも簡単に自由を奪われはしないが、身体が本調子ではない。

束縛された腕の代わりに足の鎖《くさり》は外されて、跪《ひざまず》かされる。

「――祝賀を台無しにしようとしたのは、やはりあんたか」

カイルが言うと、ハインツは鼻で笑った。

「そんな馬鹿なことをするものか」

「馬鹿なこと、と言うからには、知ってはいるんだな？」

「いろいろと情報が来る立場なだけだ。……しかし、王宮に目をつけられると多少面倒なこともしているんでな。しばらく東国で遊ぶさ。……ああ、お前も連れて行ってやる。お前の異能は東国でも高く売れるだろうよ。……売れなきゃ俺が飼ってやる」

顎《あご》を掴まれて、カイルはハインツの灰色の目を上目遣いに睨《にら》んだ。

「冗談じゃない……！　お前に飼われるくらいなら、死んだほうがマシだ」

「さっきはあんなによがりやがったくせに、よく言うぜ」

ハインツはせせら笑い、不埒《ふらち》な意図を持った指が耳の後ろへゆったりと移動する。

「……アルフレートじゃなくたって、誰だっていいんだろう、お前は」

「そんなわけ、ないっ」

灰色の目が苛立《いらだ》たしげにカイルを見つめて……瞬《またた》いた。

「どうだかな？　たまたまあいつが最初にお前を手にしただけだ。あいつにされていることを全部してやろうか？　同じくらい、いい目をみせてやるよ」

「断る……俺の思いをあんたに決められる謂《いわ》れはない。説明してやる義理もない」

ハインツは表情を消して、扉のところにいた護衛に命じた。

「行くぞ」

ハインツが部屋の壁を押すと、さびれた音がして扉が現れる。そこから狭い階段が下に続いていた。カイルが抗《あらが》おうとすると、護衛は舌打ちして目隠しをする。そのまま階段へ押し出されたので、そろそろと歩いていくしかない。階段で突き落とされたら、致命傷になりかねないのだから。

ネル伯爵家の隠し階段は階ごとに狭い踊り場があるようで、階段が途切れる地点があった。下りた階数は、四。カイルは注意深く視覚以外の感覚を研《と》ぎ澄《す》ませた。

ハインツの屋敷は三階建てだが……下りた階数からすると、ここは地下だろう。カイルはあたりを窺《うかが》い、妙な香りがするのに気付いた。乾燥させた植物に似たような香りが鼻腔《びこう》をくすぐる。

――ニニギに憑依《ひょうい》して訪れた花火職人のいたところでも、嗅《か》いだにおい。

火薬だ、と思い当たって、背中に冷や汗が流れる。

先ほどハインツが言っていた「目をつけられると多少面倒なこと」は、これかと唇を噛む。

軍門のネル伯爵家が火薬を持っていても不思議ではないかもしれないが、彼の東国贔屓《びいき》の立場と花火の騒動を合わせれば、ハインツを疑わないほうが無理だ。

今度は一階層上へと上がり、肌が空気に触《ふ》れた。カイルは裏口に出たのだと気付いた。目隠しを外されたので周囲を見回すが、アルフレートやドラゴンたちの姿はなかった。屋敷の反対側にいるのかもしれない、と思って歯噛みする。

ここで連れて行かれたら戻れない気がする。カイルは、賭《か》けに出ることにした。

「うッ……！」

――カイルは片膝《かたひざ》をついて呻《うめ》く。先ほど頭痛で苦しんだ時と同じように。

「おい、どうした？　立て」

「……来るな、近づくな……っ」

来るなと言われると確かめたくなるのは人の性《さが》か、護衛は戸惑《とまど》いつつも近づいてくる。護衛が間合いに入ったのを確認し、カイルは右足を軸《じく》にして左足で大きく顎《あご》を蹴《け》り上げた。

「がっ……ハッ」

「さっきは……っ！　よくもただ見してくれたじゃねえかっ！　こんの……クソ野郎ッ！」

ひっくり返った男の鳩尾《みぞおち》をさらに蹴《け》り上げて、昏倒《こんとう》したのを確認すると、一瞬呆気《あっけ》に取られたハインツから逃《のが》れるように走り出した。

「チッ！」

追いかけてきたハインツの長剣が振り下ろされる。一撃を両腕を拘束《こうそく》されている荒縄で受けると、ハインツは実に楽しそうに笑った。縄が、軋《きし》む。

縄が切れたら無傷では済まないと思いながら、カイルはハインツを見上げた。

「仮病まで使えるようになったとは、な。面白くないことをしやがる！」

「いつまでも代わり映えしないあんたと違って、俺は日々成長しているんだよっ……！」

剣の柄《つか》で側頭部を殴《なぐ》られたカイルは吹っ飛ばされて、壁にぶつかる。だが、手が届く距離にあった燭台《しょくだい》を縛《しば》られたままの両手で握ると、ハインツに向かって投げつけた。

……さすがによけられたが、それは構わない。

油が少しばかり手首に絡《から》まって炎《ほのお》を誘引し、縄が燃え上がる。手首に鋭《するど》い痛みを感じながらも上着を脱いで火を消し、カイルは倒れた護衛に近づいて、剣を奪った。

燭台《しょくだい》の炎《ほのお》は裏口の傍の枯れ草に燃え移って、瞬《またた》く間に燃え盛る。

ぱちぱちと爆《は》ぜる音を聞きながら、カイルは剣を構えた。炎《ほのお》に舐《な》められた指の火傷《やけど》の痛みも、身体の疲労もひどい。立《た》ち眩《くら》みがするのを必死で堪《こら》えながら、対峙《たいじ》する。

「……面白い、死ぬ気か？」

ハインツが長剣で肩を軽く叩いてせせら笑い、切っ先をカイルに向ける。

「俺じゃない。あんたが、だろ」

カイルとて、騎士団に所属していた。剣の腕はそれなりだという自負はあるが、模擬試合でハインツに勝てた確率はせいぜい三割。この状況で勝つのは至難《しなん》の業《わざ》だろう。

……だが、今は時間が稼げればいい。

睨《にら》み上げた先でハインツが、ふ、と笑い、殺気が立ち上る。

「なるほど。——どうあっても死にたいらしいな？」

「やってみろ、できるもんならっ……！」

ハインツが剣を静かに構える。

ぱち、と火が後ろで再び爆《は》ぜたと思った瞬間——ヒュン、と何かが風を切って飛んでくる音が聞こえた。

「カイルッ！」

「——ぐ……チィッ‼」

待ちかねた声に、カイルは弾《はじ》かれたように顔を上げ、ハインツから距離を取った。ヒロイに騎乗したアルフレートが、短弓を構えている。もう一度飛んできた矢を、ハインツが片手でなぎ払った。

「……矢とは、卑怯《ひきょう》な真似《まね》をしやがる」

ハインツは矢を折ると、矢柄《やがら》を地面に投げ捨てる。

『悪い奴！　見つけた！　こいつポイッてしていい⁉　アルフ‼』

ヒロイに騎乗したアルフレートが、カイルを庇《かば》うように屋敷の傍に舞い降りた。

「ヒロイ。怪我《けが》をしないように後ろに控えているんだ。いいな」

『ちぇっ。はぁい』

アルフレートが相棒に注意し、優雅な仕草で剣を抜く。まるで会話をしているような様子にカイルがきょとんとしていると、ヒロイがご機嫌《きげん》に言った。

『カムイがねえ、お話しできるお道具くれたの！　だからアルフとも喋《しゃべ》れるんだよ！』

「会話が？」

アルフレートを見たが、「その説明はあとでな」と肩を竦《すく》める。

そしてカイルの火傷《やけど》した右手首を見咎《みとが》めて眉を顰《ひそ》めた。

「立てるか？　辛《つら》いならしばらく座っておけ」

「……大丈夫だ。テオドールとユアンは？」

「ユアンは無事だ。多少ぼやいてはいたが。よくユアンを助けてくれたな。礼を言う」

微笑まれて、カイルは一気に力が抜けた。ほんの少しだけアルフレートの指が、カイルの肩に触《ふ》れる。それだけで安堵《あんど》する自分に気付いて、カイルは息を吸って背後に下がった。

アルフレートは草に広がった炎《ほのお》がヒロイにかからないように手綱《たづな》を引く。ヒロイはカイルを心配そうに見た。

『カイル、痛い？』

「ヒロイ……も、大丈夫だ」

カイルは安心させるように微笑む。カイルたちを庇《かば》いつつアルフレートは剣を構えた。

「私のどこが卑怯《ひきょう》だと？　君の専売特許を奪う気はない。ハインツ・ネル」

ハインツは怪我《けが》をしたとは思えないほどの軽やかな動きで、剣を再び持つ。

「貴様の部下を介抱してやったというのに、人の屋敷に侵入した挙句に傷害と放火か？　北の人間は面《つら》の皮が厚くて結構なことだ！」

アルフレートは鼻で笑って間合いを取りつつ、剣をヒュンとしならせた。苛立《いらだ》った時に、彼がよくやる動作だ。

「私の部下と恋人を拉致《らち》して怪我《けが》をさせておいて、よく言う」

さらりと恋人と言い切ったアルフレートの言葉に、ぴくりとハインツが動きを止める。

アルフレートはそれを一瞥《いちべつ》すると、綺麗に笑った。

「東国の職人たちはネル伯爵家の紹介で王宮に来たとか？　ずいぶんと面白い趣向《しゅこう》を準備していたらしい。生憎《あいにく》と見損《みそこ》ねたが」

「――私は仲介しただけだ。馬鹿騒ぎなどは知らんな」

「申し開きは王宮でしていただきたい。私と一緒に来ていただこうか。力尽くで！」

アルフレートが跳んだと同時に、剣同士の乾《かわ》いた金属音が夜の空に響き渡る。

速さではアルフレートが圧倒的に勝《まさ》るだろうが、膂力《りょりょく》はハインツに分《ぶ》があるだろう。技術はおそらく互角だ。アルフレートの鋭《するど》い突きをハインツが弾《はじ》いて、せせら笑った。

「ずいぶんと剣先が鈍《なま》ったんじゃないか、副団長様……ッ！」

「手加減してやっていることに気付かないとはな。耄碌《もうろく》したのは貴様では？」

短い言葉の応酬《おうしゅう》の間も、剣戟《けんげき》は加速し重ねられていく。

「昔からこの世の全部をわかったようなツラしやがって。妾《めかけ》の子が、偉そうにっ！」

ハインツの重い一撃を受け止めて、アルフレートは鼻で笑った。しかし振り下ろされた一撃は重かったのか、受け止めたアルフレートの剣がミシリ、と音を立てている。

「世の中がすべてつまらないとでも思っている貴様よりマシだろうっ、哀《あわ》れな男だ。生まれなど、私には関係ない。私は……私だからな！」

アルフレートがハインツの剣を弾《はじ》く。怯《ひる》んだハインツの懐《ふところ》に入り込んで、肩へ体当たりする。肩を負傷していたハインツは盛大に顔を顰《しか》めて膝《ひざ》をついた。

「がっ！」

「……これで終《しま》いだ。ハインツ」

剣の柄《つか》で容赦《ようしゃ》なく肩の傷を打たれ、ハインツはたまらずに転がった。アルフレートはハインツが取り落とした剣を蹴《け》り飛ばす。

ハインツの喉元《のどもと》に白刃《はくじん》を突きつけて、アルフレートは静かに宣告した。

「陛下は、貴様から、今日の顛末《てんまつ》を聞きたいと仰《おお》せだ。大人しくしてもらおうか」

「断る。なんの証拠《しょうこ》があって……」

肩を押さえながら睨《にら》み上げるハインツに、アルフレートは微笑む。

「先ほどの件だけを聞きたいわけではないぞ。……貴様には人身売買の疑いもある。東国に我が国民を……主《おも》に少年少女を売り渡している不届きな輩《やから》がいる、と」

「馬鹿な。そのような下賤《げせん》な商売を俺がするわけがない……！」

アルフレートはさらに笑みを深くした。

「ロシュインという少年を知っているだろう？」

カイルはピクリと反応してアルフレートを見た。ハインツも眉間《みけん》に皺《しわ》を寄せて、呻《うめ》く。

……ロシュイン。自分によく似た父親違いの弟だ。……ハインツの邸宅に、母親と共に軟禁《なんきん》されていた少年だが……。アルフレートは続けた。

「ロシュイン少年が証言したぞ。ネル伯爵家に何ヶ月も軟禁《なんきん》されていた、と。賢《かしこ》い子だな？　伯爵邸の位置も覚えていたし、屋敷にたびたび現れる貴人のことも覚えていた。屋敷に飾ってあった紋《もん》章《しょう》入りの銀のペーパーナイフを……こっそり持っていたそうだ」

「そんな、ガキの証言を誰が聞く」

「ロシュインの証言だけなら聞く者もいないだろう。だが、キース・トゥーリ神官の口添えがあれば別だ。ロシュインから詳しく事情を聞いたのは彼だからな」

カイルは首を傾げた。何故、キースの名前が出てくるのか。

「キース・トゥーリ神官は、大神官の直属の部下の一人だ。彼の告発ならば、直々《じきじき》にネル伯爵に事情を聞きたいと、大神官は仰《おお》せだ。彼がそろそろ正式な令状を持ってここに来るだろう……神殿へ使者をやったからな」

カイルはポカンと口を開け、背後ではヒロイがパタパタと尻尾を振った。

『ねえ、カイルー、カイルの友達のキースって、偉い奴なの？』

カイルは首をひねった。幼馴染の出来がいいのは知っているが、大神官といえば雲の上の存在だ。そんな人間と繫《つな》がりがあるとは知らなかったし、驚きでしかない。

ハインツは大神官の名に、悔《くや》しげに唇を噛みしめたが……ややあってため息をついた。

そして両手を上げて敵意がないことを示し、憮然《ぶぜん》と言い放つ。

「私は潔白だ。それは陛下にも神官にも主張させてもらおう。誤解が多くあるようだ」

「お好きに」

アルフレートは剣を突きつけながら、ハインツを見下ろす。カイルは、二人を見ているとどっと力が抜けて、地面に腰を下ろした。

……テオドールやユアンが、きっとそろそろ来るはずだ。キースも。

ようやく、帰れる。これですべて終わりだと思って、安堵《あんど》の息をついてしまう。

よかった、と思って顔を上げた刹那《せつな》、ハインツの楽しげな灰色の瞳とかち合った。

背筋がぞくりとする。

——やれ。

薄い唇が誰かに命じる。カイルは本能のままに振り返って、その気配に向かって剣を振った。

「ギャアアア！」

耳をつんざくような老人の叫び声と同時に、鋭利《えいり》な刃物で斬りつけられたらしいヒロイが甲高《かんだか》い声をあげて絶叫し、翼を大きくはためかせた。

暗闇に、竜の咆哮《ほうこう》が、響く。

『イタイ！　……イタイ！　熱いよッ！』

「ヒロイ！」

カイルはヒロイに駆け寄った。羽が痛むのか、ヒロイは苦しんでいる。

カイルは自分が斬った人影を見た。使用人らしき老人が、口から血を流して倒れている。

「よくも……」

カイルが視線をやると、老人は息も絶え絶《た》え《だ》に笑った。明らかにカイルのつけた傷のせいではない。——口内に仕込んだ毒を噛《か》み潰《つぶ》したのか、口の端の血が泡のようになっている。

「魔物め。……貴様を狙ったのに……せいぜい、毒に、のたうち……まわ……」

老人はヒロイに呪詛《じゅそ》を吐いて動かなくなった。

『イタイ！　……イタイ……！　アアアアアア!!』

ヒロイが咆哮《ほうこう》しながら暴れる。

――刃物に毒が塗られていたのか、とカイルは青くなった。ヒロイがキュイキュイと鳴き、転がるようにしてアルフレートとハインツのほうに駆けていく。

ハインツとアルフレートはすんでのところでヒロイの突進をかわしたが、ヒロイは痛みに呻《うめ》いて翼をバサバサとはためかせた。明らかに己《おのれ》のコントロールを失ったまま、夜空に飛び立とうとしている！

屋敷の周囲は建物が多い。あのままヒロイが飛んだらと、カイルはぞっとした。気のいいドラゴンが傷つくところなどは決して見たくない。

「だめだ！　ヒロイ！　戻れ！　飛ぶなっ!!」

「ヒロイっ」

アルフレートも叫ぶ。不幸にも主人の声を聞き分けたのか、ヒロイは再度勢いをつけてアルフレートのほうに首を振りながら巨体を突進させた。

「……ッ！　行くな、ヒロイッ」

アルフレートがドラゴンをかわして落ち着けようと声をかける。

ヒロイはそれも聞かず、アルフレートの横をすり抜けて地面を蹴《け》った。

とっさにアルフレートが手を伸ばして手綱《たづな》を握りしめる。引きずられそうになるのを堪《こら》え、身体を反転させてヒロイを掴んだ。

アルフレートは地面を蹴《け》った反動で、なんとかドラゴンに跨《また》がる。そのままヒロイは空へと飛び上がり、アルフレートは振り落とされないようにしがみついていた。

「アルフっ！」

アルフレートは子供の頃からヒロイに騎乗している。その腕は確かなものだが、錯乱《さくらん》状態のドラゴンを御《ぎょ》するのは困難だろう。そして、上空からもし振り落とされたら……

「だめだ、ヒロイ……戻れッ」

手は届かない。……カイルは一瞬ズキリと痛んだ頭で思い出した。

手は届かなくても……意識だけなら？　…………ヒロイに干渉できたなら…………？

それなら、届く。カイルは弾《はじ》かれたように上空を見上げた。

「ヒロイ……っ！」

「よせっ！」

駆け出そうとしたカイルは後ろから引きずり倒され、地面に強《したた》かに半身を打ちつけた。

何故か焦《あせ》った顔のハインツと目が合ってカイルは目を瞬《またた》かせる。

ハインツは一瞬怯《ひる》んだあとに舌打ちし、カイルに馬乗りになって短剣を抜くと、カイルの喉元《のどもと》に突きつけた。灰色の瞳が揺らいで見えたのは、松明《たいまつ》の光の加減のせいだろうか。

「離してくれっ……行かなきゃ！」

「あのドラゴンに憑依《ひょうい》するつもりか？　はっ、させるものか。あのすかしたクソ野郎が墜落《ついらく》するのを眺めて笑ってやる……お前が意識を飛ばした瞬間、この場で首を掻《か》き切ってやるぞ」

カイルはハインツの手を逃《のが》れようともがいた。彼の姿を視界の端に追いやって、上空を飛ぶ一対《いっつい》を必死に目で追いかけると、蛇行《だこう》しながらもアルフレートは必死にヒロイを操縦《そうじゅう》している。

――まだ、間に合う。意識は届く。今ならば！

カイルの首を、ハインツが指で押さえた。

「やめろと言っている！　またやれば命はないかもしれないんだろう！　死ぬつもりかっ」

高圧的な、しかしながら懇願《こんがん》する口調で言われ、カイルはハインツを見た。

「……心配しているのか？」

「……まさか！　誰が……！」

カイルは、自分の首元を掴んでいる節《ふし》ばった指に手を添えた。

びくり、とハインツが震える。この指に何度も傷つけられた。何度も。

――その理由が、さすがに今は、わかる。だが……カイルは大きく、息を吐いた。

ゆるりと首を横に振って微笑みかける。寂しげな灰色の瞳に、途方に暮れた自分を見つけて、決意を固めた。

「ごめん、ハインツ」

「よせ……お前が離れた瞬間、喉《のど》を裂《さ》くぞ」

「俺はやっぱり行かなくちゃ。あの人の隣が、俺の居場所だから。俺が生き残っても、アルフがいないと意味がないんだ……俺を殺してもいいよ。恨《うら》まない」

「……なっ……」

カイルはゆっくりとハインツを引き寄せて、額《ひたい》にそっと口付ける。

「俺の抜《ぬ》け殻《がら》でよければ、あんたに、やる。ごめんな」

言い終えた途端、カイルの身体は弛緩《しかん》し、意識は空へと飛んだ。

◆

——上空で、アルフレートは手綱《たづな》を握りしめ、ヒロイの身体にしがみついていた。

振り落とされないように全身に力を込めているが、羽を傷つけられたヒロイはキュイキュイと鳴きながら左右に蛇行《だこう》している。建物にぶつかればヒロイは当然傷つくし、この高さから地面に投げ出されてはアルフレートも命がない。

「……くっ……！」

飛行が安定した一瞬の隙を見て、手首を手綱《たづな》に巻きつける。せめて落下を避けるために。

なんとかして、カイルのもとへ戻らねばと歯を食いしばった時、ガクン、とヒロイの身体から力が抜けて、落下し始める。

アルフレートはたまらず竜の身体に抱きついて、墜落《ついらく》を覚悟した。

——アルフだって、無茶ばかりする。

カイルの声が聞こえた気がして、心の中でそうだな、と思う。いつもと逆で、カイルに詰《なじ》られそうだ。——もしも会えたならば。

「……カイル」

ぎり、と奥歯を噛みしめて、アルフレートは圧《の》しかかる重力に耐える。

高度がぐん、と下がって、衝撃をいよいよ覚悟した時……

『アルフだって同じじゃないか、無理するの』

ドラゴンが明るく嘶《いなな》いた。

「ヒロイ？」

アルフレートの問いかけに、彼は笑ったようだった。落ち続けていた飛竜の身体がスゥ……とゆるりとした逆放物線を描き、緩やかに飛行する。

バサ、バサ、と翼がはためくたびに、ゆっくりとドラゴンは上昇した。

『夜なのがもったいないね、アルフ。ニニギはどこにいるかな。向こう側かな……テオとユアンにも早く、会えるといいんだけど』

アルフレートは、魔族の長《おさ》の使いがくれた輝石《きせき》を握りしめた。

ただの人間でもドラゴンの言葉が一時的にわかるようになる、と彼は言った。

だが、今喋《しゃべ》っているのは、あの呑気《のんき》なドラゴンではない。明らかに。

『俺、夜目が利《き》くからさ。どこかに下りる。ごめん、少しだけ待っててて』

聞き間違えるわけがない。どんな姿をしていても、わからないわけがない。

夜の闇に目を凝《こ》らしながら、アルフレートは相棒の硬い皮膚を撫でた。風がビュウ、と右から吹きすさぶ。

それはやるなと。二度とやるなと、言われていたのではなかったか。

二度と、しないと。そう、誓《しん》って——

言葉を失うアルフレートを深紅《く》の瞳で振り返ったドラゴンは、再び正面を向く。

「カイル、戻れ。私は大丈夫だから戻れ、頼む」

『うん……だけど、もう少し飛んでいたいかも。いい夜だしさ。星も明るいし、いっそ、このまま北の領地まで行くとかどうかな。一回行ってみたかったんだ。いつもアルフが自慢するから、綺麗なところだろうなあ、って』

アルフレートは顔を歪《ゆが》めながら呟いた。

「勿論、美しいところだ。冬が特に素晴らしい。一面の銀世界で、すべてが寝静まったような白い朝に一筋太陽の光が差す。そこから溶けていく雪が……煌《きら》めいて……」

『そっか……見たいな』

ヒロイの身体は、ゆっくりと旋回《せんかい》して北を向いた。

だが、苦笑するように……諦めたかのように高度を下げていく。

「カイル」

『ごめん、アルフ。一緒には行けないかも。戻り方が……わかんないんだ。糸が、見えない』

「……カイル」

『だけど、覚えていて』

地上からは、ニニギとテオドールとユアンが見上げていた。

だが、アルフレートは、ただドラゴンの背中だけを見つめていた。

『……いつだって、あなたと一緒にいたかった、って。それだけ、覚えていて』

囁《ささや》く声は、愛《いと》しい青年のもの。カイル・トゥーリは明るい声で告げた。

『大好きだよ、アルフレート。ずっと。あなただけが』

ヒロイは地上に軽やかに着地し——そのまま、横なぎにどう、と倒れた。

◆

「すみませんねー、そこのなんとか伯爵さん。眠りこけてるうちの馬鹿、返してくれます？」

深夜のネル伯爵邸に、場違いな軽い声が響いた。

キース・トゥーリは珍しく純白の神官服を着て、神官の証《あかし》である銀一色の剣を帯びている。

背後には眼帯をつけた神官がいて、「キース」と窘《たしな》めるように小さく名前を呼んだ。

「……なんの用だ」

ハインツはのろのろと立ち上がって、出血している肩を押さえながら呻《うめ》く。

キースと同行した神官は「失礼」と短く言い、ハインツに広げた書状を突きつけた。

「神殿からの呼び出しです。あなたには東国との間で人身売買の嫌疑《けんぎ》がかかっています」

「でたらめだ」

「申し開きは、のちほどゆっくりと。大神官の命令なんで、貴族でも拒否権はありませんよ」

「……何を、根拠に」

睨《にら》むハインツを見て、キースは唇の端を吊り上げる。

「軟禁《なんきん》されていた少年と……その母親の証言もある。軟禁《なんきん》されていた二人を、そこに倒れている騎士殿が救い出してくれた、とか？」

母親、という単語に、ハインツは小さく笑った。笑いながら、倒れたままのカイルを見る。

「くっ……ハハ！　あの女……最後の最後に、日和《ひよ》りやがったな」

「ご納得されたならば、同行を」

「同行は、しよう。だが──すべての罪状を否認する。私は無実だ」

神官に連れられたハインツとすれ違ったキースは、彼を一瞥《いちべつ》し──その背中が闇に紛《まぎ》れるまで追った。カイルの顔のすぐ横には深々と地面に突き立てられた短剣がある。その意図を思い、やれやれとぼやきながら、引き抜く。

「日和《ひよ》ったのはテメーもじゃねえか、変態野郎……」

ハインツはカイルを殺せなかったのだ、結局。

「昔っから変な奴ばっかりに好かれやがって。……ったく、二度とやんな、つったのに」

幼馴染からは安らかな寝息が聞こえる。しかし、声をかけても揺すっても、反応がない。その重い身体をなんとか起こして、荷物のように担《かつ》いだ。

「クッソ重《おめ》えよ、ばーか」

キースは唇を噛みしめ、遠くから駆けてくるユアンを見て苦笑する。

「心配ばっかりかけやがって。あとでもっかい殴《なぐ》ってやるから。目ぇ覚ませよな……」

◆

──それから明け方までに、国王の勅命《ちょくめい》で、東部貴族の幾人かが近衛隊《このえたい》に身柄《みがら》を拘束《こうそく》された。

彼らすべてが花火の件に関わっていたわけではないが、国王は彼らを断罪し、あるいは減刑と引《ひ》き換《か》えに楔《くさび》を打つ心づもりだろうと貴族たちは噂《うわさ》した。これで、北部と東部の均衡《きんこう》は変わるはずだ。

これからは北部が有利だろう、と。国教会も国王と足並みを揃えて東部を牽制《けんせい》するようだ、と……

そんな風に水面下でのさざ波は生じたけれども、国王も、王女も、近衛《このえ》騎士たちもいつもと変わらぬ日々を過ごしていた。

ただ、一人。半魔の竜騎士だけが王宮に姿を現さない。

カイル・トゥーリは数日を経ても、いまだ深い眠りの中に囚《とら》われて、繰り返し夢を見ていた。


——王都の外れに、小さな孤児院があった。

老《お》いた神官が開いた小さな孤児院には、何人かの子供たちがいて、十四の年までそこで暮らす。十四になると働く先を探して、出ていくことになっていた。働く場所があれば、の話だが。

青年は道でぼんやりと立ち尽くして教会を見上げた。懐かしさに目を細める。

——青年はかつて、兄弟のような少年と一緒にここで暮らしていた。

飛び抜けて賢《かしこ》く才覚のあった自慢の幼馴染は今、王都で神官をしているだろう。

彼は一緒に来いと言ったが、青年は首を縦に振らなかった。自分が彼の栄達《えいたつ》の枷《かせ》になることくらいわかりきっている。兄弟の幸せを妨《さまた》げることはあってはならない。絶対に。

青年はまだこの街で息を潜《ひそ》めて過ごしているが、それも仕方がないことだ。

半魔族は人々から忌避《きひ》される。そもそもの生まれが呪《のろ》われているのだし——

だから息を殺して生きていくしかない。これまでも、これからも。

空を見上げればどこまでも蒼天で、白い太陽が眩《まぶ》しい。

太陽を横切って飛ぶ二つの影を、青年は焦《こ》がれるような視線で追った。

鳥のように見えるが、大きさが違う。

「あれは――」

ドラゴンだ。空を飛ぶ高貴な生き物。地面に縛《しば》りつけられている己《おのれ》とは違う。どこまでも自由な――

青年が呟くと、視界がふ、と暗くなった。

音も、色も、すべてがガラガラと消えていく。

何もない、虚空《こくう》の中に取り残されて、青年は不安げにあたりを見回した。

どうやってここに来たのか、ここがどこだったのか、思い出せない。

どこへ行けばいいのかわからず、青年は困って再び空を見上げる。

空だけはまだ同じ色で――ドラゴンが一騎、悠々と飛んでいるのが見えた。

それは青年に気付くと上空でゆるりと旋回《せんかい》して、ふわり、と音もなく前に着地する。

知らない男がドラゴンから舞い降りて、青年に手を差し出した。

青年はそれをぼんやりと見つめて、呟く。

「……ドラゴン……？」

ドラゴンが、キュイ、と鳴く。

可愛らしいドラゴンが困ったように目を瞬《またた》かせて、『どうしようか？』という風に、青年の前に舞い降りた男を見上げた。暗闇の中に現れた男は、綺麗な蒼《あお》い目をしている。

アイスブルーの瞳は氷のように冷たいのに、対照的に焔《ほむら》のような美しい髪色だ。

美しい容姿に洗練された物腰、上等な服。一目で貴族だとわかった。

大抵の貴族には嫌われる、だから逃げなければ、と。そう頭が警告するのに、懐かしい心地がするのは何故なのか。

男は少し苦笑して、再び手を差し出した。

「ドラゴンが好きか？」

「好きだよ。だって、綺麗だし……可愛いだろう？」

男は微笑んで、青年の手を取った。

「可愛い？」

「うん、素直だし、無邪気で……嘘がないから」

「まるで言葉がわかるようなことを言うんだな？」

「わかるよ……俺は……」

触《ふ》れた手は、温かい。そう感じながら、青年は続ける。

「俺は半分、魔族だから。ドラゴンの言葉がわかるんだ」

「父親か母親のどちらかが魔族か？　……綺麗な、美しい紅《あか》い目だな」

青年は男の言葉にびっくりした。綺麗とか美しいとか、そういうことを言われたことがない。

——いいや、違う。昔、誰かに言われたことがある。優しい声で。

その時、自分はなんと答えただろうか？　確か……

「あんた、変わっているな」

記憶を辿《たど》りながら青年がおずおずと言うと、男はこの上なく優しい表情で微笑んだ。

「そうでもない。……お前は私が知る限り、最も美しい男だ。紅《あか》い瞳だけではなく、その姿も、生き方も、全部」

え。と思う間もなく、ぎゅっと抱きしめられた。

「私にとっては、ずっとお前だけが、愛《いと》しい。だからいつも気が気じゃないんだ——置いていかれるんじゃないか、他の誰かに連れて行かれるんじゃないか、と」

戸惑《とまど》って男を引き離そうとするのに、力強さに抗《あらが》えない。いいや、それだけではない。

——抱きしめられて髪を梳《す》かれる指の心地よさに、逆らえない。

己《おのれ》は、この優しい指を知っている。いつだって自分をだめにする、甘く心地よい指だ。

彼の。彼だけの——

「カ、イ、ル」

男が、低く青年の名を呼んだ。

「いなくならないでくれ。お前がいないと夜が明けない。朝が来ない」

「——あ……」

「カイル」

優しい声が、再び名を呼ぶ。

それが合図だったかのように、様々な記憶と思いが溢《あふ》れ出《で》てくる。

十三の時、初対面のアルフレートにヒロイの背中に乗せてもらったこと。まだ十七だったアルフレートは騎士になったばかりで、けれど今と同じく尊大で優しかった。

王都に行きたいという夢のような願いが叶い、彼に部下として仕《つか》えたこと。

冬の寒い日に凍《こご》えそうな身体を抱きしめて——想いを確かめ合ったこと。

「カイル」

離さないといわんばかりに、アルフレートがカイルを抱きしめた。

別れて、再会して――離れなくてはと思っても、どうしてもだめだった。

好きで。どうしようもなく、好きで。

「一緒に行こう、カイル。ずっと一緒だと誓った言葉がまだ、お前の中に生きているなら」

「……アルフレート……」

世界で一番大切なその名を口にした瞬間、どっと後悔が去来《きょらい》して、何をしてしまったかを思い出す。彼を置いて、無茶をした。そして帰れなくなった。

もう、取り返しがつかない。俯《うつむ》いた途端に涙がこぼれる。

顎《あご》に指が添えられて、戦慄《わなな》く唇をなだめるように口付けられる。

角度を変えて何度もキスをしながら、頬に流れた涙を、アルフレートが親指の腹でなぞった。

唇が離れて、カイルは小さく言う。

「一緒に行くと言ったのは、嘘、じゃないよ。だけど……戻り方が、わからないんだ」

ヒロイの身体から離れて、今はどのくらい経ったのだろう。ずっと故郷の街で揺蕩《たゆた》っていた気がする。何をするでもなく、徐々に形を失って。

こうやって次第に、己《おのれ》の存在が、薄れていくのかもしれない――

アルフレートは破顔して、コツン、と俯《うつむ》くカイルに額《ひたい》をぶつける。

「馬鹿だな。いつも一人でなんとかしようとするのは、カイルの悪い癖だ。道がわからないのなら、私と行けばいい。一緒に行こう――一人にはさせない、死ぬまで傍にいる」

ふわり、とドラゴン――ヒロイに跨《また》ったアルフレートが、カイルを手招く。

カイルはふらふらと引き寄せられながら、尋ねた。

「ずっと――？」

「ああ、ずっとだ。この場所が好きならここでも構わない。一緒にいる。ずっと」

カイルは笑って首を横に振った。

「だめに決まっているだろう、辺境伯殿。あなたには職務をこなす義務がある！　それに、俺は仕事をしているアルフが好きなんだ――」

「それは、どうも」

軽く肩を竦《すく》めたアルフレートの手を、カイルは取った。

カイルを鞍上《あんじょう》に引き上げてアルフレートの前に座らせると、彼はヒロイに合図する。

「戻ろう」

今や暗闇一色に染められた地面をヒロイが蹴《け》ると、ガラガラと地平が崩れていく。

二人は振り返らずに、上空へと視線をやった。

目が覚めんばかりの蒼天はいつの間にか分厚い雲に覆《おお》われていたが、向かう先の一点から淡い光が漏れているのがわかる。

一人きりでは見えなかった「道」が、あんなにもはっきりと、見える。

風を切り目指す雲の切れ間は白く強く、眩《まぶ》しい。

カイルは目を開けていられずに、固く瞼《まぶた》を閉じる。――意識がまた、静寂《せいじゃく》に包まれた。

夢の続きを思い出しながら、カイル・トゥーリはうっすらと目を開けた。

部屋の明るさに慣れずに目を何度か瞬《またた》くと、手を誰かに握られているのに気付く。

顔を上げると、アルフレートと視線が絡《から》んだ。

「アルフレート……？」

頷くアルフレートの背後で、人影が動いたのが見える。キトラだ。

美貌《びぼう》の異母兄は薄く笑い、上半身を起こそうとしたカイルを手でいなすと、口元だけで「あとでな」と言い放つ。そして二人を残して部屋を出ていき、ぱたり、と扉が閉ざされた。

「……アルフ……えっと、なんでキトラがここに？」

確か、自分はヒロイに乗り移って、帰れなくなって。そういう夢を見ていた。そこまで思い出して、カイルはアルフレートの憔悴《しょうすい》しきった表情に気付く。彼は心配そうに顔を覗《のぞ》き込《こ》んだ。

「大丈夫か？　もう、どこも痛くはないか」

カイルは、先ほどまでのやりとりが夢ではなかったとわかった。

「俺は、どのくらい寝ていた？」

「三日ほどだ」

カイルは上半身をゆっくりと起こして手を伸ばし、うっすらと無精《ぶしょう》ひげの生《は》えたアルフレートの顎《あご》に触《ふ》れた。いつも身だしなみに気をつけているアルフレートにしては珍しい。それに、よく見れば目の下の隈《くま》が濃い。

「――アルフ」

ごめんと言いかけて、謝ってばかりなのに思い至る。カイルは言葉を自分の中にとどめた。

心配をかけてばかりいるから、謝るのももうやめなければならない。

謝罪の代わりに形のいい薄い唇に軽く口付け、二人はしばらく無言で見つめ合った。

沈黙が、ひどく気恥ずかしい。

「ええ、と。迎えに来てくれてありがとう」

「どういたしまして。私をお前のところまで送り届けてくれたのは、キトラ殿だがな。しかし、おかげで一度死ぬ羽目になった……」

「死ぬ？　なんでシャツに穴？」

アルフレートのシャツの胸元あたりには、鋭利《えいり》な刃物で裂《さ》いたような穴がある。カイルが慌《あわ》ててシャツを掴むと、アルフレートは肩を竦《すく》めた。

聞けば、アルフレートがカイルの夢に干渉できるよう、キトラが術を使ってくれたらしい。一時的に特殊《とくしゅ》な刃物で心臓を刺し、仮死状態にされていたと聞いて、カイルは唖然とした。

「……ばっ！　馬鹿じゃないか！　危なすぎるだろう！」

「……気持ちは嬉しいが。いきなりか？　まだ日も高いし……元気だな？」

思わず胸倉を掴んでしまったカイルに、アルフレートはおどけてみせる。

「違う！」

勢いよく否定したカイルにアルフレートはくつくつと笑い、「冗談だよ」と口元を押さえる。

「そういうことは、お前が本調子になってから、だ」

「……ええと、そうしてください。いろいろ聞きたいことがあるんだけど……」

東国のことや、ハインツのことも。

アルフレートは頷いて、諸々《もろもろ》説明してくれた。ハインツに人身売買の嫌疑《けんぎ》をかけたのが何故か神殿だということもあって、その弁明は難航しそうだという。

――ハインツは、俺の首を掻《か》き切らなかったのだな、とカイルは思う。

だが、それ以上の感情は抱《いだ》くまい。そして、二度と会うことがないように、祈るしかない。

それから、と。カイルはごくり、と唾《つば》を呑み込んだ。

おそらく死にかけていたカイルの意識にアルフレートは干渉してくれた。

その場所にはヒロイも一緒にいた――ならば。

「その、ヒロイは……？」

ヒロイの名前に、アルフレートが一瞬、口籠《くちごも》った。

まさか、と蒼《あお》くなったカイルの視線の先で、豪奢《ごうしゃ》な扉の向こうがにわかに騒がしくなる。

「来たな」

ミシミシと音を立てた木製の扉は、派手に撓《たわ》み――次の瞬間、どかぁん！　と音を立てて破壊された。倒された扉から何かがもわっと――殺気のようなものが立ち上がる。

けしけし、と後ろ脚を掻《か》いて怒っているのは――気のいいやんちゃなドラゴン、ヒロイだった。

その背後にはユアンとテオドールがいて、深くため息をついている。ユアンがジェスチャーで「ごめんね」と言うのを、カイルは引きつった笑顔で見た。

ユアンの後ろではキースが舌を出して「ばぁか」と笑っている。

『カイルのばかあああ！』

「ヒロイ!!」

がお！　とばかりに飛びかかられて「ひぃ」とカイルは悲鳴をあげた。

『ばかばかあ!!　死んじゃうかと思ったああ!!』

尻尾をぺしぺしと左右に振りながら、ヒロイはカイルの胸に顔を預ける。

重くて辛《つら》いのだが、仕方ない。カイルはぎゅ、と可愛いドラゴンを抱きしめた。

「……愛が重い！」

「自業自得《じごうじとく》だな！」

ははは、と笑ったアルフレートもカイルの肩に身を預ける。

「——カイル」

カイルの膝《ひざ》をヒロイと分け合いながら、アルフレートが窓の向こうを指さした。

「あの方角が北の領地だ。回復したらヒロイに乗って、一緒に帰ろう。来るだろう？　言ってお
くが、私はしつこいらしいからな。お前が断っても頷くまで何度でも懇願《こんがん》するし——どこまででも、
捜しに行く。もう、逃がさないぞ」

「アルフがしつこいのは、知ってる。十分すぎるほど……だけど俺だって同じだ。アルフがいない
ところへは、もう行けない」

カイルは微笑んで彼の柔らかな髪を弄《もてあそ》び、同じ方角を見つめた。

「あなたが望むなら、どこへでも。一緒に行く」

そして離れない。

窓の外は風が吹いて木々が揺れる。

さやさやと葉擦《はず》れの音に耳を澄《す》ませながら、恋人たちは北の地に思いを馳《は》せた——

エピローグ

ニルス王国の北部に位置する、辺境伯領。

冬の滑《なめ》らかな雪に包まれた荘厳《そうごん》な城の一角で、カイル・トゥーリは息も絶《た》え絶《だ》えにアルフレートを見上げた。

寝室に呼び出されてすぐにベッドに連れ込まれ、行為を終えたばかりだというのに、彼がもう一度始めようとしていることに気付いたからだ。

「もうだめだって！　明日、朝早いんだろ」

「もう一度だけだ。ひどくはしない」

アルフレートが髪に指を潜《もぐ》らせてきたので、カイルはぎこちなく視線を横に逸《そ》らした。

アルフレートはその目元に唇を落として機嫌《きげん》をとる。

アルフレートが何度も執拗《しつよう》に口付けて宥《なだ》めると、諦めたのかカイルは口を半分開いた。許されたことに安堵《あんど》してカイルの唇を奪い、そのまま耳の後ろに滑《すべ》らせ、首筋に歯を立てた。

「んっ……噛むの痛い、って」

「せっかく痕《あと》をつけたのに……薄くなったのが、嫌だ」

「……子供みたいなことを言って」

アルフレートはカイルの呆《あき》れ声《ごえ》に笑い、舌を口腔にねじ込む。

関係を持ち始めた頃、戸惑《とまど》いがちだった舌を、緩やかに絡ませることで快楽が得られると教え込んだのはアルフレートだ。耳への愛撫がくすぐったいと逃げるのを、耳朶《じだ》への刺激だけで甘い声をあげさせるまでに慣らしたのも。

カイルを手中にした今でも、甘い枷《かせ》を一つ一つ増やしていくのがやめられない。

――カイルは、すぐに逃げてしまいそうな気がするから。

右胸に舌を這わせて丹念に舐めると、堪《こら》えるような声があがった。

「ふ……っ」

気持ちがいいのか、勃ち上がりかけたカイルの下肢をやわやわと握り込むと、視線が僅《わず》かに熱を帯びる。

ほぐれていた後ろに指を遊ばせ、指伝いに潤滑油《じゅんかつゆ》を伝わせると、じゅぷ、と卑猥な音がした。

指を増やして、増やすごとに動きを速くすると、嬌声《きょうせい》が漏れそうなのか、カイルは喉《のど》を仰け反《の ぞ》らせて右手で口元を隠した。

自ら腰を振っているのに、声を抑えて快楽に溺れまいとするカイルが好きだ。

抗《あらが》いながらも、アルフレートから与えられる刺激に堪《こら》えきれず理性を手放す様《さま》が、たまらなく愛しいと思う。

自分のためだけの痴態を誰にも見せたくないし、永遠に閉じ込めてしまいたい。

「熱いな」

「――んっ、るさい」

煽《あお》るつもりではなかったが、カイルにはそう聞こえたらしい。

彼はくっ、と堪《こら》えるように呻《うめ》いて横を向く。

その恥じらいさえ可愛らしいと思ってしまうのが、始末に悪い。

つくづく惚《ほ》れた弱みだなと内心で思いながら指の抽送を止めてカイルを窺《うかが》う。

「……あっ」

ずるりとカイルから指を引き抜くと、背中がびくっと跳ねた。

片脚を肩に担《かつ》ぎ上げると、ピクピクとカイルの指が痙攣《けいれん》する。

アルフレートは嘆息して、カイルの耳から鋭角《えいかく》な顎《あご》までを掌《てのひら》で包み、こちらに向かせる。荒い息を食べるように深く口付ければ、一呼吸ごとにカイルの身体から力が抜けていく。

「もう、降参?」

「……さっきまで、さんざ……んっ!　……も、むり……」

意のままに快楽を引き出されて悔しそうな視線が、口付けで次第にぐずぐずと蕩《とろ》けていく様子を見るのが、たまらない。

「入れるぞ」

自身をカイルの後孔にあてがって、ズッと押し入る。

すぐに狭くなるカイルのナカは異物に敏感に反応して、ビクビクと震え、いやらしく温かい。

硬くなったカイルのそれが腹に当たって先走りが漏れるのをもどかしく見ながら、前から犯す。

突き上げるたびに、切れ切れの嬌声《きょうせい》があがった。

「ん、くっ、あ、あ……ん!」

「……は!」

ひどくしないと言った手前、深く抉《えぐ》りすぎないように、カイルが理性を手放さない程度に緩やかに抽送を繰り返す。

カイルを自分の上に座らせて向き合い上半身を近づけると、抉《えぐ》る角度が変わったのか、恋人は半瞬、意識を飛ばした。

「カイル」

名前を呼んで首の後ろに手を回す。引き寄せて、耳朶《じだ》の後ろあたりに歯を立てた。

痕《あと》をつけたいのは加虐心《かぎゃくしん》からではない、純粋で醜悪《しゅうあく》な所有欲からだ。切り揃えた髪のカイルでは、首の痕《あと》は隠しようがないだろう。

「ん……見えるところ、やだって」

「……何が悪い？」

嫌がるカイルの首を噛み、鎖骨《さこつ》の上にも唇を落とす。

自分のものをそうだと主張して何が悪いのか。ただでさえ本人の知らないところで他人に好まれるのだ。印《しるし》をつけなければ、誰かに奪われるのではないかと不安なことを、いい加減理解してほしい。

「……ん、うっ」

どこもかしこも敏感なカイルは、歯と舌での交互の愛撫にたまらずにナカを収縮させて、アルフレートの背中に縋りつくように手を回す。

肩甲骨《けんこうこつ》に爪を立てられて、痛みよりも、求められた喜びが勝《まさ》った。

「触ってほしい？」

耳元で低く囁《ささや》くと両目をぎゅっと瞑《つぶ》ったまま、カイルは唇を噛んで震えた。声にならない叫びを呑み込んで、しかし耐えきれないようで微かに頷く。

アルフレートは笑って、赤くなった耳朶《じだ》を噛んだ。

「イ……キたい、前、触って、あ……っ、アルフっ……頼むから……」

涙が浮いた目で懇願《こんがん》されて、身体の中心が熱くなるのがわかる。

「い、きたい、いかせて、はや……く」

本人は意図しないのに、カイルはアルフレートを煽《あお》り、誘う。

アルフレートはカイルの上半身をベッドに押し倒して、逃げられないような体勢に追い込むと、何度も突き立てる。

「カイル……っ」

「――っああ！」

悩ましげな声をあげるカイルに覆《おお》いかぶさって、アルフレートは息を吐いた。

重い、と文句を言われたが、聞こえないふりで抱き潰す。やれやれと愚痴《ぐち》りながらも基本的にアルフレートに甘いカイルは――苦笑しながらもその胸にアルフレートを抱き込んだ。

今日も平和に、しかし、しっとりと夜は更《ふ》けていく……

イルヴァ辺境伯の寝室は、辺境伯邸の三階にある。

彼の許可なくして何人《なんぴと》も足を踏み入れることはできないが、例外が一人だけいる。

黒髪に紅《あか》い瞳の――家名を持たぬ孤児の青年、カイル・トゥーリだ。

深紅《しんく》の瞳の色からも明らかにわかる、半魔族だった。

彼がイルヴァ辺境伯、アルフレート・ド・ディシスに伴《ともな》われて北へ来たのは半年ほど前。

辺境伯があっさりとカイルを恋人だと宣言して「女性と結婚をするつもりもない、いずれは彼を伴侶《はんりょ》にするつもりだ」と宣言したがために、ただでさえ主《あるじ》が半魔族の青年を連れて来たことに驚いていた臣下《しんか》たちは、揺れに揺れた。

そもそもアルフレートは元から次代は姪《めい》のクリスティナに譲ると宣言していたし、彼女を推す派閥は喜んだが、アルフレートと姻戚《いんせき》関係になろうと目論《もくろ》んでいた家臣たちは少なからず反発した。

この国で同性の伴侶《はんりょ》はさほど珍しくもないが、何も、どこの馬の骨とも知れぬ男を——という讒《ざん》言《げん》も多く聞かれたが、その声は少しずつ小さくなりつつあった。

その理由は三つほどある。

一つ目は、王都から配属されたやけに威厳がある金髪の神官と親しいこと。彼は大神官の気に入りだという報告があり、神殿を敵に回したくない者は敬遠している。

辺境伯その人だけは、余計な小姑《こじゅうと》が増えたと苦悩していたようではあるが……

二つ目は、何故か魔族の長《おさ》、キトラ・アル・ヴィースから「我が親愛なるカイル・トゥーリ宛に」と十頭ものドラゴンの雛《ひな》が「引越祝」として贈られてきたこと。銀髪の佳人は自らドラゴンに騎乗して雛《ひな》を届けると、あろうことかカイル・トゥーリの居住区を検分して事細かな注文を出し、風のように去っていった……

どうやら、この半魔族の青年は皆が畏怖《いふ》する魔族の王と個人的な繋《つな》がりがあるらしい、と利に敏《さと》い北の重鎮《じゅうちん》たちは口をつぐんだ。

北領の人間たちはドラゴンが好きだ。偏愛していると言っていい。素晴らしいドラゴンがついてくるのならば、辺境伯の伴侶《はんりょ》が彼で構わないと思った人間も多かった、らしい。

三つ目は、カイル・トゥーリがドラゴンと会話ができる異能者だったこと。

温厚な騎士として辺境伯の信頼も篤《あつ》いユアンの部下として配属されたカイルは、騎士たちのドラゴンの言葉を通訳してくれ、かつ具合が悪い時には嫌な顔一つせずに診《み》てくれる。騎士たちの大半は彼の味方になった。

そんなわけで――辺境伯の寝室への出入りをいつでも許されているカイル・トゥーリは徐々にこの北の領地にも馴染みつつある。馴染む――というか、訪れるたびに、皆にこやかに「お疲れ様です」と声をかけてくるので、カイルは遠い目をするしかない。

――そんな風に、平和に月日は過ぎていった。


カイルが辺境伯領に来て、半年が経った。

カイルはアルフレートの横で、「寒いな」と微笑み合って熱を分け合っていた。

すると、窓をコツコツ、と叩く音がしたので二人が顔を見合わせると、案の定、ヒロイがそこにいた。

「こらヒロイ、また勝手に厩舎を抜け出して来たのか？」

『だって、暇なんだもん、ねえ、お散歩に行こう！』

呆《あき》れるカイルにヒロイは尻尾を振って、窓の外に浮かびながら懇願《こんがん》してくる。

二人はやれやれと肩を竦《すく》めて、防寒具を着込んでヒロイの誘いに乗った。

……辺境伯が恋人を伴《ともな》って深夜にドラゴンと散歩することも、密《ひそ》かにこの屋敷の名物になっており、テオドールがその警護に苦慮《くりょ》しているのだが、そんな事情を二人だけは、まだ知らない。

『――お散歩！　どこに行くの？』

ヒロイは浮き上がりながら月に向かって高度を上げる。

今日は満月で、見下ろすと北の美しい領地が一望《いちぼう》できる。この上ない贅沢《ぜいたく》だろう。

「そうだな。このまま――魔族の里なんてどうだ？　閣下が許せばだけど」

ヒロイの頭を撫でつつ、カイルがおどける。

カイルの後ろに騎乗して手綱《たづな》を握っていたアルフレートは肩を竦《すく》めた。

「……出会い頭に、恐ろしい男に殺されそうな気がするがな」

ははは、とカイルは笑ってから小さなくしゃみをした。雪も風もやんでいるが、まだ冷える。

アルフレートは背後からカイルを抱き込んだ。肩に顎《あご》をのせて耳元で囁《ささや》く。

「一周回ったら戻ろう。風邪をひくと、さすがにユアンに叱《しか》られる……日付が変われば、お前の生誕日だ。何か欲しいものはあるか？」

カイルは思わず振り返った。

「生誕日？」

そんなものは、カイルだってぼんやりとしか知らない。――捨て子だったし、はっきりとした日時を知っているのは……と言いかけて、カイルはハッと視線を上げる。

アルフレートの蒼《あお》い瞳とかち合う。彼は優しく目を細めた。

アルフレートは「危ないぞ、前を向け」と命令してから、カイルを再びじっくりと抱き込む。

「私が決めた……ということにしておけ。今は」

「……うん」

カイルは呟いて背中に体重をかける。温かな熱が、冷える手足まで伝わっていく気がして目を閉じた。ヒロイの翼が、風を切り拓《ひら》いて自由に飛ぶ音だけが聞こえる。

「毎年感謝するよ。お前が生まれたこの日に」

染み入るようなアルフレートの声に、カイルはうん、と、ただ頷いた。

何が欲しいか、とアルフレートは聞いたが。そんなものは、カイルにはもう、ない。

だって、もう、手に入ってしまっている。

「いつか、本当に一緒に行こうな」

カイルは身体に回された手に力を込めて言った。地平の向こう、そこにはまだ見ぬ……同胞たちの住む場所がある。アルフレートは、微笑んで答えた。

「そうだな、再来年には、な」

「なんでやけに具体的なんだよ」

「姪《めい》が成人すれば私はお役御免だ。——いつか言っただろう。私が役目を終えたらのんびり旅でもしようと。カイルが……ただのアルフレートを、嫌でなければ」

カイルは「嫌なわけがないだろ」と、背中を恋人に預ける。

「行くよ。あなたとならどこへだって。ずっと一緒だ」

「ああ」

気のいいドラゴンは振り返って、二人の会話に交《ま》ざろうかと考えた。けれど二人が仲良くしているのを見て、我慢しなきゃ、と気を利《き》かせて前を向いた。
ヒロイは速度を落として、ゆっくりとゆっくりと、月夜を飛んでいく。
いつか訪れるだろういろいろな土地を思って、カイルは目を閉じた。
背中に確かな熱を感じながら、風の音に耳を澄《す》ます。
どこに向かうにしろ、不安などない。傍《かたわ》らにはアルフレートが必ずいるだろうから。
それだけはきっと変わらない、事実だ。

——半魔の竜騎士は、辺境伯に執着される。
おそらく、永遠に。

Author 十河 togawa
Illustration 斎賀時人 Saiga Tokihito
毒を喰らわば皿まで
〔毒を喰らわば皿まで〕
悪役令嬢の父
ゲームヒーローを
攻略!?
第7回
BL小説大賞
読者賞
竜の恩恵を受ける国、パルセミス。その国の宰相であるアンドリムは娘が王太子に婚約破棄された瞬間、前世を思い出す。同時に、ここが前世で流行った乙女ゲームの世界であり、娘が王太子に処刑される悪役令嬢、自分は娘と共に身を滅ぼされる運命にあると気が付いた。そんなことは許せないと、彼は姦計をめぐらせ、ライバルである清廉な騎士団長を籠絡して――
くらわば
さらまで
One may as well
hanged f
a sheep as for a lam
圧倒的読者支持BL
◆定価:本体1300円+税 ◆ISBN:978-4-434-2823

傭兵《ようへい》の男が女神《めがみ》と呼ばれる世界
Youhei no otokoga
MEGAMI to
yobareru sekai
オッサンが王に嫁いで
国を救うっ!?
Author 野原耳子
Illust. ビリー・バリバリー
フリーの傭兵として働く37歳の雄一郎はゲリラ戦中、手榴弾の爆撃に吹き飛ばされ意識を失い、気が付くと、見知らぬ世界にいた。その世界では現在、王位を争って王子達が内乱を起こしているという。どうやら雄一郎は、【正しき王】である少年を助け国を救うために【女神】として呼び出されたようだ。おっさんである自分が女神!?　その上、元の世界に帰るためには、王の子供を産まなくてはならないって!?　うんざりする雄一郎だったが、金銭を対価に異世界の戦争に加わることになり——
傭兵の男が女神と呼ばれる世界
野原耳子
ビリー・バリバリー
異世界で俺が王の子を
美形奉仕者＋生意気少年王×37歳のおっさん

◆定価：本体1200円＋税　◆ISBN:978-4-434-27875-4

深夜残業からの帰り道、交通事故に遭ったトオル。彼は、人間が一人もいない獣人達が住む異世界にトリップしてしまった。たまたまトオルの出現場所にいた、狼獣人の騎士達に保護され当面の生活の心配はないものの、今までとはまったく違うこの世界の常識には戸惑うばかり。それなりに鍛えていたはずの肉体は、獣人達の間では華奢すぎると言われるし、何より、獣人達は、男同士でも番になり一方が子どもを産むことができるようだ。おまけに、トオルが性的に興奮すると周囲の獣人達が発情期になるらしいことも判明し——!?

◆定価：本体1200円＋税　◆Illustration：琥狗ハヤテ
◆ISBN：978-4-434-25792-6

ある日気づいたら、男しかいない異世界にトリップしていた普通の男子高校生・シロム。トリップ特典として色々なチートスキルを授かっていると知り、冒険者として一旗揚げようと志《こころざ》す。けれども最強の必殺技には、ことごとくエッチな代償が付いてきて——!?「スキル発動のたびに性的な感度が上がって敏感になっちゃうし、周囲を発情させるなんて詰んでるだろ!!」。Sランク冒険者、ヤンデレな猫耳、マッチョな虎獣人etc……行く先々でイケメンに求愛されながら、最強冒険者を目指すシロムの冒険は続く!

◉定価:本体1200円+税 ◉ ISBN978-4-434-24104-8

illustration:hi8mugi

この作品に対する皆様のご意見・ご感想をお待ちしております。

おハガキ・お手紙は以下の宛先にお送りください。

【宛先】

〒150-6008 東京都渋谷区恵比寿4-20-3 恵比寿ｶﾞｰﾃﾞﾝﾌﾟﾚｲｽﾀﾜｰ8F
（株）アルファポリス　書籍感想係

メールフォームでのご意見・ご感想は右のＱＲコードから、
あるいは以下のワードで検索をかけてください。

アルファポリス　書籍の感想　検索

ご感想はこちらから

本書は、Webサイト「アルファポリス」（https://www.alphapolis.co.jp/）に掲載されていたものを、改稿、加筆のうえ、書籍化したものです。

半《はん》魔《ま》の竜《りゅう》騎《き》士《し》は、辺境伯《へんきょうはく》に執着《しゅうちゃく》される

矢城慧兎（やしろ けいと）

2021年 1月 25日初版発行
2023年 8月 31日 2刷発行

編集－中山楓子・宮田可南子
編集長－太田鉄平
発行者－梶本雄介
発行所－株式会社アルファポリス
〒150-6008 東京都渋谷区恵比寿4-20-3 恵比寿ｶﾞｰﾃﾞﾝﾌﾟﾚｲｽﾀﾜｰ8F
TEL 03-6277-1601（営業） 03-6277-1602（編集）
URL https://www.alphapolis.co.jp/
発売元－株式会社星雲社（共同出版社・流通責任出版社）
〒112-0005 東京都文京区水道1-3-30
TEL 03-3868-3275
装丁・本文イラスト－央川みはら
装丁デザイン－AFTERGLOW
（レーベルフォーマットデザイン―円と球）
印刷－中央精版印刷株式会社

価格はカバーに表示されてあります。

落丁乱丁の場合はアルファポリスまでご連絡ください。

送料は小社負担でお取り替えします。


ISBN978-4-434-28384-0 C0093